Mickey Spillane
Tod mit Zinsen

Ja, Mike Hammer ist zurück ... und er steckt noch tiefer im Schlamassel als bisher und ist in noch größerer Gefahr.

Er muß den Mord an einem alten Army-Kumpel rächen. Er muß gegen zwei Generationen einer Mafia-Familie in deren Spiel gewinnen. Bei einer Schießerei im New Yorker Hafen wird er nur durch ein Wunder gerettet. Und, als hätte er damit noch nicht genug, muß er auch noch einen Koffer mit sage und schreibe 89 Milliarden Dollar in einem Dickicht aus falschen Spuren, Lügengeschichten, brutalen Betrügereien und tödlichen Kurven finden, bevor die Gangster das Geld zu fassen und ihn zu Gesicht kriegen. Auf seiner Seite ist nur die schöne und nötigenfalls tödliche Sekretärin Velda, die alle Fans schon lange lieben. Und sein bester Freund, die überaus verläßliche, gut geölte 45er. Ja, Mike Hammer ist zurück, und wie. Mit der Action, die nur er schreiben kann. Zusammen mit seinem Schöpfer Mickey Spillane sind sie immer noch so erschütternd wie eine gerade Rechte.

Mickey Spillane, geboren 1918 in New York, ist der erfolgreichste Krimiautor der Welt. Von seinen Krimis wurden allein in den USA über 150 Millionen Exemplare verkauft. Mit *Ich, der Richter* schaffte er kurz nach dem Zweiten Weltkrieg den Durchbruch. Seit 1996 erscheint das Werk von Mickey Spillane im Rotbuch Verlag. *Tod mit Zinsen* ist der neunte Krimi in Rotbuchs Mike-Hammer-Serie.

Mickey Spillane

Tod mit Zinsen

Roman

Aus dem Amerikanischen
von Lisa Kuppler

Rotbuch Verlag

Dieses Buch ist Max Allan Collins gewidmet.
Früher hat er sich mit Dick Tracy in dunklen Gassen herumgetrieben. Heute macht er sie alleine unsicher.

Die Deutsche Bibliothek – CIP-Einheitsaufnahme

Ein Titeldatensatz für diese Publikation ist bei
Der Deutschen Bibliothek erhältlich

Titel der Originalausgabe: »Black Alley«

Umschlaggestaltung: projekt ®, Hamburg
Illustration: Hector Navarrete, Berlin 2002
Herstellung: Das Herstellungsbüro, Hamburg
Satz: H & G Herstellung, Hamburg
Druck und Bindung: Druckerei Himmer, Augsburg
Printed in Germany

ISBN 3-434-54004-0

Informationen zu unserem Verlagsprogramm
finden Sie im Internet unter www.rotbuch.de

Erstes Kapitel

Das Telephon klingelte.

Das schwarze Ding hatte schon seit Ewigkeiten dagestanden, immer stumm wie eine Knarre, die noch im Holster steckt. Es war nicht zugelassen, keiner wußte, daß es existierte. Es wurde nur für Ortsgespräche genutzt, angerufen hatte noch nie jemand. Als es jetzt klingelte, hörte es sich an wie das leise, erstickte Geräusch einer Automatik mit Schalldämpfer. Das erste Klingeln war ein Warnschuß. Beim zweiten wurde scharf geschossen.

Ich war vor acht Monaten nach Florida gekommen, um zu sterben. Bei einer Schießerei unterhalb des West Side Drive hatte ich zwei Kugeln abgekriegt. Sie waren in Körperregionen eingeschlagen, in denen solche Verletzungen nicht einfach wieder heilen und zusammenwachsen können, und ich hatte einfach zu viel Blut verloren. Die paar Sanitäter, die früh genug auf dem Schlachtfeld eingetroffen waren, hatten sich zuerst um die anderen gekümmert, um die Verwundeten, die gehen konnten, um die, denen noch geholfen werden konnte. Die Toten und Sterbenden wurden zur Seite geschoben oder an eine abgesperrte Stelle gelegt, von der niemand mehr aufstand.

Es war zwanzig Grad unter Null, und die Kälte verhinderte, daß ich auf der Stelle krepierte. Die Blutgerinnung setzte ein, und es bildeten sich häßliche, rotverschmierte

Klumpen auf Stoff und Haut. In diesem Moment spürte ich noch keinen Schmerz. Der kleine fette Kerl, der sah, wie ich die Augen öffnete und mich noch ziemlich lebendig umschaute, stand fast genauso unter Schock wie ich. Er zog mich von den Leichen weg. Niemand hörte ihm zu. Er war besoffen. Ich war fast tot.

Manchmal spricht der Körper auf etwas an, das man nicht erklären kann. Der Kerl stellte mich auf die Beine. Ich bewegte mich unbeholfen und mehr tot als lebendig. Er verfrachtete mich in einen alten Wagen und rollte das Fenster herunter. Das Blut blieb gefroren. Meine Hände waren taub, und ich spürte meine Füße nicht mehr. Ein weit entfernter Teil von mir überlegte, ob sich so wohl Erfrierungen anfühlten. Ich atmete automatisch ein und aus, aber so langsam, daß jeder Atemzug der letzte sein konnte. Allmählich wurde mir ein stumpfes, schmerzhaftes Drücken an meiner Seite bewußt. Ich wußte genau, daß dieser Schmerz schon sehr bald zu einer alles vernichtenden, schrecklich hungrigen Bestie heranwachsen und mich bei lebendigem Leibe auffressen würde.

Ich wollte schreien, aber ich brachte keinen Ton über die Lippen.

Mit jeder Minute wurde es schlimmer.

Dann spürte ich gar nichts mehr, aber das kriegte ich nicht mit.

Das Licht ging wieder an. Es war weich und matt, und die Dinge sahen verwischt und unscharf aus, als ob sie im Schatten lägen. Ich schloß die Augen und wartete ein paar Sekunden, dann öffnete ich sie wieder. Jetzt konnte ich allmählich Umrisse erkennen. Es waren Hände und Arme, dann tauchte ein mir unbekanntes Gesicht mit weißem Haar auf. Die Stirn legte sich in Falten, und das Gesicht nahm einen besorgten Ausdruck an, während die Hände sich weiter eifrig an meinem Körper zu schaffen machten.

Die Bewegungen und der Geruch verrieten mir, daß ein Verband gewechselt wurde.

Er bemerkte, daß ich ihn ansah, und sagte: »Nicht reden.«

Ich hatte schon zuviel von der Welt gesehen und war deshalb nicht besonders neugierig auf dieses große WAS, das mir offenbar zugestoßen war. Ich wußte, daß es schlecht um mich stand. Ich sagte nichts. Er las die Reaktion in meinen Augen ab und nickte.

Als er mit dem Verband fertig war, zog er die Bettdecke über meine Brust und nahm die Brille von der Nase. Wir schauten uns direkt in die Augen. »Ich stelle Ihnen jetzt ein paar Fragen«, sagte er. »Versuchen Sie nicht, mir zu antworten. Blinzeln Sie nur einmal für Ja und zweimal für Nein. Schaffen Sie das?«

Einen Moment lang war ich damit beschäftigt, das zu verarbeiten, *dann blinzelte ich einmal.*

»Wissen Sie, was mit Ihnen geschehen ist?«

Wieder blinzelte ich einmal.

Er drückte die Nase kurz zwischen Daumen und Zeigefinger. »Eigentlich müßten Sie tot sein, wissen Sie.« Darauf gab es keine Antwort.

Das unheimliche Kreisen vor meinen Augen ließ nach, und ich erkannte den kleinen fetten Mann. Allerdings sah er ganz anders aus als der kleine fette Mann, der mich von dem staubigen, blutverschmierten Asphalt geholt hatte, wo die Sirenen und Schreie Teil einer unvorstellbaren Oper des Todes geworden waren.

»Sie sind schon seit fünfzehn Tagen hier.«

Ich schaute ihn nur an. Er war jetzt ganz in Weiß, Jacke wie Hose, und ein Stethoskop hing ihm um den Hals. Er wußte sofort, was ich dachte.

»Ich war Arzt.« Wieder runzelte er die Stirn und drückte seine Nase noch härter. »Falsch«, fuhr er fort. »Ich *bin* immer noch Arzt. Meine Approbation habe ich nicht verloren. Ich habe nur aufgehört zu praktizieren. Ich habe mich vollaufen lassen und bin gegangen. Punkt. Ich konnte die Scheiße nicht mehr ertragen.«

Nur mit Blinzeln konnte ich ihm nicht verständlich machen, was ich wissen wollte. *Ja* und *Nein* reichten nicht aus, also starrte ich ihn weiter an und hoffte, daß er meine Gedanken lesen konnte.

Er kapierte.

»Dort, wo ich gearbeitet habe, hat sich jeder nur um sich selbst gekümmert. Mein jugendlicher Idealismus ist mir schon als Arzt im Praktikum abhanden gekommen. Mir nichts, dir nichts ist mir das vergangen, Mann.« Er holte tief Luft und verzog das Gesicht. »Dreißig Jahre lang habe ich das mitgemacht. Mann, ich bin reich dabei geworden.« Er beugte sich nach vorn, näher zu meinem Gesicht. »Finden Sie, daß ich aussehe wie jemand, der reich ist?«

Jetzt blinzelte ich zweimal. Nein.

Irgendwie funktionierten die Vernetzungen in meinem Gehirn allmählich wieder. Ich hoffte, daß ich nicht von einem Durchgeknallten festgehalten wurde, der mich nach seinen eigenen Spielregeln sterben lassen wollte. Ich versuchte, die Arme zu bewegen. Es ging ohne Probleme. Ich wackelte mit den Fingern. Die Schultern waren frei, ich spürte nirgendwo Fesseln. Aber trotzdem war ich wie angekettet. Ich war bis zum Äußersten geschwächt; mit oder ohne Fesseln konnte ich sehr wenig machen.

Mit einer ausgesprochen professionell wirkenden Geste griff er nach meinem Arm, legte die Finger um das Handgelenk und fühlte den Puls. Er schaute dabei nicht auf seine Armbanduhr. Er hatte keine. »Bevor Sie sich einen abwürgen, Kleiner, ich kann den Puls auch ohne Uhr messen. Die Rolex habe ich schon vor Jahren zum Pfandleiher gebracht«, erklärte er mir.

Ich blinzelte viermal, um ihm klarzumachen, daß ich kapierte.

»Haben Sie Schmerzen?« fragte er.

Ich verzog das Gesicht in einer halbherzigen Grimasse.

»Aber es ist wenigstens nicht allzu schlimm, oder?«

Ich blinzelte.

»Gut. Und jetzt rede ich, und Sie hören mir zu. Vielleicht kann ich das Ganze wie eine Geschichte erzählen. Der Anfang ist schon einmal sehr gut. Ich würde mir wünschen, daß ich wüßte, wie es ausgeht. Kann ich anfangen?«

Einen Augenblick lang überlegte ich, dann wurde mir klar, daß es unumgänglich war. Ich war am Leben. Warum? *Wieder blinzelte ich.*

Er fuhr sich mit den Händen übers Gesicht und sammelte seine Gedanken. Es ging nicht nur darum, die unzusammenhängenden Ereignisse und Eindrücke in die richtige Reihenfolge zu bringen. Es war, als ob sich eine Schiffbrücke über einem breiten Fluß schloß, und er hatte die Straßenführung wieder angepaßt und würde gleich mit seinem Wagen darüberfahren. Was er sagen wollte, machte ihm Angst, aber er mußte es sagen, denn sonst kam er nie über den Fluß.

»Ich bin hier in New York aus dem Krankenhaus raus und direkt in die nächste Kneipe. Keine vier Wochen, und aus dem ehemals ausgezeichneten Chirurgen war ein Säufer geworden. Mir tat es nicht leid, ich hatte keine Gewissensbisse. Schmerz oder Enttäuschung sind im Dauersuff untergegangen. Meine geldgierige Familie hat mich einfach gehen lassen. Sie haben sich mein Vermögen unter den Nagel gerissen und nicht einmal eine Vermißtenanzeige aufgegeben. Nach sieben Jahren hat man mich für tot erklärt, meine Frau hat sich einen jungen Kerl ins Bett genommen, meine Kinder sind erst auf Shit, dann auf Koks und schließlich auf Sozialhilfe gekommen, und von all dem habe ich nur durch die Zeitung erfahren. Tolles System, was?«

Ich blinzelte auch jetzt nicht. Er war noch nicht fertig mit seiner Geschichte.

»Wenn Sie das zu sehr anstrengt, blinzeln Sie dreimal, und ich höre auf«, sagte er.

Ich blinzelte ein Ja.

»In der Nacht der Schießerei«, erzählte er weiter, »war ich in Caseys Salon. Ein richtige Kaschemme. Ich bin oft da hingegangen. Was Besseres habe ich mir nicht leisten können. An dem Abend hatte ich gerade noch einen Dollar und zehn Cents und war schon halb betrunken. Dann ist die Knallerei losgegangen. Wissen Sie, ich kann mich nicht einmal daran erinnern, daß ich hinausgerannt bin. Ich war plötzlich draußen. Teufel, ich hatte keine Ahnung, was los war, die vielen Polizeiautos und die Sirenen. Alle haben durcheinandergebrüllt, und man hat überall Schreie gehört, wo Menschen gestorben sind. Mir war schlecht. Dann habe ich gesehen, wie dieser Kerl Sie von der Holzkiste gezogen hat und da hat fallen lassen ... Also, in diesem Moment ist mir klar geworden, wer ich einmal war. Ich habe Sie zu meinem Wagen gebracht.«

Ich kniff die Augen zusammen und schaute ihn an. Er nickte. »Die Kutsche hat zwölf Jahre auf dem Buckel. Mehr ist mir nicht geblieben. Ich habe die Nummernschilder geklaut, damit ich nicht mit abgelaufenen Plaketten herumfahre. Ich habe Sie im Auto hierhergefahren.«

Ich schaute mich im Zimmer um. Inzwischen konnte ich meine Umgebung ziemlich gut erkennen.

Er verstand meinen Blick und sagte: »Mein Handwerkszeug. Es gibt Dinge, von denen trennt man sich nie.« Dann grinste er und schaute sich selbst um. »Mann, das hört sich alles wie aus einem alten Western an. Sie und der alte Doc, ganz ohne die Segnungen der modernen Medizin, keine Massen von Antibiotika, nur Schnaps als Beruhigungsmittel, ein paar Instrumente und jede Menge Hoffnung.« Wieder erschien die tiefe Falte zwischen seinen Augenbrauen. »Eigentlich müßten Sie tot sein, ist Ihnen das klar?«

Ein kurzes Blinzeln. Ja, es war mir klar. Auch, daß ich immer noch sterben konnte.

Mit einem fast entschuldigenden Ton sagte er: »Ich habe alles getan, was ich tun konnte.«

Dazu blinzelte ich nicht. Ich wartete.

»Ich war betrunken, und meine Hände haben gezittert.« Er beobachtete mich genau, aber ich reagierte nicht. *Kein Blinzeln.* »Es war, als ob etwas Sie direkt in meinen Schoß hat fallen lassen. Man hat mir eine zweite Chance gegeben. Was ich getan habe, war absolut unmoralisch, total verrückt. Ich hätte Sie in ein Krankenhaus bringen sollen, wo man Sie richtig behandelt hätte. Statt dessen habe ich wie ein vollkommener Idiot alle Verantwortung auf mich genommen, und nur durch einen glücklichen Zufall haben Sie die stümperhafte Behandlung eines verrückten Mediziners überstanden und sind am Leben geblieben, trotz allem, was er mit Ihnen angestellt hat.«

Die blöde Blinzelei ging mir allmählich auf die Nerven. Es tat weh, aber ich holte vorsichtig ein bißchen mehr Luft und sagte mit einer komischen, tiefen Stimme: »Hätte ich sonst überlebt?«

Er spitzte die Lippen, und sein Blick wurde auf eine seltsame Art ernst. »Nein«, sagte er. Dann fügte er hinzu: »Sie wären fast die dunkle Gasse hinuntergegangen. Niemand kommt von dort zurück.«

Dann erinnerte ich mich. Ich stand auf einer Straße. Sie kam mir fremd vor, trotzdem kannte ich sie. An beiden Enden schien ein schwaches Licht, doch ich stand in der Mitte, und vor mir und hinter mir war etwas, dem ich mich nicht stellen wollte. Rechts neben mir entdeckte ich eine Öffnung. Sie führte irgendwohin. Nein … sie führte nirgendwohin, aber es war eine Möglichkeit, wie ich von der Straße wegkam. Die Öffnung wirkte angenehm kühl, eine Gasse, die mir Sicherheit bot. In ihr war es dunkel.

Und die Dunkelheit hatte eine Bedeutung. Es war nicht der Tod. Dunkelheit steht nicht für Tod, auch wenn das immer wieder behauptet wird. Die graue Dämmerung steht für den Tod. Dunkelheit dagegen ist das Symbol für Unwissenheit.

Ich blieb stehen und schaute in die dunkle Gasse, aber ich ging nicht hinein. Statt dessen versank ich wieder in der Traumwelt aus sprudelnder Gischt, in die mich die Narkose versetzte. Dann erwachte ich und sah verschwommen das Gesicht eines dicken Mannes.

Ich sagte: »Muß ich … sterben?« Meine Stimme zitterte und war dünn wie Spinnweben.

Er antwortete mir schließlich: »Das liegt jetzt an Ihnen.« Dann sah ich, wie sein Mund sich zu einem zaghaften Lächeln verzog, und er fuhr fort: »Aber lassen Sie es lieber bleiben. Wenn Sie sterben, dann haben Sie auch mich auf dem Gewissen. Das wären für uns beide nicht gerade tolle Aussichten.«

Er sah die Frage in meinem Blick.

»Warum? Mann, wenn Sie in meinem selbstgezimmerten Labor hier abkratzen, dann kann ich mich abschreiben. Vor einem Monat wäre mir das noch völlig egal gewesen. Teufel, ich wäre froh gewesen, daß ich endlich den großen Abgang machen kann. Dann tauchen Sie auf, in Fetzen geschossen, und ich stelle mich der Herausforderung und lass' alles wieder Wirklichkeit werden, verwandle mich von einer Sekunde auf die nächste in einen Arzt, der so eine Art modernes Wunder vollbringt … und wenn Sie jetzt sterben, dann folge ich Ihnen auf dem Fuß.«

Mit großer Anstrengung brachte ich heraus: »Sie sind jetzt … trocken?«

»Ja. Keine Rückfälle.«

Ich wollte noch einen anderen Gedanken in Worte fassen, aber er hielt die Hand hoch und schüttelte gleichzeitig den Kopf. »Schluß jetzt mit der Rederei.« Er nahm eine Spritze vom Nachttisch neben dem Bett. Dann tropfte er Alkohol auf einen Wattebausch, rieb meinen Arm damit ein und spritzte mir etwas. »Nur zum Schlafen. Keine dunkle Gasse mehr.«

Irgendwie hatte mein Gehirn mitgezählt, und ich wußte, daß wieder vier Tage vergangen waren. Man hatte mir lebenserhaltende Flüssigkeiten durch Schläuche in die Adern gepumpt und so meinen Körper ernährt, man hatte eben diesen Körper bewegt und massiert, damit die Muskeln sich nicht zurückbildeten, und man hatte meine Haut mit nassen Tüchern saubergehalten.

Dann wachte ich auf, und um mich herum war nichts mehr unscharf oder verschwommen. Das weiche Morgenlicht tauchte alles in ein mattes cremiges Weiß, und ich konnte ohne Schmerzen atmen. Die Tür ging auf, und der kleine fette Mann war wieder da. Er sah aus, als hätte er abgenommen. Ein angespannter Ausdruck lag in seinen Zügen, durch den er schlanker wirkte.

Ich glaube, ich habe ihn angegrinst.

»Sie fühlen sich besser?« fragte er.

Ich formte mit den Fingern ein *Okay*-Zeichen und blinzelte ein *Ja*.

»Lassen Sie das Geblinzele, mein Freund. Ich glaube, Sie können jetzt ganz gut mit mir sprechen. Was wollen Sie wissen?«

»Wieviel bin ich Ihnen schuldig?« sagte ich. Meine Stimme war wieder da, aber sie klang immer noch dunkel und rauh.

Er senkte den Kopf und brummte etwas. Dann blickte er mir in die Augen. »Das war ein Witz, oder?«

»Klar.«

»Sonst hätte ich Ihnen nämlich erklären müssen, daß in Wirklichkeit ich Ihnen etwas schuldig bin«, sagte er. Einen Moment später fügte er hinzu: »Das kann immer noch kommen. Wenn Sie mich anzeigen, verliere ich Kopf und Kragen an Sie.«

»Hören Sie auf damit«, sagte ich leise. »Ich bin am Leben.«

»Das haben Sie sich selbst zu verdanken, nicht mir.«

»Fangen Sie mir doch nicht so an.«

»Doch, das muß ich. Jetzt im Moment fühlen Sie sich gut. Aber von dieser Sache erholen Sie sich nicht so schnell, wie wenn Sie sich das Bein gebrochen oder Mumps oder so was hätten. Ihr Zustand ist noch sehr besorgniserregend.« Er preßte die Augen zusammen und fuhr sich mit der Hand über das Gesicht. »Verdammt, wie ich mich an einem Krankenbett aufführe. Ich sollte gar nicht so mit Ihnen reden.«

»He ...«

»Sie möchten ernsthaft wissen, wie es wirklich um Sie steht?«

Ich nickte.

»Ich kann jetzt nichts mehr für Sie tun. Wenn Sie wieder ganz gesund werden wollen, dann müssen Sie sich absolute Ruhe gönnen. Und zwar so verdammt viel Ruhe, daß Sie schon nach ein paar Tagen die Wände hochgehen.« Er brach ab, fuhr sich über den Mund, dann sagte er: »Und damit meine ich wirklich Ruhe. Richtiges Nichtstun. Das Leben gelassen hinnehmen. Aufstehen, ein bißchen dösen, früh wieder ins Bett, wie ein kleines Kind, das noch nicht mal zur Schule geht. Aber nur so wird alles in Ihrem Körper wieder zusammenwachsen und heilen und wieder funktionieren.«

»Wie lange?«

Er überlegte ein paar Sekunden, dann sagte er: »Das werden Sie selbst merken.«

»Werde ich wieder sein wie früher?«

»Das merken Sie, wenn es soweit ist.«

Er schaute mich unablässig an, als wolle er etwas sagen, könne die Gedanken aber nicht in Worte fassen. Ich hatte genug vom Warten und fragte: »Was ist da noch, Doc?«

»Sie klingen ein bißchen wie Bugs Bunny.«

»Hören Sie auf rumzualbern.«

»Okay.« Er fuhr sich mit der Zunge über die Lippen, und seine Augen wurden plötzlich dunkel. »Ich habe gerade rausgekriegt, wer Sie sind.«

Ich wartete.

»Ein Privatdetektiv.« Darauf mußte ich nicht mit einem Blinzeln antworten. Er wußte es. »Sie heißen Mike Hammer.«

»Stimmt. Ist das schlimm?«

»Nein. Es bedeutet nur, daß es Ärger geben wird.«

»Warum denn?«

»Man hält Sie für tot.« Er deutete den fragenden Ausdruck auf meinem Gesicht richtig und erklärte: »Es gibt Zeugen, die gesehen haben, daß es Sie erwischt hat. Sie waren direkt bei den Leichen am Kai. Die Zeugen haben ausgesagt, Sie hätten versucht aufzustehen. Man nimmt an, daß Sie dabei in den Fluß gestürzt sind.«

Er rang um Fassung, und ich blieb still. Als er wieder sprechen konnte, sagte er: »Es war Vollmond, die Flut ist schnell nach draußen geströmt. Alles und jeder im Fluß wäre zu diesem Zeitpunkt hinaus ins Meer gespült worden. Man hat eine Suche vor den Docks und an der Mündung des Hudson durchgeführt, aber nichts gefunden.«

»Kein Wunder«, meinte ich.

»Ihre Ironie können Sie sich sparen, Mr. Hammer.«

»Tut mir leid.«

»Mir war bisher nicht klar, wie interessant Sie für die Presse sind. Man weiß nicht recht, ob man Ihren Tod als Verlust oder Segen für die Menschheit darstellen soll.«

»Was meinen Sie denn?«

Er nahm meinen Arm und fühlte wieder den Puls, eine medizinische Pause zum Nachdenken. Erst, als eine ganze Minute verstrichen war, ließ er meine Hand fallen und sagte: »Als Arzt geht es mir einzig und allein darum, daß Sie wieder gesund werden.«

»Aber denken tun Sie etwas anderes.«

»Sind Sie wirklich ein Mörder, Mike?« fragte er mit plötzlicher Härte.

»Nicht so einer, wie Sie es sich vorstellen.«

»Was für welche gibt es denn sonst?«

»Legale«, sagte ich. »Illegale.«

»Das müssen Sie mir erklären.«

»Sie bringen Ihren Feind auf der Straße um und landen dafür auf dem elektrischen Stuhl. Oder am Strick. Kriegen die Todesspritze. Sie bringen Ihren Feind im Krieg um und werden dafür mit Orden, Ehre und Belohnungen überschüttet.«

»Zu welcher Sorte gehören Sie, Mike?«

Ich grinste ihn an. Ich zeigte ihm die Zähne in dem Grinsen, weil ich etwas erlebt hatte, was er nicht kannte. Er wußte nicht, daß es manchmal notwendig war zu töten, er wußte nichts von den Schmerzen, die man dabei anderen zufügen mußte. Und er würde nie wirklich wissen, wer dabei mehr verletzt wurde oder wie er in denselben Situationen gehandelt hätte.

Jetzt blinzelte ich überhaupt nicht mehr. Ich sagte: »Ist das für Sie wirklich von Bedeutung, als Arzt, meine ich?« Er schaute mich finster an. »Würden Sie einen Patienten behandeln, nur damit er hingerichtet werden kann?«

»Das ist eine schwierige Frage, Junge.«

»Würden Sie das tun?«

»Ja.«

»Warum?«

»Ich hab' einen Eid geleistet.«

»Das ist doch Hühnerkacke.« Mit einem Mal fiel mir das Atmen schwer, und ich ließ mich auf das Kissen zurückfallen. Er wartete, bis ich ruhiger atmete, dann wischte er mit einem feuchten Tuch über mein Gesicht. Unter der Haut spürte ich Hitze, und ein kribbelndes Gefühl kroch mir die Arme hoch. Plötzlich merkte ich, wie mir der Schweiß ausbrach, dann spürte ich einen kurzen Nadelstich im Oberarm und fiel wieder in einen erholsamen Schlaf.

Ich war sein Projekt. Für mich gab es nichts zu tun als am Leben zu bleiben und die Körperteile wieder zusammenwachsen zu lassen. Wenn es glückte, dann würde auch er wieder ein ganzer Mensch werden.

Vor Jahren hatte er ein Haus in den Florida Keys gekauft, an der Westseite, ein paar Kilometer südlich von Marathon. Das Gebäude war ein Betonklotz, der auf einer Halbinsel direkt am Golf stand. An einer Seite vorbei führte ein ungefähr neun Meter tiefer Kanal, ein Überbleibsel aus der Zeit, als der Bundesstaat für den Straßenbau nach Key West hier Coquinamuschel-Sandstein abbaute.

Es war still. Ich war allein dort. Ich hatte eine Zeitung, einen Fernseher, ein Radio, auf dem ich UKW- und Kurzwellensender hereinbekam. Wenn ich wollte, konnte ich sogar über VHF den Schiffsfunk empfangen. Weil das Haus so nahe am Golf lag, war es erlaubt. Und wenn ich den Truckern auf der Route 1 oder den Kids zuhören wollte, die sich zu Ausflügen durch die Keys verabredeten, dann stand mir eine Basisstation zum Funkverkehr für den persönlichen Gebrauch zur Verfügung.

Die Zeitung wurde jeden Morgen mit dem Essen für den Tag angeliefert. Jeden Tag gab es weniger Meldungen über mein Schicksal, bis ich schließlich ganz verschwand. Der Arzt hieß Ralph Morgan. Ich fragte mich, wie er die vielen kleinen Probleme bewältigte, die mein Verschwinden nach sich zog, doch dann wurde mir klar, daß der Tod einen Menschen vollkommen auslöscht und daß es nichts mehr gab, das etwas nach sich ziehen konnte.

Am Mittwoch kam er heruntergefahren. Er war wieder etwas dünner geworden und strahlte eine neue Ernsthaftigkeit aus. Er setzte sich und machte eine Dose Miller Lite auf. Dann lehnte er sich in dem alten Sessel zurück und schaute mich prüfend an. »Wie fühlen Sie sich?«

»Ich gebe Ihnen am Telephon doch jeden Tag haargenau durch, wie's mir geht.«

»Das sagt mir nichts. Wie fühlen Sie sich?«

»Körperlich?«

»Ja.«

»Ich werde es schon schaffen«, sagte ich.

»Kommen Sie mir nicht so.«

»Sie wollen wissen, wie ich es psychisch verkrafte?«

»So ungefähr.«

»Beschissen.«

»Warum?«

»Doc«, sagte ich. »Ich atme, ich esse, ich schlafe, aber mein Leben spielt sich woanders ab. Und da will ich wieder hin.«

»Warum?«

»Wie lange kann ein Mensch vortäuschen, er sei tot?« fragte ich ihn.

»Wenn Sie zurückgehen, bringen sie Sie um«, sagte er.

»Sie haben Nachforschungen angestellt, Doc.«

»Nicht nur, was Sie betrifft, Junge, auch über meine Lage. Ich stecke genauso tief in der Sache drin wie Sie. Und ich mache mir dabei vor Angst fast in die Hosen. Ich bin Arzt. Ich *will* praktizieren, und zum ersten Mal seit Jahren weiß ich auch, daß ich praktizieren *kann*. Ich habe mit Ihnen einen großen chirurgischen Coup gelandet, aber niemand wird je etwas darüber erfahren. Und wenn es doch öffentlich wird, dann bleibt mir von meinem Doktor der Medizin nur ein rundes Loch in der Stirn.«

»Was soll dann jetzt mit mir passieren, Doc?«

»Sie haben gelesen, was die Zeitungen schreiben, oder?«

»Sicher. Es war eine verfluchte Massenschießerei. Zwei der New Yorker Mafiafamilien wollten ihren Konkurrenzkampf mit Waffen austragen. Und zwar genau in dem Moment, als der alte Pate bei seiner Rückkehr von einer Reise nach Europa vom Schiff gestiegen ist. Die Sache war vollkommen idiotisch. Die Geschäfte sind glattgelaufen, die Bullen waren mit anderen Dingen beschäftigt, die Politiker hatten sie sowieso zusammen mit den Richtern gekauft, und der Bezirksstaatsanwalt und die Presse veranstalteten auch keinen Wirbel. Und dann lassen sie alles in die Luft gehen.«

»Warum nur, Mike? Sie wissen es. Sie waren dabei.«

»Irgend so ein Kerl hat mir den Plan verraten. Er hatte zufällig davon Wind gekriegt und wußte, daß ich mich vor zwei Monaten mit dem Paten angelegt hatte. Nun sollte der Pate umgenietet werden, wenn er wieder zurück ins Land kam. Und mir wollte man die Sache in die Schuhe schieben.«

»Was hatten Sie denn überhaupt da verloren?«

»Das klingt vielleicht ziemlich blöd, aber ich wollte den alten Knaben wissen lassen, daß man es auf ihn abgesehen hat. Ich wollte verhindern, daß irgendwelche Kopfgeldjäger auf mich angesetzt werden. Die verdammte

Mafia kommt ja vielleicht ganz nett und legitim daher, aber die Burschen haben ein gutes Gedächtnis und noch bessere Beziehungen. Sie verfügen über ein Kommunikationsnetz, das sich beinahe mit dem der Bundespolizei messen kann.«

»Was ist passiert?«

»Keine Ahnung. Irgendwie ist die Sache total aus dem Ruder gelaufen. Dieses alte Frachtschiff ist mit vier Stunden Verspätung in den Hafen eingelaufen, und die Gaetanos haben gewartet. Als ich kam, war nirgends etwas von einem Hinterhalt zu entdecken. Dann ging es plötzlich los. Es war, als wären die Kerle vom Himmel gefallen. Oder aus dem Asphalt aufgetaucht. Sehr professionell. Hat mich verdammt an eine Militäraktion erinnert.«

»Das Ganze war in drei Minuten vorüber«, unterbrach mich Dr. Morgan. »Beide Seiten haben im selben Moment das Feuer eröffnet.«

»Jede Wette, daß der Pate für seinen Schutz vorgesorgt hatte. Sicher hatte er ein paar Männer mit an Bord und noch ein paar, die beim Einlaufen des Schiffes da waren. Wahrscheinlich hatte er sie schon am Hafen plaziert, bevor die anderen in Position gegangen waren.«

»Kommen Sie, Mike, so etwas würde die Mafia doch nicht an einem öffentlichen Ort planen?«

Ich schüttelte den Kopf über seine Naivität. »Heutzutage ist das Hafengebiet von New York um zwei Uhr morgens nicht gerade ein öffentlicher Ort. Der Pate mischt immer noch ziemlich in den Gewerkschaften mit. Es ist für ihn kein Problem, für sich zum Schutz seine eigenen Jungs zur Nachtschicht einteilen zu lassen.«

»Dieser Kerl, der Ihnen den Plan verraten hat ... hat er Ihnen auch gesagt, daß der Pate zur Bürotür und nicht zum Haupteingang herauskommen würde?«

»Zuerst wurden ein paar vorgeschickt, dann kam der

Pate, und sie sind alle in einen Wagen gesprungen, der da auf sie gewartet hat. Ich hatte hinter ihrer Limousine geparkt und war gerade ausgestiegen, als die ersten Schüsse fielen. Soweit ich das beurteilen kann, sind die aus der anderen Richtung gekommen.«

Der Arzt nahm einen großen Schluck von dem Bier und stellte die leere Dose auf den Tisch. Er kniff ein paar Momente lang die Augen zusammen, dann fuhr er sich mit den Fingern durch seine lichter werdenden Haare. »Hat der junge Ponti Sie gesehen ... oder Sie erkannt, bevor Sie ihn erschossen haben?«

»Machen Sie Witze, Doc? Natürlich hat er mich gesehen, er hat mir direkt ins Gesicht gestarrt, als er *mich* erschießen wollte. Also, er wußte ganz genau, was er tat. Er ist frontal auf mich zu und hat mich mit dieser 357er erwischt, die er immer mit sich herumschleppt. Mich hat es rückwärts umgehauen, und ich hab' mich halb auf die Seite gerollt. Er ist mir nach und hat mir die Knarre direkt vors Gesicht gehalten. Er war so voller Haß, daß er die 45er in meiner Faust einfach nicht gesehen hat. Das war das Ende von Azi Ponti. Ich erinnere mich an einen Teil der Schießerei und daß mich jemand über die Straße gezogen hat, aber an nichts sonst.«

Mit einer beiläufigen Geste griff Dr. Morgan nach der Bierdose und zerdrückte sie mit den Fingerspitzen. »Die waren früher härter«, meinte er.

»Früher waren sie aus Stahl. Sie haben die Umwelt nicht belastet, sondern sind einfach weggerostet.«

»Warum macht man sie dann heute aus Aluminium?«

»Es gibt weniger davon, es ist teuer und es belastet die Umwelt mehr.«

»Aluminium kann man recyceln.«

»Nur ein Bruchteil wird überhaupt zur Wiederverwertung gesammelt. Wer will mich umbringen?«

»Anscheinend hat der Pate ein paar harte Sprüche gegen Sie losgelassen. Das Problem ist nur, er wird seine Anschuldigungen kaum beweisen können.« Er bemerkte meinen verwunderten Gesichtsausdruck. »Sie haben Ihre Waffe die ganze Zeit über nicht losgelassen, Mike. Sie haben sich daran festgeklammert, bis ich sie Ihnen mit Gewalt abgenommen habe, während Sie bewußtlos waren.«

»Das können Sie vergessen, Doc«, meinte ich. »Die Ballistiker vom NYPD haben Patronen mit den Spuren von meiner Knarre zum Vergleich.«

Er schüttelte langsam den Kopf. »Mit was wollen sie die denn vergleichen? Die Kugeln, mit denen der junge Ponti getroffen wurde, haben seinen Körper durchschlagen. Sie wurden nicht gefunden. Die Polizei geht davon aus, daß es ihn in der allgemeinen Schießerei erwischt hat.«

»Solche Informationen standen aber nicht in der Zeitung, Doc.«

»Stimmt«, gab er zu. »Ich habe meine alten Beziehungen in Medizinerkreisen spielen lassen und so Einblick in den Autopsiebericht gekriegt. Da stand es. Daß ich ein Alkoholiker war, wußten nur ein paar ganz enge Freunde aus den Bars. Die dachten, daß ich von irgendwelchen Überweisungen aus dem Ausland lebe, die man mir zahlt, damit ich nicht als Säufer nach Hause zurückkomme. Oder sie dachten, ich lebe von der Stütze. Ich habe sie manchmal zu ein paar Drinks eingeladen, und niemand hat sich weiter darum gekümmert.«

»Also kann ich jetzt eigentlich zurückgehen«, hielt ich fest.

»Noch nicht.« Er sagte das in einem sehr ernsten Ton. Ich wartete ein paar Augenblicke, weil ich wußte, daß er weiterreden würde. »Ihre Prognose ist zufriedenstellend. In anderen Worten, Sie werden leben … WENN.«

Eine Spur der kalten Angst machte sich wieder in meinem Unterleib breit. »Klasse«, sagte ich.

»In drei Monaten kann ich Ihnen vielleicht endgültig sagen, wie es aussieht.«

»Sie haben mir nicht verraten, was das WENN bedeutet.«

Er stand auf, ging zur Kühlbox und zog sich ein zweites Miller Lite aus dem Eisfach. Mein Mund wurde trocken, und ich konnte das Gebräu fast schmecken, aber jeglicher Alkohol stand auf meiner Verbotsliste. Er nahm einen langen Schluck, beobachtete mich dabei und genoß es, wie gerne ich auch eins gehabt hätte. »Ziemlich heiß hier in Florida, was, Junge?«

»Na, es ist Sommer, Mann.«

Er legte die Dose an die Lippen, nahm noch einen Schluck und wischte sich dann mit dem Handrücken über den Mund. »Sie halten sich genau an die Regeln, die ich Ihnen gesagt habe. Ihre Ernährung darf nicht verändert werden. Sie machen die Übungen, wie ich sie Ihnen erklärt habe, Sie nehmen die Medikamente. Wenn Sie das alles ganz genau befolgen, dann haben Sie eine gute Chance zu überleben. Wenn Sie sich aber nicht an diese Regeln halten und Scheiße bauen, dann landen Sie genau beim großen WENN. Dann beißen Sie ins Gras. Aus, vorbei, mausetot.«

»Sie führen sich immer schlimmer bei Ihren Krankenbesuchen auf. Jetzt reden Sie schon wie ich.«

»Ich will nur nicht, daß Sie sich aufregen«, erklärte er mit einem säuerlichen Grinsen. »Der einzig wirkliche Vorteil ist Ihre psychische Stärke, Mike. Auf der Ebene kratzt Sie anscheinend nichts.«

»Woher wissen Sie denn soviel von mir?«

»Stand alles groß in der Zeitung.«

»Stand?«

Er setzte sich und rückte mit dem Sessel ein paar Zentimeter nach vorn, wobei er die Arme auf den Knien abstützte. »Man hält Sie für tot. Ihr Kumpel im Polizeipräsidium, Patrick Chambers, hat eine Totenmesse für Sie abgehalten. Die Kirche war gestopft voll mit einer ziemlich ungewöhnlichen Trauergemeinde.«

»Wenigstens habe ich keinen Auftraggeber hängenlassen«, sagte ich. »Ich hatte gerade so ziemlich alle aktuellen Aufträge abgeschlossen.«

»Nun, Ihre Sekretärin ...«

»Velda?«

»Ja. Sie führt die Detektei vorerst weiter.«

»Sie hat eine eigene Lizenz als Privatdetektivin. Sie kennt sich aus in dem Geschäft.«

Dann ging es mir plötzlich überhaupt nicht mehr gut. Ich war schwerelos, wie ausgehöhlt, und ein komisches, weitentferntes Summen dröhnte mir in den Ohren. Ich spürte, wie meine Muskeln sich ohne mein Zutun extrem entspannten, es war ein Gefühl, als würde ich schmelzen. Der Doktor sprang auf, fühlte meinen Puls und brummte etwas Unverständliches. Dann legte er mich auf den Boden.

Ich öffnete die Augen, und er schaute mich an. »Ich habe mich getäuscht, Mike. Da ist doch etwas, das Ihnen psychisch einen Knacks versetzt hat.«

Meine Augenlider klappten zu, und ich lag da und versuchte mir vorzustellen, ich wäre tot.

Es war ein beschissenes Gefühl.

Kalte, nasse Lappen wischten mir den Schweiß weg und schlugen ein paar Funken in mein flackerndes Lebenslicht. Als es wieder richtig brannte, fragte der Doktor: »Können Sie sich aufrichten?«

Ein Blinzeln. Ja. Sprechen war mir noch zu anstrengend.

Mit vereinten Kräften verfrachteten wir mich in den Sessel, und ich holte ein paarmal tief Luft, bis ich mich wieder besser fühlte. »Ist dieser Anfall ein schlechtes Zeichen, Doc?«

»Kein gutes, aber auch nicht lebensgefährlich. Geht es Ihnen wieder gut?«

»Fit wie ein alter Turnschuh.«

»Klar.«

Ich nahm das Glas Eiswasser, das neben dem Sessel stand, und wollte trinken. Der Doktor erlaubte mir nur einen winzigen Schluck. »Ich glaube, wir sitzen beide im selben Boot, Doc.«

»Was für ein Boot soll das denn sein?«

»Eins, das ohne Ruder tief in der Scheiße feststeckt.«

»Ach?«

»Man hält uns beide für tot. Wie kommen wir wieder zurück ins Leben?«

In den ersten paar Wochen kam ich mir vor wie in einem belanglosen Traum. Mein lethargischer Zustand war auf die Medikamente zurückzuführen, die jede körperliche Bewegung so anstrengend machten, daß ich mich nicht dazu aufraffen konnte. Ausgeglichen und zufrieden registrierte mein Gehirn zwar alles, was ich sah, hörte und roch, aber es schien sich kaum zu lohnen, etwas davon in meinem Gedächtnis zu speichern.

Es gab ein paar amüsante Eindrücke ... der Doktor, wie er mit jemandem von der Bank telephonierte und arrangierte, daß ihm Geld überwiesen wurde. Das hätte seinen besoffenen Kumpeln sicher besonders gut gefallen. Ein kleiner Teil von mir wollte ihn fragen, wie er das Geld auf die Seite geschafft hatte, als er sein altes Zuhause verließ. Ich wußte, daß man so etwas machen konnte, aber wie? Ein anderes Mal quatschte er medizinischen Kauderwelsch ins Telephon, von dem ich kein Wort verstand. Ein paar Tage später kam ein Paket mit Arzneimitteln mit der Post.

Ich wachte auf, als es noch dunkel war. Die salzige Luft vom Golf kam durch das Fenster und roch warm und träge, mit einer Spur von Fischgeruch. Es war keiner von diesen unwirklichen Tagen. Dieser Tag war wirklich, er hatte eine bestimmte, spürbare Struktur. Und dann war da noch ein bekannter Geruch, den ich besonders schätzte, weil er für mich mehr bedeutete als nur ein Aroma.

Dr. Morgan betrat das Zimmer mit einer Kanne dampfenden Kaffees und einem dickrandigen weißen Becher. »Wie trinken Sie Ihren Kaffee?«

»Zwei Süßstoff. Keine Milch.«

»Ich hätte gedacht, Sie trinken ihn schwarz.«

»Das ist nur was für ganz harte Jungs«, erklärte ich ihm.

Er öffnete die Hand, in der ein paar rosafarbene Päckchen Süßstoff lagen. Sie waren zerknittert und schmutzig und sahen aus, als hätte er sie in einem Mülleimer gefunden. »Wissen Sie, wo ich die herhabe?« Ich schenkte mir eine Antwort. »Sie waren in Ihrer Jackentasche.«

»Wie kommen Sie dann darauf, daß ich Kaffee schwarz trinke?«

»Falsche Diagnose. Möchten Sie sie?«

»Sicher.«

Obwohl die Tütchen schmuddelig waren, schmeckte der Kaffee genau richtig. Es war die erste Tasse, die ich seit langer Zeit genießen durfte, und ich dachte, ich könnte sie ganz austrinken. Aber nach der Hälfte stellte ich den Becher hin und schaute Dr. Morgan zweifelnd an.

»Keine Sorge«, sagte er. »Ihr Körper weiß, was gut für Sie ist. Zwingen Sie sich nicht, mehr zu trinken, als Sie brauchen. Haben Sie Hunger?«

»Eigentlich nicht. Ich bin von der halben Tasse Kaffee ganz voll.«

»Nach und nach gewöhne ich Sie wieder an normales Essen.«

»Warum sind Sie heute so nett zu mir?« fragte ich ihn.

Er schaute mich wieder einmal mit diesem besorgten, ärztlichen Stirnrunzeln an, dann sagte er: »Sie sind einen wichtigen Schritt weitergekommen. Jetzt beginnt eine neue Phase.«

»Das habe ich nicht gemeint«, sagte ich.

Das Stirnrunzeln verwandelte sich in ein verschämtes Grinsen. »Nun ... Ihnen kann man wohl nichts vormachen.«

»Also?«

»Ich brauche Ihre Meinung als Experte.« Er bemerkte meinen verwunderten Gesichtsausdruck. »Einen Rat«, fügte er hinzu.

»Um was geht es?«

»Darum, wie ich nicht ins Gefängnis komme. Ich fahre hier in der alten Kiste mit gestohlenen New Yorker Nummernschildern durch die Gegend und warte nur darauf, daß ich angehalten werde. Der Kühler qualmt, die Reifen sind abgefahren, und der Auspuff macht einen höllischen Krach.«

Es war ein angenehmes Gefühl, gebraucht zu werden. Bei dieser Sache mußte ich nicht mal scharf nachdenken. »Haben Sie Geld, Doc?«

»Ja. So dumm war ich dann doch nicht.«

»Ihre alten Papiere, haben Sie die noch?«

»Alles, was in meiner Brieftasche war. Führerschein, eine alte Wählerregistrierung, der Arztausweis vom Krankenhaus, so was.«

»Gut. Kaufen Sie sich ein neues Auto, melden Sie es ganz legal auf Ihren richtigen Namen an, und dann machen Sie den Führerschein für den Staat Florida. Sie können Ihre Identität beweisen. Wenn man Ihnen Fragen stellt, sagen Sie einfach, so ganz in Rente zu gehen läge Ihnen nicht und Sie wollten wieder ein bißchen herumdüsen.«

»Mike, ich wurde für *tot* erklärt!«

»Hören Sie, Doc«, erwiderte ich barsch, »wer wird sich denn nach all den Jahren noch an diese dumme Sache erinnern? Außerdem – Sie sehen absolut nicht tot aus. Glauben Sie mir, niemand wird Ihnen Schwierigkeiten machen. Kaufen Sie sich nur vorher ein paar anständige Klamotten, damit Sie überzeugend rüberkommen. Vielleicht karierte Hosen und ein Golfhemd mit einer Eidechse darauf.«

»Ich spiele kein Golf.«

»Dann besorgen Sie sich eben ein Anglerhemd.«

Er stand da und schaute auf mich hinunter. Dann verzog sich sein Gesicht zu einem breiten Grinsen, und er sagte: »Mann, das Totsein hat mir überhaupt nicht gefallen.«

Das Telephon klingelte, und der Doktor war nicht da. Sonst ging immer er ran, und jedesmal gab es etwas Wichtiges zu besprechen, oder es mußte etwas Medizinisches oder ein Problem bei der Versorgung unseres Haushalts geklärt werden.

Ich nahm den Hörer von der Gabel und meldete mich mit einer tiefen, knurrenden Stimme. »Ja?«

Kaum hörte ich sein erstes Wort, kroch mir ein eiskalter Schauer über die Schultern. Er sagte: »Hallo, Mike. Geht es dir wieder besser?«

Sein Ton war vollkommen freundlich, so als hätte es überhaupt nie einen Bruch in unserer Freundschaft gegeben, als hätte die Schießerei im Hafen nie stattgefunden.

Ich stockte einen Moment und holte Luft, dann sagte ich mit normaler Stimme: »Wie hast du rausgekriegt, wo ich bin, Pat?«

»Hast du schon vergessen, daß ich ein Bulle bin? Als Captain hat man so seine Verbindungen.«

»Von wo aus rufst du an?«

»Von einem sicheren Apparat in einer Telephonzelle in einem Laden.«

»Und wie hast du mich gefunden?«

»Es war nicht einfach«, erwiderte er.

»Wenn du es geschafft hast, dann können mich auch andere finden.«

»Nur, wenn ihnen genauso viele Männer und dieselbe elektronische Ausrüstung zur Verfügung stehen wie uns«, meinte Pat.

Ich holte noch einmal tief und langsam Luft. »Dann verrat mir eins, Kumpel: Warum?«

Jetzt wartete er einen Augenblick. »Jemand hat Marcos Dooley erschossen.«

Ich brummte leise: »Verdammt.«

Pat wußte, was mir durch den Kopf ging, und ließ mir Zeit. Marcos Dooley war ein alter Freund von Pat und mir, er hatte uns am Kriegsende in den militärischen Geheimdienst geholt und uns auf den Weg gebracht, auf dem wir uns heute noch befanden. Von uns dreien trug nur Pat noch manchmal eine Uniform, das Blau des New York Police Departments. Ich war im Besitz einer Privatdetektiv-Lizenz für den Staat New York und hatte einen Waffenschein, mit dem ich eine Knarre am Körper versteckt tragen durfte. Aus Marcos Dooley war ein heruntergekommener Penner geworden, und jetzt war er tot. Doch in den Zeiten, als der Krieg wütete und glühendes Schrapnell und Kugeln die schrillen Lieder der Zerstörung sangen, hatten wir uns gegenseitig geschützt und den Tod bei seinem Spiel besiegt, weil wir das Richtige machten. Wir hielten uns gegenseitig den Rücken frei, so lange, bis unsere Herzen wieder ruhig schlugen und wir wieder zu Atem kamen.

»Wie ist es passiert, Pat?«

»Jemand ist in sein Haus eingebrochen und hat ihm eine Kugel in die Eingeweide verpaßt.«

»Weißt du, wer es war?«

»Noch nicht. Wir haben *vielleicht* einen Verdächtigen.«

»Kenne ich ihn?«

»Sicher. Du hast seinen Bruder auf dem Gewissen. Ugo Ponti.«

Ich murmelte etwas Unverständliches. »Wie geht es Dooley?«

»Er liegt im Sterben. Glaubst du, du könntest nach New York kommen? Er will dich sehen.«

»Ich komme.« Dann fügte ich hinzu: »Wie geht es Velda, Pat?«

Ich wußte, daß er in den Hörer grinste. »Sie wartet auf dich«, erwiderte er. »Sie hat keine Sekunde geglaubt, daß du tot bist.«

Der Doktor hatte einen Flug nach New York früh am Morgen für mich gebucht und mir ein Erste-Klasse-Ticket spendiert, damit ich genug Platz hatte, mich ausstrecken und ein bißchen schlafen konnte. Ich trug der Stewardeß auf, mich erst zu wecken, wenn wir uns im Anflug befanden, dann zog ich die Schuhe aus und schlief ein. Ich brauchte inzwischen keine Schlafmittel mehr. Es war ein natürlicher Schlaf, doch mit unwirklichen Träumen, die so erschreckend echt wirkten, daß ich immer wieder von ihnen aufwachte. Da waren verzerrte Gesichter, aber ich kannte sie, und in den Träumen waren hämmernde Geräusche, die aus einer Vergangenheit kamen, an die ich mich nicht erinnern wollte. Irgendwie verdichtete sich die Zeit, und gerade, als ich dem Ding, das mich gepackt hatte, eine verpassen wollte, öffnete ich die Augen und sah, daß die hübsche Stewardeß mich ganz sanft wachrüttelte. Ich zwang mich zu einem Lächeln.

Aber sie wußte, was los war. »Schlecht geträumt?«

»Furchtbares Zeug«, erwiderte ich.

»Sie wollten mir gerade eine reinhauen, stimmt's?«

»Nicht Ihnen.«

»Wem dann?«

»Den Bösen«, sagte ich.

»Sind Sie beim Militär?«

»Ist schon lange her.«

»Und jetzt sind Sie ein Bulle.« Eine winzige Falte erschien zwischen ihren Augen, als sie lächelte.

»So was Ähnliches«, sagte ich.

Die Falte verschwand, aber sie lächelte immer noch. »Ach so«, meinte sie. »Einer von denen.« Sie merkte, daß ich mich fragte, was sie meinte, und ergänzte: »So was wie ein Terrorist.«

Jetzt mußte ich grinsen und richtete mich auf, wobei ich den Anweisungen der Lautsprecheranlage folgte und den Sitz in eine aufrechte Position brachte. Ich sagte: »So könnte man es ausdrücken.«

Sie erwiderte mein Lächeln und glaubte mir kein Wort.

Es war noch zu früh für die Rückkehr die Schneevögel in die Großstadt, und so waren nur wenige auf dem Rollfeld und begrüßten die Passagiere. Ich warf mir das Handgepäck über die Schulter und spazierte gemütlich den Gang hinunter. Für einen echten New Yorker ging ich zu langsam. Meine Mitreisenden hatten mich alle überholt, als ich endlich das Gate erreichte. Dieses seltsame Gefühl gespannter Erwartung lief mir über den Rücken, noch bevor ich Pat Chambers und Velda entdeckte. Sie beobachteten mich und wußten offenbar nicht, was sie zu erwarten hatten: einen umherlaufenden Toten, einen Geist aus der Vergangenheit, oder jemanden, in dem sich eine wilde, ohnmächtige Wut aufgestaut hat und der nicht weiß, wohin damit.

Aber ich spürte, daß alles in Ordnung war. Ich sah es an Pats Gesichtsausdruck und in Veldas glänzenden Augen.

Mein Freund deutete meine Körpersprache richtig, wie es nur alte Freunde können. Aber Velda kannte mich so gut, daß sie mehr mitkriegte und fühlte, wie es in meinem Inneren aussah. Ihre Blicke sagten mir, daß die vielen Monate, die vergangen waren, genau das waren … Vergangenheit. Wir brauchten keine Entschuldigungen, wir mußten uns nicht lange Geschichten erzählen, wenn uns nicht danach war. Es genügte dieser wunderbare Blick, der *Ich bin froh, daß du wieder da bist* bedeutete und alles sagte, obwohl wir kein Wort wechselten.

Wer nicht genau hinschaute, dem wäre unsere Begrüßung beiläufig vorgekommen. Ich schüttelte Pat die Hand, und wir wollten uns beide fester drücken, aber es war nicht der richtige Zeitpunkt dafür. Als Velda und ich uns in die Arme nahmen, war da ein sanftes, intensives Gefühl, das wir beide spürten. Für einen unbeteiligten Beobachter war es nur ein Begrüßungskuß, aber zwischen uns explodierte eine stumme, lodernde Leidenschaft, die uns beinahe erschreckte. Velda trat scheu zurück, dann blickte sie mir in die Augen und wußte, daß ich es auch gefühlt hatte.

Früher hätte ich dieses Gefühl nicht zugelassen und mich gefragt, was es ist. Heute nicht mehr. Jetzt wußte ich, was es war. Ganz leise, so daß es nicht einmal Pat hörte, sagte ich: »Ich liebe dich, Velda.«

Genauso leise antwortete sie: »Ja, ich weiß.«

Ich wartete. Sie verzog den Mund zu einem Lächeln. Schließlich sagte sie: »Du weißt doch, was ich für dich empfinde, oder?« Ich wartete noch länger, dann grinste ich ein bißchen und sagte: »Jetzt weiß ich es, Kleines.«

Zweites Kapitel

Mein Apartment hatte sich verändert. Es lag ein anderer Geruch in der Luft. Es waren die alten Möbel, aber sie kamen mir heller vor. Die Vorhänge, die ich mir von einem Mädchen in der Third Avenue hatte nähen lassen, waren verschwunden. Dafür hingen andere in den Fenstern. Velda bemerkte, wie ich sie anstarrte, und sagte: »Es war Zeit für neue.«

Ich nickte, als wüßte ich genau, was sie meinte.

Im Spülbecken stand kein schmutziges Geschirr, im Bad lag eine neue Seife, und frische Handtücher hingen über den Stangen. »Ich habe saubergemacht«, meinte Velda. »Und dann hab' ich dafür gesorgt, daß alles sauber bleibt.«

»Ja«, erwiderte ich. »Das ist nicht zu übersehen.«

»Wie meinst du das?« fragte sie mich mit einem Schmunzeln in der Stimme.

»Die Klobrille ist runtergeklappt«, sagte ich.

Sie lachte lauthals los, und als sie sich wieder beruhigt hatte, machte sie etwas mit den Augen, das mich irgendwie immer aus dem Konzept bringt. Nur eine Frau kann so etwas machen, und sie wußte genau, wann der richtige Moment dafür war.

Ihre Stimme war tief und kehlig, ihre Worte klangen weich und einladend. Sie schaute mich noch eine Weile mit diesem speziellen Blick an und wußte genau, was sie damit bei mir anrichtete. Dann sagte sie mit rauher Stimme: »Was kriege ich dafür als Dankeschön, Mike?«

Ich hatte auch ein ziemlich gutes Timing. Ich wußte, was sie wollte und welche Antwort sie von mir erwartete. Aber jetzt war ich an der Reihe, und ich wollte ihr etwas ganz Unerwartetes bieten, etwas, das sie vollkommen vom Hocker riß. Für mich war es auch keine leichte Sache, und für einen kurzen Moment hatte ich Angst, daß ich mich auf etwas einließ, was mir über den Kopf wuchs ... aber es ging vorbei, und es war genau der richtige Zeitpunkt. Ich streckte die Arme aus und nahm ihre beiden Hände. Ich konnte ihre Stärke und Wärme spüren. Sie zitterte ein bißchen.

Ganz ruhig sagte ich zu ihr: »Du weißt, was passiert ist, Kleine. Sie haben mich total zusammengeschossen, und mit mir ist gerade nicht viel anzufangen. Sie werden nach mir suchen, weil sie sicher sein wollen, daß ich nicht lebend davonkomme. Finanziell bin ich auch kein guter Fang, aber die Situation ist nicht vollkommen hoffnungslos, wenn ich es schaffe, am Leben zu bleiben. Und das wird nicht einfach sein.«

Sie runzelte wieder die Stirn, und ihre Augen schauten mich verwirrt an, so, als ob sie ein sonderbares Rätsel lösen wollte, eines, das keine gute Lösung versprach.

Ich ließ ihre eine Hand los und strich über das wunderschöne dunkelbraune Haar, das ihr immer noch in dem weichen Pagenschnitt auf die Schultern fiel. Ich sagte: »Ich will dich heiraten, Süße. Ich glaube, das wollte ich seit dem Moment, als du in die Detektei gekommen bist und nach einem Job gefragt hast.«

Mit einem Händedruck sagte sie mir, daß sie es auch schon immer gewollt hatte. Ihre Augen verrieten totale Überraschung, weil sie damit überhaupt nicht gerechnet hatte. Ich sah, daß sie sich freute, aber das Gefühl war gedämpft, als ob sie meine Gedanken lesen könnte. »Das war die gute Nachricht«, sagte sie. Dann wartete sie geduldig ab, was ich noch zu sagen hatte.

Ein tiefes Knurren kam aus meiner Kehle. »Wir müssen noch ein bißchen damit warten«, sagte ich.

»Warum?«

»Ich muß vorher noch etwas zu Ende bringen.«

»Marcos Dooley?«

Ich nickte. »Hat Pat es dir erzählt?«

»Alles.«

»Was möchtest du, Velda? Was soll ich tun?«

Sie zögerte keine Sekunde und sagte: »Bring es zu Ende, Mike. Vorher bist du sowieso zu nichts anderem zu gebrauchen.«

Pat hatte alles für mich arrangiert. Ich erkannte den Zivilbullen sofort, der mich vor dem Bellevue Hospital abholte. Er begrüßte mich mit einem Grinsen. »Mit dir ist es wie mit einem falschen Fünfziger. Die ganze Zeit ist alles ruhig und friedlich, und dann tauchst du wieder auf.«

»Vielleicht kann ich mich diesmal ein bißchen zurückhalten.« Ich grinste zurück. »Wie geht es Dooley?«

»Er liegt im Sterben, Mike. Wenn er nicht wüßte, daß du noch kommst, dann wäre er schon tot.«

Wir stiegen in den Aufzug, und der Bulle drückte den Knopf für die Station, in die wir wollten. »Wie ist seine Bewachung organisiert?« fragte ich ihn.

»Wie üblich«, erwiderte er, dann führte er aus: »Das Büro des Bezirksstaatsanwalts ist ziemlich interessiert an ihm, aber sein Arzt hat bis jetzt keine Befragung zugelassen.«

»Der Bezirksstaatsanwalt will die Pontis festnageln?«

»Genau.«

»Hat er schon irgend etwas gesagt?«

»Nein. Er hat nur nach dir gefragt.«

Ich zuckte mit den Schultern. Der Aufzug stoppte, und die Tür öffnete sich. »Er kennt Pat genauso gut wie mich.«

»Aber er wollte mit dir sprechen.«

»Wer bewacht die Tür?«

»Niemand aus dem Büro des Bezirksstaatsanwalts.«

Wir kamen um die Ecke, und ich sah zwei Uniformierte,

die rechts und links von der Zimmertür standen. Der Größere wippte auf den Schuhsohlen, während sein Partner bedächtig und aufmerksam den Gang im Auge behielt. Sie traten ein wenig auseinander, damit wir durchkonnten. Der Zivilbulle blieb vor der Tür stehen und gab mir mit einer Handbewegung zu verstehen, ich solle eintreten.

»Kommst du nicht mit rein?« fragte ich ihn.

»Er wird nichts sagen, wenn noch jemand da ist.«

»Wird das Zimmer abgehört?«

»Nein.«

»Warum nicht?«

Der Bulle lachte kurz auf. »Captain Chambers und der Doktor haben zusammen einen kleinen Aufstand inszeniert.«

»Worum ging's denn?« fragte ich ihn.

Er lachte noch einmal. »Der Bezirksstaatsanwalt wollte seinen Willen durchsetzen. Das haben sie ihm gehörig vermasselt. Es war eine großartige Vorstellung.«

Ich drehte den Knauf, trat ein und schloß die Tür hinter mir.

Der Raum war wirklich ein Sterbezimmer. Der Tod hing schwer in der Luft. Die einzige Beleuchtung kam von einer Reihe von Apparaturen hinter dem Bett, die ein mattes orangegelbes Licht abgaben. Man konnte den Tod riechen. Nicht wirklich, aber man wußte, daß man ihn riechen würde, wenn man nur tief genug einatmete.

Als meine Augen sich an das Dämmerlicht gewöhnt hatten, erkannte ich eine Gestalt unter der Decke, und mir wurde bewußt, daß Dooley hier lag. Leise ging ich durch den Raum, stellte mich neben das Bett und schaute auf einen durchlöcherten Körper, aus dem das Leben heraustropfte. Er atmete flach, aber gleichmäßig. Man hatte ihm starke Mittel gegeben, die die Schmerzen der Schußwunden betäubten.

Während ich mir noch überlegte, wie ich ihn aufwecken könnte, merkte er anscheinend, daß er nicht allein war. Mit Mühe öffnete er die Augen, starrte einen Moment vor sich ins Leere, dann richtete er den Blick auf mich. »Du hast es geschafft, was?«

»Klar, für dich, Dooley. Warum hast du nicht Pat geholt?«

»Er ist nicht so eine Ratte wie du.«

»Komm schon –«, wollte ich sagen, aber er unterbrach mich durch ein Kopfschütteln.

»Mike ... du bist ein ganz mieser Hund. Du bist ... fies. Du erledigst die übelsten Jobs, die man sich ... vorstellen kann. Pat ist nicht wie du.«

»Er ist ein Bulle, Marcos.«

Sein Lächeln war echt, aber es strengte ihn an. »Du hast mich immer Marcos genannt ...«

»Ich weiß. Wenn ich sauer auf dich war.«

»Bist du jetzt ... sauer ... auf mich?«

»Kumpel, seit ich mir selbst ein paar Patronen eingefangen habe, hab' ich nicht mehr die Kraft, mich wegen irgend etwas aufzuregen. Zur Zeit bin ich zahm wie ein Kätzchen.«

»Aber du überlegst dir schon ... warum ich dich sprechen wollte.«

»Irgendwie schon.«

»Ja.« Er hustete leise, und sein Gesicht war schmerzverzerrt. Meine Augen hatten sich inzwischen fast vollkommen an das Dämmerlicht gewöhnt, und ich konnte ihn deutlich sehen. Die vergangenen Jahre hatten es nicht besonders gut mit ihm gemeint, und die Schußverletzung, die ihm zu guter Letzt noch zugefügt worden war, hatte ihm den Rest gegeben.

Es dauerte eine ganze Minute, bis die Schmerzen nachließen, aber ab diesem Moment tickte eine Uhr hinter seinen Augen. Ich wußte es genauso gut wie er. Jeder Sekundenschlag brachte ihn näher zum Ende. Unter Anstrengungen suchte er wieder Blickkontakt mit mir und schaute mir schließlich in die Augen. »Mike ... erinnerst du dich an Don Angelo?«

Ich befürchtete schon, jetzt würde er in alten Erinnerungen versinken. Don Angelo war schon seit zwanzig Jahren tot. Im Alter von über neunzig war er in Frieden in seiner Wohnung in Brooklyn gestorben, inmitten seiner leiblichen Familie. Seine *andere* Familie zählte hundertmal mehr Mitglieder und war über die ganze Ostküste verteilt, die der Pate als sein Gebiet ansah.

»Klar, Dooley. Was ist mit ihm?«

Sein Gesichtsausdruck wirkte verkrampft, und in seinen Augen sah ich so etwas wie Scham. Nach einer langen Pause sagte er: »Ich habe für ihn gearbeitet, Mike.«

Ich konnte es kaum glauben. »Du doch nicht, Dooley!«

»Ich hatte nicht soviel Glück ... wie du und Pat. Don Angelo ... hat herausgefunden ... daß ich beim militärischen Geheimdienst war. Er hatte Arbeit für mich.«

»Dooley«, fragte ich ihn, »für was für eine Arbeit könnte die Mafia dich einsetzen? Du taugst nicht zum Killer. Du hattest nie etwas mit illegalen Geschäften zu tun.«

Er hob die Hand, und ich hörte auf zu reden. »Es ging um ... eine andere Art von ... Geschäft.« Ich nickte wortlos, eine fragende Geste, die er beantwortete. »Weißt du ... wie hoch die Jahresumsätze ... der ...« Er suchte nach den Worten und sagte: »... gesamten Mafia sind?«

»Das Finanzamt führt Statistiken darüber.«

»Und ...?«

»Es ist 'ne ganz schöne Stange Geld«, sagte ich.

»Mike«, sagte er mit einem fast andächtigen Ton in der Stimme, »du hast nicht den geringsten Schimmer, wieviel es wirklich ist.«

»Worauf willst du hinaus, Dooley?«

Er atmete ein paarmal tief ein, und sein Brustkorb hob sich unter der Bettdecke. Die Augen hielt er geschlossen, bis der Krampf oder was auch immer vorbei war. Dann schaute er zu mir hoch und bewegte eine Weile stumm den Mund, bis er etwas herausbrachte.

»Es ist passiert, bevor der ganze Ärger losging, Mike. Weißt du noch, als die Jüngeren den Laden übernehmen wollten ... das Familiengeschäft?«

»Aber sie haben es nicht geschafft, Dooley.«

»Nein ... damals nicht.« Er holte wieder tief Luft. »Aber es hat die Paten zum Nachdenken gebracht.«

»Klar«, erinnerte ich ihn. »Sie sind damals alle legal geworden. Das Geschäft wurde zum Big Business.«

Er lächelte mich seltsam an, und irgendwie kam ich mir ziemlich bescheuert vor. Ein paar Sekunden ließ er mich noch hängen, und ich konnte nur hoffen, daß er den Höhepunkt seiner Geschichte genoß, denn mir machte das Ganze absolut keinen Spaß.

»Die ursprünglichen fünf Familien hatten sich in Miami getroffen. Sie hatten sich einen Überblick ... über die Situation verschafft ... die Bücher kontrollieren lassen ... durch einen unabhängigen Wirtschaftsprüfer, wie das bei der Regierung immer so schön heißt.«

»Worauf willst du raus, Dooley?«

Wieder brummte er, doch dieses Mal klang es befriedigt. »Sie ... sind alle reingelegt worden ... von ihren Kindern. Denen sie das Studium bezahlt haben. Die sie eigentlich ... zu ihren Nachfolgern auserkoren hatten ... wenn sie vom Geschäft zurücktreten würden.«

»*So* dumm waren die Paten doch nicht«, unterbrach ich ihn.

»Computer«, meinte Dooley.

»Computer!?«

»Die Jungen haben gelernt ... wie man mit ihnen umgeht ... auf der Uni. Sie wollten nicht warten. Sie wollten es jetzt ... und sie haben es gekriegt. Jetzt halt den Mund und sag erst wieder etwas, wenn ich fertig bin.«

»Dann komm endlich mal zum Punkt«, brummte ich vor mich hin.

»Den Spruch mußtest du jetzt noch anbringen«, sagte er.

»Ich kann's nicht leiden, wenn mir jemand sagt, ich soll den Mund halten«, erwiderte ich mit gespielter Empörung. Dann setzte ich nach: »Aber jetzt bin ich still.«

»Gut. Sag nichts mehr und ... hör einfach zu. Die alten Paten haben ... nie ihren Reichtum an die große Glocke gehängt. Sie haben ihr Vermögen schon ausgegeben, aber sie sahen immer total ... abgebrannt aus. Kleine, miese Wohnungen, die Ehefrauen haben geputzt und gekocht. Groß gefeiert und mit Geld um sich geschmissen haben sie nur, wenn sie ... zurückgegangen sind ... nach Italien. Die Jungen ... die mißratenen .... wußten natürlich, daß die Paten reich waren, aber sie wußten nicht, wo das ganze Geld versteckt war.« Sein Atem ging in unregelmäßigen Zügen, was mir überhaupt nicht gefiel, aber ich konnte ihn jetzt nicht mehr unterbrechen. »Zu der Zeit haben sie ... mich eingestellt.« Er kapierte, was ich fragen wollte, aber er schüttelte nur den Kopf. »Später ... verstehst du, warum. Es ist jetzt nicht ... wichtig.«

Ein rotes Lämpchen blinkte an einem Apparat über seinem Kopf. Es leuchtete ungefähr zwei Sekunden, dann ging es wieder aus. Niemand kam, und ich kümmerte mich nicht darum.

Er sagte: »Keiner weiß genau, wie ... sie es gemacht haben. Bargeld und Wertgegenstände wurden in Lastwagen mit verschiedenen Teams transportiert, so daß niemand wußte, woher die Ladungen kamen und wohin sie gingen. Das wußte nur das letzte Team.«

»Was ist mit dem passiert?«

»Wie auf den alten Piratenschiffen. Von denen ist nur noch das Skelett übrig. Wenn sie den Job ... erledigt hatten, waren sie ... auch erledigt.« Er drehte den Kopf und schaute mich an. »Jetzt frag nichts mehr ... okay?«

Ich nickte wieder.

»Das ganze Vermögen ... war in Banknoten angelegt. Was sie sonst noch hatten, wurde verkauft und in Dollar umgetauscht. Sie haben alle ihre ... Nummernkontos in der Schweiz, auf den Bahamas und den Cayman-Inseln aufgelöst. Es kam immer noch Bargeld rein aus den Spielsalons und vom Drogengeschäft und dem ganzen ... Scheiß, verstehst du?« Wieder nickte ich. »Deswegen haben es die ... jungen Typen auch nicht geschnallt. Das Geld ... aus dem Tagesgeschäft war da, aber das eigentliche Kapital hatten sie beiseite geschafft.«

»Kann ich jetzt etwas sagen?« fragte ich ihn.

»Mach schon.« Er kam mir ein bißchen kurzatmig vor und schien froh über die Unterbrechung zu sein.

»Wann haben sie es herausgefunden?«

»Ungefähr sechs Monate vor der Schießerei, in die du verwickelt warst. Die Computer haben es ans Tageslicht gebracht. Zuerst dachten sie, es ... es sei so was wie ... ein Versehen. Aber was die Maschinen ausspuckten, war eindeutig, und sie haben kapiert, daß sie abgezockt worden waren. Da ist die ... Bombe wirklich hochgegangen. All diese cleveren Jungs haben durchgedreht. Und jetzt ... wollen wir mal sehen, an was du dich noch erinnerst.«

Ich hatte es die ganze Zeit beobachtet und abgewartet. Was er sagte, machte Sinn. Vor ein paar Jahren war in den oberen Rängen der Mafia-Bruderschaften eine ziemliche Unruhe ausgebrochen. Kein Sterbenswort drang darüber nach draußen, und selbst das Finanzamt reagierte besorgt.

Sie durchleuchteten die gesamte Buchhaltung der Mafia, aber sie fanden nichts.

Dooley sagte: »Inzwischen waren die Paten alt geworden. Dann starb einer nach dem anderen ... eigentlich etwas ganz Natürliches. Keine ungewöhnlichen Todesursachen für Männer ihres Alters. Du weißt schon, Schlaganfälle, Herzinfarkte, Treppenstürze.«

»Ich erinnere mich daran. Eine Weile lang fand dauernd irgendwo eins von diesen aufgemotzten Begräbnissen statt.«

Es war wirklich eine Zeit gewesen, die man nicht so schnell vergißt. Sämtliche Zeitungen und Fernsehsender berichteten über die nicht enden wollenden Paraden von blumengeschmückten Cadillacs und die Ströme von Tränen, die von den Hinterbliebenen an den offenen Gräbern vergossen wurden. Die Familien zogen alle lange Gesichter und zeigten nicht einmal die Spur eines Lächelns, aber innerlich strahlten ihre Augen bei jedem weiteren Karnevalsumzug noch glücklicher. Sie warteten alle nur darauf, wer der nächste König werden würde.

Während mir das durch den Kopf ging, schaute ich auf Dooley hinunter, und er wußte genau, was ich dachte.

»Zu der Zeit habe ich für ... Lorenzo Ponti gearbeitet, Mike. Ponti war das ... Gehirn des Ganzen. Er hatte die ... große Operation unter seinem Kommando. Er war schneller als die Jungen ... der Kerl war allen immer ein bißchen voraus.«

»Hat er die Gebiete der anderen sofort nach deren Tod übernommen?« fragte ich.

»Teufel, Mike, sie sind nicht einfach so ... gestorben. Sie wurden umgebracht. Jeder einzelne von ihnen. Außer Ponti. Und wenn er abtritt, dann gibt es keinen Paten mehr ... nur die jungen Schaumschläger, die höllisch wütend sein werden, weil ihr gesamtes Erbe verschwunden ist. Wosch!

Weg ... einfach so.« Er wollte mit den Fingern schnalzen, aber er war zu schwach.

»Dooley... weiß Lorenzo Ponti denn nicht, wo die Kohle steckt?«

»Er denkt schon, daß er es weiß.«

»Aber jemand hat ihn angeschmiert?«

»Ich war's«, sagte Dooley. »Ich habe ihn ... angeschmiert. Ich habe die Straßenschilder vertauscht ... die Spuren verwischt, alles verschleiert. Irgendwann wirst du dahinterkommen. Ponti wird auf dem falschen Berg nach seinem Schatz graben.«

Plötzlich zuckte ein brutaler, schneidender Schmerz über sein Gesicht, und er bäumte sich unter der Bettdecke auf. Seine dunkle Gasse tat sich allmählich vor ihm auf, und er hatte Angst und wollte es nicht wahrhaben.

»Mike ... die Ärzte ...«

Er erstickte fast an seinen eigenen Worten und schloß die Augen. Nach einer Weile zwang er sich, sie wieder zu öffnen. In seinem Blick lag ein tiefer Ernst. Ich sagte: »Es sind gute Ärzte, Dooley. Die besten.«

»Aber ich bin kein guter Mensch.«

»Das ist ihnen egal. Du bist hier, und du bist ihr Patient.«

»Warum sagen sie mir überhaupt nichts?«

»Vielleicht haben sie noch nicht alle ihre Tests abgeschlossen.«

»Quatsch, Mike. Sie haben mir etwas durch den Tropf verabreicht, und jetzt spüre ich gar nichts mehr.« Seine Augen schauten mich jetzt ängstlich an. »Du weißt, wo's mich ... erwischt hat, oder?«

»Pat hat es mir gesagt«, erwiderte ich.

»Lüg mich nicht an ... wie schlimm ... ist es?«

»Schlimm«, sagte ich. Es war sinnlos, ihm nicht die Wahrheit zu sagen. Er konnte sie in meinem Gesicht ablesen.

»Sag's mir.«

»Du hast drei Hohlspitzen abgekriegt.«

»Die haben mich zerfetzt, stimmt's?«

Mir blieb nichts anderes übrig, als stumm zu nicken.

»Warum haben sie mir das nicht gesagt?«

»Weil es Ärzte sind. Sie haben noch Hoffnung.«

»Jetzt sind sie ... nicht da.«

»Du bist hier, damit du dich ausruhst.«

»Hör auf damit, Mike. Ich bin hier um zu ... sterben. Ich kann es spüren, also erzähl mir nichts. Von meinem Bauch ist nichts mehr da. Sie haben mir die Eingeweide weggeschossen, richtig?«

»Richtig«, sagte ich.

»Wieviel Zeit, Mike.« Es war keine Frage. Er wollte keine tröstenden Worte hören, die ihm noch Hoffnung machen sollten. Für ihn ging es um etwas viel Wichtigeres.

Ich sagte: »Es kann jeden Moment soweit sein, Kleiner. Du hast nicht mehr lange. Die Ärzte denken wahrscheinlich, es ist besser, wenn du einfach von selbst einschläfst. Du wirst keine Schmerzen haben.«

Ein kurzes Lächeln und ein Anflug von Erleichterung huschte über sein Gesicht. »Hör mal«, sagte er. »Was würdest du machen ... wenn du ... neunundachtzig *Milliarden* Dollar hättest?«

»Ein neues Auto kaufen«, meinte ich.

»Ich habe ... neunundachtzig *Milliarden* gesagt, Mike.«

Fast wäre mir eine ironische Bemerkung herausgerutscht, aber ich biß mir auf die Lippen. Sein Blick war jetzt klar, und er starrte mich an. Wieder war da dieser seltsame Ausdruck in seinem Gesicht. Und er lag im Sterben. Daran gab es nicht den geringsten Zweifel. Was er jetzt sagte, war ganz sicher keine Lüge.

Leise sagte ich: »Soviel Geld hat nur eine Regierung, Dooley.«

Er widersprach mir nicht. »Stimmt«, sagte er. »Es ist schon eine Regierung. Da gibt es Angestellte und Steuern und Soldaten und mehr Geld, als sich ... irgend jemand vorstellen kann. Aber niemand sieht diese Regierung, und sie wollen ... auch nicht gesehen werden.«

Meine Miene verfinsterte sich, und er wußte, daß ich kapiert hatte, wen er meinte. In seinen Augen stand ein Lächeln, dann brachen die Schmerzen durch. Undeutlich empfand er die Todesangst, die selbst ein mit Medikamenten erleichtertes Sterben ihm nicht ersparen konnte. Er wollte nicht von mir unterbrochen werden, weil er noch mehr zu sagen hatte, aber die Zeit ihm davonlief. »Sie haben neunundachtzig *Milliarden* hinterlassen, Mike. Milliarden, verstehst du? Und nur ich weiß, wo das Geld ist. *Sie* wissen es nicht.« Ich wollte etwas sagen, aber da merkte ich, daß sein Lebenslicht langsam verlosch.

Seine Stimme wurde leiser. Der Flüsterton gab dem, was er noch zu sagen hatte, eine tiefere Bedeutung. Ich beugte mich über ihn, damit ich ihn besser verstehen konnte. Er sagte: »Du kannst ... herausfinden ... wo es steckt.«

Seine Augen schlossen sich nicht mehr. Fast unmerklich waren sie einfach tot geworden.

Pat wartete in der Eingangshalle auf mich. Ich brauchte ihm nicht zu sagen, daß Dooley gestorben war. Mein Gesichtsausdruck verriet alles. Die halbverheilten Wunden an meiner Seite schmerzten wieder, weil sich die Muskeln unter der Anspannung, einen alten Kumpel sterben zu sehen, verkrampft hatten. Ich dachte an das, was er mir gesagt hatte, und bekam dabei das Gefühl, als ob der Schmerz langsam von meinem Körper direkt in mein Gehirn hochkroch. Ich hielt an und stützte mich auf die Rükkenlehne eines Stuhles.

Pat fragte: »Bist du in Ordnung?«

»Alles okay«, log ich. »Bin nur zuviel gelaufen.«

»Quatsch. Setz dich hin.«

Ich setzte mich neben ihn und zwang mich, ein paarmal konzentriert ein- und auszuatmen. Nach ein paar Minuten war ich wieder auf dem Damm.

Pat spürte, daß es mir besser ging. »War es schlimm?«

Ich nickte. »Er hatte Schmerzen. Verdammt, er hatte wirklich brutale Schmerzen.« Ich wandte den Kopf und blickte ihn direkt an. »Wie hat es ihn erwischt, Pat?«

»Warum fragst du das eigentlich erst jetzt?«

»Ich wußte nicht, ob ich es aushalte. Ich habe so etwas gerade erst selbst durchgemacht.«

»Und jetzt hältst du es aus?«

»Mir geht's gut, Pat.«

»Na gut. Er war bei sich zu Hause. Er war allein beim Abendessen gewesen und kurz nach neun heimgekommen. Anscheinend hat er die Zeitung gelesen und vier Überweisungen für den laufenden Monat ausgestellt. Er wollte gerade die fünfte und letzte ausfüllen, da haben sie ihn erwischt. An seinem Körper waren keine Schmauchspuren, also wurden die Schüsse nicht aus der Nähe abgefeuert. Die Wucht des Aufpralls hat ihn mitsamt dem Stuhl umgeworfen. Bei dem Sturz hat er das Telephon mit zu Boden gerissen. Der Hörer war heruntergefallen, aber der Apparat lag direkt neben seiner Hand. Er hat es irgendwie geschafft, die Polizei angerufen und durchgegeben, daß er angeschossen worden sei. Man hat den Anruf zu seiner Wohnung zurückverfolgt und ihn ins Krankenhaus gebracht. Bis vor ein paar Stunden war er ohnmächtig. Die Ärzte wollten nicht, daß überhaupt *irgendwelche* Besucher zu ihm kommen.«

»Hat er erkannt, wer ihn erschossen hat?«

»Anscheinend nicht. Aber er hat ein leichtes Ziel abgegeben. Die Wohnungstür war nicht abgeschlossen. Jemand hat sie einfach aufgedrückt und so weit geöffnet, bis er sehen konnte, daß Dooley keine fünf Meter entfernt von ihm am Tisch saß. Dann hat er ihm drei Kugeln aus einer 357er verpaßt. Der Täter hatte genug Zeit, um abzuhauen, und bisher haben sich keine Zeugen gemeldet, die etwas gesehen haben.«

»Irgendwelche Spuren an den Patronen?«

»Nein. Die kriegt man in jedem x-beliebigen Waffengeschäft.«

»Hat die Spurensicherung etwas gefunden?«

»Nichts. Der Schütze hat die Wohnung nicht betreten. Am Türpfosten und an einer Ecke der Tür waren Pulverspuren. Es ist ziemlich offensichtlich, wie er vorgegangen ist.«

»Was hältst du davon, Pat?«

Er schloß kurz nachdenklich die Augen, dann sagte er: »Wenn man bedenkt, was hinter dem Ganzen steckt, dann hat jemand verdammt viel Glück gehabt. Hat er dir gesagt, für wen er gearbeitet hat?«

»Ja«, meinte ich, »Lorenzo Ponti war sein Chef, aber was er gemacht hat, hatte nichts mit der Mafia zu tun. Er war –«

»Ich weiß«, fiel mir Pat ins Wort. »Er war angestellt, als eine Art Hausmeister auf Pontis Anwesen. Wir haben als allererstes seine Krankenversicherung überprüft, und da stand alles. Hat er dir das gesagt?«

»Ja, genau.« Ich wollte nicht mehr sagen. Jedenfalls jetzt noch nicht. Dooleys letzte Worte waren für mich allein bestimmt. Wenn er gewollt hätte, daß wir beide davon wüßten, hätte er es gesagt.

»Aber da war noch mehr, oder?« Pat sprach aus, was offensichtlich war.

Ich nickte wieder. »Er meinte, es gäbe Probleme in der Mafia-Hierarchie.«

»Da gibt es immer Probleme.«

»Das hier ist anders. Die Probleme sind hausgemacht, so eine Art Aufstand der Kinder gegen die Eltern.«

»Darüber wissen wir Bescheid. Dieser Konflikt schwelt schon seit sechs Jahren vor sich hin. Es gibt immer noch Kerle in der Mafiaspitze, die mit beiden Beinen im falschen Jahrhundert stehen. Jetzt beanspruchen die Jüngeren ihren Anteil an der Macht.«

»Glaubst du, sie schaffen es, Pat?«

»Sicher irgendwann einmal. Wenn sie die Sache jetzt nicht mit Gewalt durchdrücken können, dann warten sie eben auf ihr Erbe.«

»Wie viele der alten Paten sind schon tot oder haben sich in den Ruhestand zurückgezogen?«

»Du hast die Zeitung gelesen, Mike. Es ist kaum mehr als eine Handvoll übrig. Bei ein paar war es ein bißchen komisch, wie sie gestorben sind, aber im Alter können solche Unfälle schon vorkommen. Außerdem, wen interessiert schon, wie sie letztendlich abgekratzt sind?« Pat knurrte ein bißchen und streckte die Beine aus. »Über was zerbrichst du dir den Kopf, Mike?«

»Es muß ein Motiv für den Mord an Dooley geben, Kumpel.«

Pat nickte mit ernstem Gesichtsausdruck. »Er hat einem Buchmacher fünftausendfünfhundert Dollar geschuldet.«

»Wem?«

»Marty Diamond.«

»Quatsch, so einer ist Marty nicht, das weißt du genau.«

»Es heißt, daß Dooley sich ein paarmal Geld von Kredithaien zusammengeliehen hat.«

»Das machen viele Leute. Dooley ist nicht vermöbelt worden, also hat er seine Schulden wahrscheinlich abbezahlt.«

»Er wurde ermordet, Mike«, erinnerte mich Pat, »also

gab es auch ein Motiv. Vielleicht war es etwas, was er gehört oder gesehen hat. Auf jeden Fall hat es ihn das Leben gekostet.«

Ich wollte Pat darauf hinweisen, daß es etwas gewesen war, daß Dooley *gemacht* hatte, aber ich wollte mir nicht selbst Klötze in den Weg stellen. Vielleicht später. »Also, was meinst du zu dem Ganzen?« fragte ich ihn.

»Na, du hast ihn genauso gut gekannt wie ich. Er war in Ordnung, aber er hat sich mit komischen Leuten herumgetrieben. Er war ein verdammt erstklassiger Soldat, auch wenn er sonst kein besonderes Talent hatte. Er hat es nie bis zum Führungsoffizier gebracht, aber bei Spezialaufträgen im Feld hat man gesehen, was in ihm steckte. Aber was macht so jemand im Zivilleben?«

»Wieviel hat er in dem Job bei Ponti verdient?«

Pat verzog das Gesicht und blickte mich an. »Das war eine ziemliche Überraschung. Er hat mehr verdient als ich, aber ich kann schon nachvollziehen, warum. Wir haben uns Pontis Arbeitsvertrag angeschaut. Dooley hat das Anwesen wirklich selbständig in Ordnung gehalten. Wenn er Hilfe brauchte, konnte er Leute einstellen, alle notwendigen Gerätschaften hat er selbst angeschafft. Er konnte sich die Zeit frei einteilen, und niemand hat sich je über seine Arbeit beschwert.«

»Kommt mir vor, als hätte er mehr draufgehabt, als wir dachten«, sagte ich. »Was hat er in New York gemacht?«

»Nicht viel. Gearbeitet hat er draußen auf Long Island oder nördlich von New York auf der Apfelplantage. Ponti hatte noch ein paar Besitzungen in Jersey gehabt, aber die hat er alle vor ein paar Jahren verkauft. Er ist so ein typischer alter Pate, der mit seinen sizilianischen Beinen gerne auf der eigenen Scholle steht.« Er schwieg, lehnte sich zurück und starrte ein paar Momente an die Decke. Dann sagte er: »Mit irgendwas rückst du doch nicht raus, Mike.«

»Wie kommst du denn darauf?«

»Weil ich außer dir niemanden kenne, der immer Kreppsohlen an seinen Schuhen hat. Man hört nie, daß du kommst. Ein echter Schleicher, der sich immer heimlich und leise an jemanden heranmacht.«

»Dich lass' ich doch in Ruhe, Kumpel.«

»Komm, du hast ein paar ziemlich große Fälle gelöst, und ich habe mich immer gefragt, wie du das gemacht hast. Du wußtest immer mehr als die New Yorker Bullen, das FBI und die anderen Behörden –«

»Nicht immer«, unterbrach ich ihn.

»Aber oft genug, daß es mir aufgefallen ist.«

»Ich lasse mich von nichts abbringen, Pat. Ich gehe immer stur ein Problem nach dem anderen an.«

»Ja, ich weiß schon. Du beißt dir die Zähne aus, bis du alles in kleinen Stückchen hast, die du runterschlucken kannst.« Er starrte mich auf diese komische Art an. »Und dann knallst du jemanden ab.«

Ich wußte genau, was jetzt kam. Er hatte recht. Und bis jetzt hatte ich auch immer recht gehabt. Im Gerichtssaal hatte man mich nach Strich und Faden auseinandergenommen, und für die Presse war ich immer ein gefundenes Fressen, aber das war früher gewesen, bevor mir die Gedärme von 357er Patronen aufgerissen worden waren. *Dooley war mit den gleichen Kugeln getötet worden.* Aber beim jetzigen Stand der Ermittlungen war das purer Zufall. Knarren vom Typ Magnum waren heutzutage gang und gäbe auf der Straße. Egal, wie viele Gesetze verabschiedet wurden, jeder, der sich so eine Waffe leisten konnte, würde sie auch weiterhin bekommen.

»Ich werde niemanden mehr abknallen, Pat. Ich kann auf der Seite nicht mal mehr 'ne Knarre tragen.«

Er wollte etwas erwidern, ließ es aber und warf mir einen seltsamen, schrägen Blick zu. Er wunderte sich nicht über das, was ich gesagt hatte, sondern wie ich es gesagt hatte. Schließlich nahm er es hin und stand auf. Ganz unwidersprochen konnte er es aber nicht stehenlassen. Er lachte auf und fuhr sich mit den Fingern durchs Haar. »Mann, du bist mir vielleicht ein Schauspieler«, meinte er.

Ich grinste ihn an und stand ebenfalls auf.

»Hast du morgen etwas vor, Mike?«

»Ich bin im Büro. Warum?«

»Vielleicht schau' ich mal vorbei. Wir müssen uns unterhalten. Ab und zu geht es mir wie dir, und ich habe auch so ein ungutes Gefühl, daß es mir eiskalt den Rücken hinunterläuft.«

»Du doch nicht, Pat«, sagte ich voller Sarkasmus.

»Doch, ich, und zwar jetzt bei dieser Sache. Es kann nicht angehen, daß du dich wieder einmal wegen eines toten Mannes ganz allein mit dem Rest der Welt anlegst. Ich bin genauso in die Sache verwickelt. Für das New York Police Department ist es ein normaler, ungeklärter Mordfall, aber es gibt dabei ein paar Aspekte, die das Ganze in einem ungewöhnlichen Licht erscheinen lassen.«

»Was zum Beispiel?« fragte ich leise.

»Du zum Beispiel, Kumpel«, sagte er, »deine Anwesenheit. Wenn ich nicht wüßte, daß du dich noch von den Verletzungen erholst, dann würden wir uns auf dem Revier unterhalten. Aber du hast noch eine Schonfrist. Wir sehen uns morgen in deinem Büro. Und jetzt mach, daß du nach Hause ins Bett kommst. Du hast den Schlaf nötig. Und richte Velda aus, sie soll sich zurückhalten.«

Ich ging auf den Eingang der Detektei zu. Eine seltsame Aufregung stieg in mir hoch. Das ganze Stockwerk war neu renoviert, die Wände mit Pastellfarben gestrichen und ein dicker Teppich verlegt worden. Es fehlten keine Mauerstücke in der Wand, und sämtliche Glasscheiben in der Umgebung waren heil. Mein Mietvertrag lief noch ein ganzes Jahr, aber es war nicht mehr die Art von Bürogebäude, wie ich es für meine Arbeit bevorzugte. Ich war auch überhaupt nicht wegen des Büros aufgeregt. Mein Zustand hatte damit zu tun, daß Velda dasein würde.

Ich drückte die Tür auf, und da saß sie an ihrem Schreibtisch, das Kinn auf die Hände gestützt, und schaute mich an. Ich sagte: »Soll ich zur Begrüßung hallo sagen oder dich küssen?«

»Du kannst machen, was du willst.« Sie grinste mich vorwitzig an.

»Nein, das kann ich nicht.«

»Warum denn nicht?«

»Man wird mich verhaften«, erklärte ich ihr.

Sie verzog das Gesicht zu einer aufmüpfigen Grimasse und zeigte auf mein Büro. »Der Polizist mit dem Haftbefehl ist da drin.«

Aber bevor ich hineinging, trat ich zu ihr und küßte sie auf die Stirn. Pat Chambers hatte es sich in meinem breiten Bürostuhl gemütlich gemacht, die Beine auf einer halbgeöffneten Schublade hochgelegt und sich eine Dose von meinem eisgekühlten Miller Lite genehmigt, als ob das hier sein Büro wäre.

»Das war hoffentlich nicht das letzte, Pat.«

»Velda hat zwei neue Sixpacks reingestellt. Da hast du dir ein Mädchen angelacht, Kumpel. Herzlichen Glückwunsch.«

»Sie hat es dir gesagt?«

»Du machst wohl Witze?« meinte Pat. »Ein Blick in ihr Gesicht genügt.« Er schwieg und schüttelte den Kopf. »Das Problem ist nur, so wie sie gebaut ist, dauert es eine Weile, bis man ihr ins Gesicht schaut.« Er nahm noch einen Schluck aus der Dose und deutete mit dem Kinn auf den kleinen Kühlschrank. »Leistest du mir Gesellschaft?«

»Du hast mich zwar da unten in Florida gefunden«, sagte ich, »aber meine Krankenakte hast du dir nicht besorgt. All die guten Sachen darf ich zur Zeit nur anschauen.«

»Warum stellst du das Bier dann kalt?«

»Für meine Kundschaft«, meinte ich.

»Ach so. Verrätst du mir, was du von Dooley erfahren hast?«

Ich zog einen Stuhl heran, der an der Wand gestanden hatte, und setzte mich. »Er ist praktisch in meinen Armen gestorben, Pat. Hatte er keine Angehörigen?«

»Du kennst Dooley. Er war immer ein Einzelgänger. Ich habe mich gewundert, warum er nicht mit mir sprechen wollte.«

Ich wartete ein paar Sekunden, dann sagte ich: »Willst du das *wirklich* wissen?«

Er stellte das Bier auf die Schreibunterlage und kniff die Augen zusammen. »Na klar will ich das!« sagte er. »Teufel, nach allem, was wir zusammen durchgemacht haben, denkst du –«

»Pat ... Dooley meinte, daß du zu gutmütig bist.«

»Zu gutmütig für was?«

»Für das, was zu tun ist«, antwortete ich.

Ich saß da und schaute meinen Freund an. Pat Chambers, Captain der Mordkommission. Er war immer noch jung, obwohl er kurz vor der Pensionierung stand. Klug, gerissen, mit einem Universitätsabschluß, in allen Feinheiten der kriminellen Ermittlung hervorragend geschult. Hart, aber nicht so *hart wie ein Killer.* Sein Gewissen war immer noch extrem ausgeprägt, und das hatte Dooley gemeint. Ich konnte ihm jetzt auf keinen Fall sagen, was Dooley mir anvertraut hatte.

Pat nahm die Bierdose und leerte sie in zwei Zügen. Der

Papierkorb unter dem Schreibtisch war leer, und die Dose landete mit einem Klirren auf dessen Boden. »Er wollte, daß du den Kerl erledigst, der auf ihn geschossen hat«, meinte er tonlos.

»So etwas Ähnliches«, erwiderte ich.

»Auf der Straße wird viel darüber spekuliert, wer Azi Ponti umgelegt hat, Mike. Ein Zeuge hat gesehen, wie du getroffen wurdest. Die erste Kugel hat dich nach hinten gerissen, aber du bist erst bei der zweiten zusammengebrochen. Der Zeuge hat allerdings nicht gesehen, wer Azi Ponti erschossen hat. Wir gehen bis auf weiteres davon aus, daß es ihn zufällig erwischt hat.«

»Wurde denn die Kugel, die ihn getötet hat, nicht gefunden?«

»Von der oberen Hälfte von Azis Schädel war nichts mehr übrig, und in der Gegend ist es schwierig, überhaupt etwas zu finden. Die Kugel ist vielleicht im Fluß gelandet oder irgendwo in ein Gebäude eingeschlagen, wer weiß?«

»Ich weiß es«, sagte ich.

»Du weißt was?«

»Ich habe den Typen erschossen. Ich habe ihn mit einer fetten 45er Patrone ins Jenseits verfrachtet.«

»Das habe ich schon vermutet«, meinte Pat. »Aber an deiner Stelle würde ich das für mich behalten. Und jetzt erklär mir mal eins … was hattest du überhaupt da zu suchen?«

Ich ging die Geschichte noch einmal in allen Einzelheiten durch, wie ich sie schon Dr. Morgan erzählt hatte, als ich mich so weit erholt hatte, daß ich über die Sache reden konnte. Pat wollte alles über den Vogel wissen, der mir von dem Gerangel zwischen Gaetano und Ponti berichtet hatte. Aber der alte Knabe war nicht wichtig. Er war einfach im richtigen Moment dagewesen und hatte etwas mitgekriegt, was er nicht hätte mitkriegen sollen. Er hat sich darüber aufgeregt und es mir gesagt.

Pat verdaute, was ich ihm erzählte, dann drehte er sich zu mir und starrte mich an. »Das ändert alles nichts, Mike. Ugo und sein alter Herr haben dich zum Todesschützen erkoren.«

»Da haben sie eine gute Wahl getroffen«, sagte ich.

»Das sind verdammt mächtige Feinde, Kumpel.«

»Drunter mach ich's eben nicht«, sagte ich.

»Der alte Herr hat überall seine Beziehungen. Er bestimmt, wo der Hase langläuft, aber Ugo ist viel gefährlicher. Während du weg warst, ist dieser Schläger vollends durchgeknallt.«

Ich mußte an das denken, was Dooley mir gesagt hatte. »Ich kann ihn verstehen«, meinte ich.

Pat kapierte nicht ganz, was ich damit meinte. Er sagte: »Du weißt, wie man ihn nennt, oder?«

»Nein«, antwortete ich mit einem fragenden Blick. »Wie denn?«

»Bulletproof Ponti, der kugelsichere Ponti.«

»Wer zum Henker nennt ihn denn so? Auf der Straße hab' ich das noch nie gehört.«

Pat lachte kurz auf. »Das kommt nicht von der Straße. *Unsere* Jungs nennen ihn so. Wir hatten schon zwei Schießereien mit einem Mann, der als Ugo Ponti identifiziert wurde. Die Polizisten behaupten, sie hätten ihn voll getroffen, aber er sei nicht zu Boden gegangen.«

»Wurde er absolut zweifelsfrei identifiziert?« fragte ich.

»Nein. Es war dunkel, in beiden Fällen kurz vor Mitternacht. Aber die Sichtverhältnisse waren gut.«

»Worum ging es da, Pat?«

»Wir können uns nur irgendeine Verbindung zum Drogengeschäft zusammenreimen. Wir nehmen an, daß Ugo jemanden abgepaßt hat, der seinen Anteil nicht abgedrückt hat, und Ugo war der Eintreiber. Er hatte wirklich Pech. Beide Male ist er von vorbeifahrenden Streifen erkannt worden. Sie sind langsamer gefahren, um der Sache nachzugehen, und er hat auf sie geschossen. Die Polizisten haben das Feuer aus dem Schutz der Autos heraus erwidert und dann gesehen, wie der Mann gestolpert und in der Dunkelheit verschwunden ist. Als die Gegend durchsucht wurde, war er weg. Keine Blutspuren, keine Beweise, nichts.«

»Mit was für Waffen haben sie geschossen?«

»Mit der neuen Ausrüstung, Hartkerngeschosse.«

»Die vorgeschriebene Munition?«

»Das behaupten sie, und niemand hat nachgehakt. Ich würde es ihnen aber nicht übelnehmen, wenn sie Sperrgeschosse geladen hätten.«

Ich lehnte mich auf dem Stuhl zurück und starrte über den Schreibtisch. Gerade wollte ich eine Frage stellen, aber Pat ahnte, was ich wissen wollte, und kam mir zuvor. »Wir haben sämtliche Patronen gefunden, die bei einem der Vorfälle abgefeuert wurden.«

»Alle?«

»Jede einzelne. Einige sind in die Ziegel einer Hauswand eingeschlagen, drei haben in irgendwelchem Holz gesteckt und ein paar in einer Mülltonne aus Metall.«

Ich wartete, und schließlich rückte er damit heraus. »Bei zweien war die Form anders als erwartet.«

»Ach?« Jetzt schwieg er, bis ich fragte: »Stoffspuren?«

»Möglicherweise.«

»Glaubst du, er hat eine kugelsichere Weste getragen?«

Er hob den Kopf und zuckte mit den Schultern. »Wenn es wirklich Ugo war, dann wußte er, daß wir nicht mehr die alten 38er verwenden. Das neue Zeug durchschlägt eine normale Weste.«

»Auch die Westen, mit denen die Sondereinsatzkommandos ausgerüstet sind?«

»Das hängt von vielen Faktoren ab. Die Entfernung, das Kaliber… verstehst du, was ich meine?«

»Aber wenn er wirklich eine Schutzweste anhatte, dann muß sie die Kugeln von ihm abgehalten haben. Ugo Ponti jedenfalls ist frisch und munter und zeigt keinerlei Abnutzungserscheinungen.«

Pat nickte. »Dann erklär mir das mal.«

»Hast du nichts in eurer Ballistik-Bibliothek dazu gefunden?«

»Ich hab' nachgesehen.«

»Und?«

Pat sagte: »Eine amerikanische Firma hat eine neue Technologie entwickelt. Sie ist der alten himmelweit überlegen, aber die Sache wurde nicht richtig vermarktet. Sonst wären unsere Einkäufer sofort darauf aufmerksam geworden. Ich glaube, die Briten sind damit ausgerüstet.«

»Was ist daran so anders?«

»Zum einen schützt das Material viermal besser als die alten Westen. Die Masse … die Größe … ist minimal, es wiegt fast nichts. Niemand merkt es, wenn du so eine Schutzweste trägst, und man ist vollkommen geschützt, außer man wird am Kopf getroffen. Der große Nachteil ist der Preis. Anscheinend sind die Kosten beträchtlich, normale Leute können sich das nicht leisten. Dazu kommt, daß die Technologie nur sehr beschränkt eingesetzt wird. Top-secret. Die Briten verwenden sie wahrscheinlich nur zum Schutz der königlichen Familie und bei Aktionen, die extrem riskant sind.«

»Die Bösen sind nun mal keine normalen Leuten, Pat«, sagte ich. »Und von dem, was man hier in ›beträchtlichen‹ Mengen braucht, haben sie genug. Damit können sie sich eine Menge Geheimnisse kaufen. Hast du Ugo seither vorgeladen?«

»Nach dem ersten Vorfall haben wir ihn erst nach einem

Monat angetroffen. Er war im Urlaub in Mexiko. Beim zweiten Mal ist er erst nach sechs Wochen von einer Landpartie in Kanada zurückgekommen.«

»Das geht ohne Reisepaß, stimmt's?«

»Stimmt. Man braucht nur ein Visum für Mexiko. Wir wissen, daß der alte Herr ziemlich wütend auf ihn war, aber Ugo ist sein ein und alles, und es hatte keine großen Konsequenzen. Der Junge hat sich sogar untersuchen lassen, aber es gab keine Spuren von Verletzungen an seinem Körper. Schlau, was?«

»Ja.« Ich stand auf und streckte mich. »Taugt sein Alibi was?«

»Natürlich. Ponti hat gute Lügner auf seiner Seite.«

»Wie sieht die offizielle Version der ganzen Sache aus? Irgend etwas sollte das Büro des Bezirksstaatsanwalts doch auch dazu sagen.«

»Klar sollten sie etwas dazu sagen, aber es kommt nichts. Bei dem Aufruhr im Hafen wird zwischen den Toten und den Schützen nicht mehr groß unterschieden. Sie heben sich gegenseitig auf. Das Ganze wird als Krieg zwischen den Gangs dargestellt, und von den Toten wird keiner vermißt.«

»Nicht einmal ich?«

Pat sagte: »Seltsamerweise hat die Presse dich nicht durch den Dreck gezogen. Die Zeitungen haben ein paar Nachrufe gebracht, und weil sie nicht dahinterkamen, was du dort zu suchen hattest, haben sie deine Anwesenheit heruntergespielt.« Er schwang die Beine von der Schublade und stellte sie auf den Boden. »Ein paar Journalisten wußten, daß du Zoff mit Lorenzo Ponti gehabt hast.«

»Teufel, Pat, das war kein Zoff. Es war ein Auftrag. Ich sollte herausfinden, wem diese vier Gebäude an der Fifth Avenue wirklich gehörten. Und dann stellte sich eben heraus, daß der alte Lorenzo der Besitzer ist. Was soll's? Er mußte keine Steuern nachzahlen, und beim Kauf der Häuser waren auch keine krummen Dinger gelaufen. Er hat mich nur bedroht, weil er dachte, ich wollte in seinen persönlichen Angelegenheiten herumschnüffeln.«

»Du hättest ihn ja auch in seinem eigenen Nachtclub nicht so zusammenstauchen müssen, Teufel noch mal!«

»Und er hätte mir nicht zu widersprechen brauchen.«

»Komm schon, Mike, er hatte seine privaten Leibwächter dabei.«

»Klar, aber ich hatte ihn in der Mangel, mit dem Rücken zur Wand, und kam problemlos an meine Knarre.«

»Du hast Schwein gehabt, Kleiner.«

»Ganz und gar nicht. Ich hatte Ponti als Schutzschild vor mir. Er wäre als erster getroffen worden.«

»Und dann wärst du dran gewesen.«

Ich grinste und zeigte dabei die Zähne. »Pat ... du vergißt immer was.«

»Was soll denn das sein?«

»Zum Beispiel, wie ich zu meinem Ruf gekommen bin. Ich bin ein erstklassiger Schütze, Pat. Ich habe etliche Zeitungsausschnitte, die das beweisen.«

»Du hast auch etliche Narben.«

»Aber ich bin immer noch da, Kumpel.«

»Wie lange noch?«

»Darüber zerbrechen wir uns den Kopf, wenn es wirklich ernst wird«, sagte ich.

Drittes Kapitel

Um die Party zur Feier meiner Rückkehr von den Toten kam ich einfach nicht herum. New York war noch immer fest in der Hand der Boulevardpresse, auch wenn jetzt die *Times* als führendes Blatt galt. Die Massen in der U-Bahn wollten ihre Photos, und unter den Fernsehmachern von den Lokalsendern und den überregionalen Stationen herrschte harte Konkurrenz um jedes Bild, das nach einer schrägen Sache aussah.

Und ich war nun mal der Inbegriff eines schrägen Vogels.

Velda hatte als erstes im Büro des Bezirksstaatsanwalts angerufen und mitteilen lassen, daß ich auf keinen Fall dort vorsprechen würde. Ich befände mich immer noch im Zustand der »Rekonvaleszenz«, und entweder würde eine Befragung in meinem eigenen Büro stattfinden oder gar nicht. Sie hatten einen Termin um zehn Uhr ausgemacht, und jetzt war es neun Uhr dreißig.

In gewisser Hinsicht haftete mir von früher noch ein Grad an Berühmtheit an, aber so bekannt, daß der Chef persönlich das Verhör leiten würde, war ich auch nicht – außer, wenn er sicher war, daß für ihn ein Haftbefehl gegen mich heraussprang, der nicht wieder zurückgezogen wurde. Ich war für ihn von einigem Interesse, aber unser Verhältnis war bekannt, und die Wahlen waren sowieso erst nächstes Jahr.

Hätte er Velda gekannt oder von der hungrigen Reportermeute gewußt, dann wäre er sofort zur Stelle gewesen und würde sich jetzt im Licht der Scheinwerfer sonnen. Aber wie immer waren Politiker offenbar nur dann besonders helle, wenn Märsche gespielt wurden und Flaggen ihnen ins Gesicht flatterten. Die Detektei war gestopft voll mit Fernsehteams, die ihre Kameras aufbauten und die Scheinwerfer einstellten. Die Hälfte der Reporter hatte schon Informationen zusammengestellt für ihre Kommentare am Anfang der Übertragung. Das meiste davon würde zu den Aufnahmen vom Schauplatz am Hafen direkt nach der Schießerei eingespielt werden.

Punkt zehn fuhr die Streife vom Büro des Bezirksstaatsanwalts vor, und die vier Insassen kamen in Zweierreihen hochmarschiert. Sie gingen in Formation, aber sie bewegten sich nicht synchron, und ich fragte mich unwillkürlich, warum Staatsanwälte eigentlich immer wie die kleinen Spielzeugkaninchen aussahen, die im Fernsehen für Batterien Werbung machten. Sie hätten zumindest Namensschilder tragen können.

Florence Lake führte die Abordnung an. Ihr Kostüm sah genauso aus wie die Anzüge der anderen – bis auf den Rock. Ich hatte nicht das Gefühl, als wäre sie besonders glücklich über diesen Unterschied. Als sie die Meute im Büro sah, lief sie wegen dieser Unverschämtheit puterrot an, und in ihrem Nacken traten die Muskelstränge hervor. Ihr Gesicht verkrampfte sich zu einer hölzernen Maske. Die drei anderen waren junge Managertypen. Ihnen schien das alles überhaupt nichts auszumachen. Für sie konnte jede Erwähnung in der Presse nur von Vorteil sein.

Die Fernsehteams und die Reporter waren aufmerksam geworden und wußten verdammt genau, wer hier aufeinanderknallte. Sie würden ihre Schlagzeilen kriegen, vor allem, wenn jemand der stellvertretenden Bezirksstaatsanwältin gehörig eins auswischte.

Aber Florence Lake wußte auch, wie hier gespielt wurde. Sie lächelte unentwegt und fragte mit ausgesuchter Höflichkeit, ob sie mit mir in meinem Privatbüro ein paar Minuten unter vier Augen sprechen könne. Als alle damit einverstanden waren, gab sie sich höchst zufrieden. Zufrieden? In Wirklichkeit kochte sie.

Ich blickte zu Velda. Sie konnte sich ein Grinsen kaum verkneifen und vollführte mit der flachen Hand eine Kopf-ab-Geste, womit sie mir zu verstehen gab, ich solle die Lake-Tussie bei dem Verhör fertigmachen. Das war nicht schwer. Ich schmückte alles ein bißchen aus, aber sie erfuhr von mir nichts, was sie nicht eh schon wußte. Doch sie war Rechtsanwältin und nicht dumm. Sie wußte genau, daß mehr hinter der Sache steckte, sie bohrte nur an den falschen Stellen nach.

Florence Lake machte sich keine Notizen. Das war der Job ihres Assistenten. Sie warf mir einen drohenden Blick zu und sagte: »Besonders überzeugend kommt mir der Grund nicht vor, warum Sie am Hafen waren, Mr. Hammer.«

»Hören Sie«, antwortete ich, »Sie wissen doch selbst, wie das ist, wenn man einen Tip kriegt. Ich wollte die Sache erst einmal überprüfen und sichergehen, daß nicht der Wurm drinsteckt.«

»Ihr Informant war unzuverlässig?«

»Er kann Ihnen genau sagen, wo die nächste Bar ist, oder wie man an einem verregneten Tag Geld für einen Drink zusammenbettelt. Er hat mir den Tip freiwillig gegeben, und mir ging es nicht darum, ob er als Informant verläßlich war.«

»Worum ging es Ihnen denn dann?«

»Ob diese Quadratschädel dachten, daß ich es auf Lorenzo Ponti abgesehen hätte.«

»Ging es bei Ihrem Disput mit ihm um so viel?«

»Nur für sein Ego, gute Frau. Es war keine körperliche Auseinandersetzung, und er hatte deswegen kein Geld verloren. Allerdings kann man bei einigen von diesen altmodischen italienischen Herren den Stolz am falschen Ort treffen, und damit ist nicht zu spaßen.«

»Sie sind also nur zum Hafen, weil Sie ihn warnen wollten?«

»Ja.«

An ihrem Gesichtsausdruck war deutlich abzulesen, daß sie mir das nicht abnahm. »Warum dachten Sie, daß Mr. Ponti Ihnen so einfach glauben würde?«

»Er ist nicht auf den Kopf gefallen, gnädige Frau.«

Sie wechselte plötzlich das Thema. »Wer hat auf Sie geschossen?«

Ich stand nicht unter Eid und konnte ihr erzählen, was ich wollte. Ich beantwortete die Frage mit einem unverbindlichen Schulterzucken und sagte: »Es war dunkel. Sie wissen ja, wie schlecht die Gegend dort beleuchtet ist.«

»Ja.« Sie machte wieder eine Pause. »Haben Sie mit Ihrem Revolver geschossen?«

»Wie kommen Sie darauf, daß ich eine Waffe dabeihatte?«

»Sie besitzen einen Waffenschein.«

»Viele Privatdetektive tragen trotzdem keine Waffe mit sich herum.«

»Aber Sie sind Mike Hammer«, sagte sie leichthin.

Ich grinste, und mein Mund verzog sich auf eine Art, die ihr überhaupt nicht gefiel. »Stimmt«, sagte ich. »Aber mich hat es gleich am Anfang von diesem Schlamassel erwischt. Zwei Schüsse in weiche, lebenswichtige Körperteile.«

Florence Lake schaute mich an, als sei ich der schlimmste Lügner auf dem Erdball, und sie würde mich gleich vor aller Welt bloßstellen. Bevor sie das tun konnte, zog ich das Hemd aus der Hose und schob es hoch, wobei ich mit den Fingern den Verband löste, der über der Wunde festgeklebt war. Ich lehnte mich auf dem Stuhl zurück, und sie konnte deutlich die vernarbte, häßliche Verletzung an meiner Seite sehen. Die Wunde sonderte immer noch eine hellrosa Flüssigkeit ab und war übersät von winzigen Stichen, die sie geschlossen hielten. Zum jetzigen Zeitpunkt mußte die Wunde zwar noch sorgfältig behandelt werden, aber es sah schlimmer aus, als es war. Immerhin war es so eklig, daß die Frau Bezirksstaatsanwältin in einem Anfall die Miene verzog, sich ihr offenbar der Magen umdrehte und sie sich fast auf ihre eigenen verdammten Schuhe gekotzt hätte. Den drei anderen machte es nichts aus. Sie beugten sich neugierig nach vorn, als ob es hier ein Kunstwerk zu bewundern gäbe.

Ich zog mein Hemd wieder herunter und hatte den Eindruck, sie würde sich gleich bei mir dafür bedanken.

Aber sie hatte ihre Fassung nur für einen Moment verloren. Ganz als ob nichts passiert wäre, fragte sie: »Wer hat diese Wunde verarztet?«

Ich verlegte mich wieder auf das Schulterzucken. »Ich war über eine Woche bewußtlos.«

»Wußten Sie, wo Sie waren?«

»Ja. Irgendwo in einer medizinischen Einrichtung. Mir war das total egal.«

»Wer hat sich um Sie gekümmert?«

»Ich weiß, daß es ein Mann war. Er war nicht gerade jung, zumindest hatte ich diesen Eindruck.«

»Aber Sie haben doch sicher eine Rechnung bekommen.«

»Nein. Ich kriege wahrscheinlich noch eine. Vielleicht. Immerhin hätte sich auch jemand aus reiner Menschenliebe meiner annehmen können.«

»Das nun *wahrscheinlich* nicht«, sagte sie, dann setzte sie hinzu: »Auf jeden Fall würde das niemand tun, den ich kenne.«

»Warum interessieren Sie sich so für ihn?«

»Er könnte ein Augenzeuge für den Mord sein.«

»Welcher Mord?«

»Der Mord an dem Mann, der auf Sie geschossen hat.«

»Gute Frau, ich habe keine Ahnung, wer das war.« Ich log, aber sie hatte nichts gegen mich in der Hand. »Außerdem habe ich die Kugeln nicht mehr, mit denen ich getroffen wurde.«

»Aber der Arzt sollte sie noch haben. Ein zugelassener Arzt würde Beweismittel nicht so einfach vernichten.«

Ich gab mich nicht geschlagen. »Vielleicht war er ein Kriegsveteran oder ein Medizinstudent. Oder einfach irgendein pensionierter Doktor, der sich dazu entschloß, mir zu helfen, aber den die Schießerei doch ein bißchen mitgenommen hatte.« Zumindest bewegte ich mich jetzt näher an der Wahrheit. »Ich hab' es Ihnen schon gesagt, ich war bewußtlos. Man hat mich runter nach Florida in so etwas wie ein Ferienhaus am Strand gebracht. Die meiste Zeit war ich nicht ganz klar wegen der Medikamente. Ich war ziemlich lange allein, bis alles wieder verheilt war.«

»Warum sind Sie zurückgekommen?«

Noch eine Notlüge. »Ich hab' einen Artikel in der *Daily News* gelesen. Jemand hat die Zeitung in der Nähe des Hauses liegenlassen. Ein guter Freund von mir ist ermordet worden. Wir waren zusammen in der Army, und ich wollte zu seinem Begräbnis gehen.«

»Wer war der Freund?« fragte sie.

»Marcus Dooley.« Ihr Assistent schrieb sich den Namen auf. Später würde er ihn überprüfen.

Eine halbe Minute lang war es still. Niemand sagte etwas, und sie schaute mich unentwegt an. Dann drückte sie auf den Kuli, den sie die ganze Zeit dekorativ in der Hand gehalten hatte, und die Mine verschwand. Sie sagte: »Sie wissen natürlich, daß wir Sie aufs Präsidium bringen und diese Geschichte in allen Einzelheiten durchkauen könnten.«

Ich nickte. »Klar weiß ich das. Aber ich würde Ihnen auch nicht mehr oder etwas anderes sagen. Außerdem …« Ich grinste sie wieder breit an. »Ich glaube nicht, daß das eine gute Idee wäre mit all den Kameras da draußen, die zur Bereicherung der Lokalnachrichten alles aufnehmen werden, was sie kriegen können. Sie etwa?«

Sie lächelte verkrampft und stand auf. Der Rest der Clique war sofort auf den Beinen. »Ich hatte keine Ahnung, daß das hier eine Pressekonferenz sein würde, Mr. Hammer«, sagte sie. »Das nächste Mal sollten wir uns in einem weniger öffentlichen Rahmen treffen.«

Die alten Zeitungshasen kriegten auch ohne lange Erklärungen mit, was los war. Als sich die Tür öffnete, verebbte das Stimmengemurmel, und ein wissendes Lächeln erschien auf den verkniffenen Lippen. Vereinzelt gingen Scheinwerfer an, und die dazugehörigen Kameras folgten der Truppe, aber das waren nur Aufnahmen fürs Archiv, für den Fall, daß meine Rückkehr eine wirklich große Sache nach sich ziehen würde.

Als ich raustrat, war die Stimmung ganz anders. Es wurde eine äußerst lebhafte Pressekonferenz. Ich erzählte ihnen dasselbe wie der Bezirksstaatsanwältin, aber verkaufte die Geschichte so, daß die Zuschauer ihren Spaß damit hatten. Sie kriegten zwölf Minuten in den Kasten, dann ging mir der Dampf aus, und meine Seite tat weh. Mein Gesichtsausdruck verriet, daß ich Schmerzen hatte, und sie brachten die Show höchst zufrieden zu Ende.

Es war toll, wieder zurück zu sein.

Ich duschte gemütlich und massierte mit dem heißen Wasserstrahl neues Leben in meinen Körper. Danach trocknete ich mich ab, zog frische Unterwäsche an und machte die Schranktür auf. Die Anzüge hingen gereinigt und gebügelt an der Stange, die Schuhe standen aufgereiht auf der

Bodenablage und glänzten, Hemden und Krawatten lagen am richtigen Platz, und ein neuer Trenchcoat, in dem noch das Winterfutter steckte, hing auch da. Im ersten Moment schoß mir nur durch den Kopf, daß meine Sekretärin wirklich wußte, wie man einen Mann umsorgt. Dann erstarrte ich für ein paar Sekunden und fragte mich, ob ich diese ganze Zuwendung ertragen konnte. Und dann dachte ich, was soll's, wir müssen beide ein paar kleine Kompromisse machen.

Velda wußte nicht, daß ich die Revolver in einem eingebauten Geheimversteck im Innern des Schranks aufbewahrte. Sie waren noch genau da, wo ich sie verstaut hatte. Die 45er Gold Cup und die Colt Combat Commander lagen in ein Tuch eingeschlagen nebeneinander, schußbereit daneben vier volle Magazine. Die Requisiten warteten alle, aber es war vorbei mit dem Schießen. Die schmerzende Stelle in meinen Eingeweiden sagte mir das deutlich. Ich nahm ein Magazin mit verchromten 45er Patronen und steckte es in die Hosentasche. Es war nicht schwer, aber ich kam mir ein bißchen normaler vor mit dem Gewicht auf dieser Seite.

Aber wem machte ich damit schon etwas vor? Wenn ich Patronen ohne einen Revolver mit mir herumtrug, konnte ich gleich die Schippermütze zu einem nicht existierenden Boot aufsetzen. Ach, zum Teufel, ich fühlte mich besser damit, also tat ich es einfach.

Draußen war es kalt genug für den Trenchcoat, allerdings ohne das Futter. Das milde Klima in Florida hatte mich verwöhnt. Ich stand ein paar Minuten vor dem Gebäude und beobachtete den Verkehr. Es war erst halb sieben, und das Verkehrsaufkommen kam mir normal vor. Ich wandte mich nach rechts und ging zu der Ecke, wo ich in der schrägen Schaufensterscheibe einer Boutique wie in einem Spiegel sehen konnte, was hinter mir vor sich ging.

Es war niemand da. Ich hielt ein Taxi an und nannte dem Fahrer Veldas Adresse.

Vor einer halben Stunde hatte ich ein paar Pillen eingenommen, die auf Frank Morgans Liste standen. Es war ein hektischer Tag gewesen, und ich hatte das Gefühl, daß ich die zwei kleinen rosa Pillen brauchen könnte, die er mir für solch eine Situation verschrieben hatte. Das Problem war nur, er hatte mir nicht gesagt, daß ich daheim bleiben sollte, wenn ich die Pillen genommen hatte. Was immer für ein Wirkstoff in den kleinen Scheißern steckte, ich hatte jedenfalls ein ziemlich komisches Gefühl. Ich rief Velda vom Foyer aus an, und sie war keine zwei Minuten später unten. Sie war eine große, prächtige Frau, die jedem Mann den Kopf verdrehte und bei jeder Frau eine Spur Neid auslöste. Längst hatte sie jeden Anflug von jugendlicher Naivität hinter sich gelassen. Wie ein Mantel umgab sie die Aura von absoluter, vollkommen erwachsener Weiblichkeit. Ihre Augen waren genauso braun wie immer, und in ihnen spiegelte sich eine Intelligenz, die wunderbar fraulich war.

Wir küßten uns nicht. Sie hängte sich einfach bei mir ein und drückte sich mit einer Bewegung an mich, die alles Mögliche ausdrückte, eine kraftvolle, erotische Geste, die mich so aus dem Gleichgewicht brachte, daß ich zitterte. »Laß das«, sagte ich leise.

»Ich habe überhaupt nichts gemacht«, antwortete sie.

»Und wie du nichts gemacht hast.«

Sie schaute mich mit einem leicht provozierenden Lächeln an. »Junge«, sagte sie, »viel Verführungskunst wird bei dir wirklich nicht nötig sein.«

Bei einer frisch verlobten Frau, der die Seele vor Liebe überläuft, erübrigt sich eine Antwort. Anscheinend kann ein Mann dieser Art von Gefühl nichts entgegensetzen, deshalb öffnete ich nur die Tür des Taxis, das gerade vor dem Eingang vorfuhr, half ihr beim Einsteigen und sagte dem Fahrer, er solle uns zu Le Cirque bringen.

Velda rückte näher zu mir und sagte: »Heute gehen wir groß aus, was?«

»Gewöhn dich nicht daran, Kleines.«

Zehn Minuten später standen wir in der fünfundsechzigsten Straße und schlossen uns der hungrigen Menge an, die in Richtung Eingangstür vorrückte. Aus Gewohnheit schaute ich mich noch einmal um, bevor wir hineingingen. Ich sah gerade noch zwei Männer, die rechts und links aus einer schwarzen Limousine stiegen und sich mit Leuten unterhielten, die noch im Wagen saßen. Sie waren beide etwas über vierzig, gut angezogen und schick aufgemacht. Sie hatten Unmengen an Geld und waren an jedem Ort in der Stadt willkommen. Trotzdem waren es genau diese beiden Penner, die sich um die legale Seite von Lorenzo Pontis Geschäften in Manhattan kümmerten. Früher, als beim organisierten Verbrechen noch rohe Gewalt gezählt hatte, waren sie nur kleine Halbstarke gewesen. Heute agierten sie auf einem Terrain, das gut geschützt war durch professionelles Management und die gesamte Gesetzesmaschinerie, die man für Geld kaufen konnte. Der eine hieß Howie Drago, der andere Leonard Patterson. Trotz allem waren sie Schlägertypen geblieben.

Der Oberkellner war ein alter Freund von mir und streckte mir die Hand entgegen. Dann sah er Velda, und ihr Anblick verschlug ihm fast die Sprache. Aber er ließ sich nur kurz anmerken, wie sehr er Schönheit zu schätzen wußte, und warf mir einen von diesen *Wie machst du das bloß*-Blicken zu. Ich zwinkerte ihm zu. Wir konnten uns einen Tisch im oberen Teil des Restaurants aussuchen und wählten einen weit hinten. Die Nachrichten hatten sicher dafür gesorgt, daß meine Geschichte über die ganze U-Bahn geschmiert war. Doch die Gäste von Le Cirque hatten schon etliche Fernsehberühmtheiten neben sich am Tisch gesehen und machten kein großes Aufhebens darum.

Gerade als der Kellner unsere Getränkebestellung aufnahm, sah ich, wie Velda die Stirn runzelte. Sie hatte etwas hinter meinem Rücken bemerkt. Ich drehte mich nicht um, sondern wartete. Sie sagte: »Patterson und Drago sind gerade gekommen. Sie sitzen drei Tische von uns entfernt.«

»Ich frage mich, ob es Zufall oder Absicht ist, daß sie uns Gesellschaft leisten.«

»Glaubst du, sie kommen oft hierher?« fragte Velda.

»Kann schon sein«, meinte ich. »Ich kann fragen.«

»Wem hast du gesagt, daß wir hier hingehen, Mike?«

»Niemandem. Ich habe angerufen und einen Tisch reserviert, das ist alles.«

Die Getränke kamen, und wir prosteten uns schweigend zu. Dann tranken wir von dem Eistee, schauten uns an und dachten genau dasselbe. Als wir uns die Speisekarten ansahen, sagte sie: »Es wäre möglich, daß das Telephon im Büro abgehört wird. Vielleicht war einer von den Fernseh-Teams jemandem einen großen Gefallen schuldig.«

»Gutes Gefühl, wenn man gefragt ist«, sagte ich. »Irgend jemand arbeitet hier auf Hochtouren. Sie sind schneller als das Finanzamt.«

Das Abendessen wurde serviert, und ich genoß das Mahl zur Feier meiner Rückkehr wie ein Truthahn-Essen an Thanksgiving. Sicher hatte Florida viel Sonne, und es gab dort ein paar gute Fisch-Restaurants, aber das hier war echte New Yorker Küche vom Feinsten. Wir machten uns über den Nachtisch her und waren beim Kaffee, als Velda sagte: »Verstehst du, was sie reden, Mike?«

»Wer?«

»Die Gruppe, die in der Limousine gekommen ist.«

Die Gespräche im Saal waren gedämpft. So früh am Abend waren die Gäste nie sehr laut, und ich konnte die Unterhaltung hinter mir ohne viel Anstrengung heraushören. Sie sprachen offenbar mit Absicht etwas lauter. Nicht so laut, daß man sie auffordern würde, leiser zu reden, aber laut genug, damit ich mitkriegen mußte, was gesprochen wurde. Mein Name war deutlich zu verstehen. Die fiesen Bemerkungen, die dabei gemacht wurden, waren noch deutlicher.

Ich sagte: »Was trinken sie?«

»Martinis. Sie haben schon etliche geleert, seit sie hier sind.«

»Wie verhalten sich die Mädchen?«

»Sie kommen mir ein bißchen nervös vor.«

»Kann ich mir vorstellen«, sagte ich.

Sie streckte die Hand über den Tisch und legte sie auf meine. »Mike ... was hast du vor?«

»Nichts.«

Jetzt kriegte sie es mit der Angst zu tun. »Mike, laß es sein. Du machst nie nur *nichts*.«

Aber ich konnte es nicht sein lassen. Ich schob den Stuhl zurück und war aufgestanden, bevor sie noch etwas sagen konnte. Ganz ruhig und gemütlich ging ich durch den Saal zu dem Tisch. Ich wußte, daß sie jeden meiner Schritte beobachteten. Howies Gesichtsausdruck verriet genau, was er dachte. Für ihn war ich ein abgehalfterter Detektiv mit einem Loch im Bauch, der einem Jüngeren nicht mehr gewachsen war. Leonard Patterson hatte schon immer eine große Klappe gehabt, und jetzt verzog er höhnisch das Gesicht, weil ich viel an Gewicht verloren hatte und durch die Medikamente geschwächt war.

Es sah vielversprechend aus. Velda schaute zu, und die knallharten Jungs waren bereit loszuschlagen. Ihre Begleiterinnen saßen stumm und steif da, aber ihre unbeweglichen Körper verrieten, daß sich in ihnen Panik breitmachte. So hatten sie sich diesen Abend absolut nicht vorgestellt. Ich schaute Patterson von oben herab an und bemerkte, daß sein Gesichtsausdruck wachsamer wurde. Ich hatte ihn. Er hatte zu viele Geschichten über mich gehört. Er hatte zu viel über mich in der Zeitung gelesen, und mein Verhalten in dieser Situation rief ihm das alles schlagartig ins Bewußtsein.

Ich sagte kein Wort. Ich griff mit der Hand in die Jakkentasche und zeigte ihnen kurz das Magazin. Dann zog ich eine der chromgefaßten 45er heraus, drehte sie zwischen den Fingern und stellte sie mit der Sprengkapsel nach unten aufrecht neben seine Hand. Ich blickte zu Howie, dann zu Patterson, verzog den Mund zu einem Grinsen, so daß sie meine Zähne blitzen sehen konnten, und ging zurück zu meinem Tisch.

Ich setzte mich und bat den Kellner mit einer Handbewegung um die Rechnung. Die vier an dem anderen Tisch waren bereits aufgestanden und gingen. Die Frauen waren offensichtlich furchtbar wütend. Die Männer vermieden jeden Blickkontakt mit uns. Sie verließen das Restaurant, ohne sich umzudrehen.

Der Kellner kam mit der Rechnung, und ich nahm sie und ließ ein saftiges Trinkgeld für ihn liegen. Auf dem Weg zur Tür machten wir einen Umweg an ihrem Tisch vorbei. Velda fragte: »Was hast du zu ihnen gesagt?«

»Nichts«, sagte ich. Die 45er Patrone war immer noch genau da, wo ich sie hingestellt hatte. Ich nahm sie und ließ sie zurück in die Tasche gleiten.

»Ich mußte nicht reden.«

In diesem Moment kapierte sie, was passiert war. »Verdammt«, war alles, was sie dazu sagte.

Ich ließ das Taxi warten, während ich Velda zu ihrem Apartment hochbrachte. Ich verabschiedete mich mit einem sanften Gutenachtkuß, doch ihr Blick verriet, daß sie mehr wollte. Trotzdem sagte ich: »Es wird nicht einfach für uns werden, Kleines, diese Verlobungszeit durchzustehen. Laß uns bis zur Heirat nichts überstürzen.«

»Ich hoffe sehr, du sagst das nur, weil du noch nicht wieder voll bei Kräften bist.«

Ich grinste sie an, zog die 45er, die eigentlich für Patterson bestimmt gewesen war, aus der Tasche und drückte sie ihr in die Hand. »Klar, Süße, das ist es, klar doch«, meinte ich.

Sie blickte auf die Patrone, lächelte und ließ sie im Ausschnitt verschwinden, wo sie in ihren BH fiel. Zumindest nahm ich das an.

Daheim merkte ich, daß meine vermeintliche Ironie eine Lüge gewesen war. Der Tag hatte mich vollkommen ausgelaugt, und auf den Knopf im Aufzug zu drücken kam mir wie Schwerstarbeit vor. Die Schmerzen an meiner Seite meldeten sich wieder, mit jedem Pulsschlag spürte ich scharfe Stiche. In der Wohnung ließ ich mir sofort ein Bad einlaufen. Ich zog mich erst aus, als die Wanne voll war, so daß ich nicht nackt warten mußte, bis ich in die beruhigende Wärme des Badewassers eintauchen konnte.

Ich hätte besser auf Morgan hören sollen. Mein Körper war keine fünfzehn mehr. Er hatte schwere Verletzungen erlitten und schmerzte. Ich konnte nur warten, bis die natürlichen Heilkräfte und die Medikamente Erfolg zeigten und ich wieder zu meiner normalen Hochform zurückfand. Zweimal mußte ich mehr heißes Wasser in die Wanne laufen lassen, und erst nach einer Stunde ging es mir allmählich besser. Ich blieb noch zehn Minuten länger im Wasser, dann stieg ich aus der Wanne und setzte mich unter die Infrarotlampe, die von der Decke strahlte, bis ich ganz trocken war.

Im nachhinein zuckte ich zusammen bei dem Gedanken, was im Le Cirque hätte passieren können. Jeder der beiden Kerle hätte mich nach Strich und Faden auseinandergenommen, wenn sie sich nicht so von meinem Ruf hätten beeindrucken lassen. Zum Glück hatte es ausgereicht, ihnen diese einzelne 45er Patrone zu zeigen. Hatte ich eine Kugel, dann hatte ich auch eine Waffe. Hatte ich eine Waffe, dann würde ich sie sicher auch benutzen, wenn die beiden Hampelmänner mir komisch kamen. Aus ihrer Sicht war es ein klassisches Beispiel für positives Denken. Aus meiner war es reine Dummheit. Ich schaute mir mein Gesicht im Spiegel über dem Waschbecken an. Es sah ziemlich hager aus. Ich sagte: »Laß es sein, Mikey boy. Hör auf, den knallharten Typen rauszukehren.«

Viertes Kapitel

Velda war schon im Büro, als Pat und ich hereinkamen. Es war zehn nach neun, für uns standen Kaffee und Teilchen zum Frühstück bereit, dann wollten wir uns in der Leichenhalle von Marcos Dooley verabschieden. Ich fragte Pat, ob er Blumen besorgt habe, und er meinte: »Dooley hat Vorkehrungen getroffen. Keine Blumen. Er hat gesagt, das würde ihn zu sehr an ein Begräbnis erinnern.«

»Seit wann hat er sich um so etwas Gedanken gemacht, Pat?«

»Er hat sich in den letzten Jahren verändert. Der Geschäftsführer von Richmond's hat mir erzählt, daß er im voraus für die Beisetzung bezahlt und seine eigene Urne für die Asche vorbeigebracht hat …«

»Asche! Komm schon, Pat, er hat Feuer gehaßt, das weißt du.«

»Der Krieg ist lang vorbei, Mike. Er hatte seine Phobie wahrscheinlich inzwischen überwunden. Also hat er sich für eine Feuerbestattung entschieden. Überhaupt, wo zum Teufel kann man sich in der Stadt noch richtig begraben lassen?«

Sich zu reinem Staub einäschern zu lassen war nicht gerade das, was ich von Dooley erwartet hätte. Ich war dabeigewesen, als wir in einem brennenden Haus steckten und keinen Weg ins Freie fanden. Damals kriegte ich mit, wie sehr er die lodernden Flammen haßte, die einen Menschen zu einem verschrumpelten, verkohlten Stück Fleisch verbrannten. Irgendwie hatte er mit einer Handgranate ein Loch in die Wand gebombt, sich durchgequetscht und die vier feindlichen Soldaten umgenietet, die uns in dem Haus eingesperrt hatten. Ohne weitere Schwierigkeiten waren wir zu unserer Kompanie zurückgekehrt. Monate später sahen Pat und ich unter der Dusche zum ersten Mal die aufgeworfenen Brandnarben auf seinem Rücken, und wir kapierten, warum er in dem Haus beinahe durchgedreht war.

Velda saß an ihrem Schreibtisch und tunkte einen Bagel in ihren Kaffee. Pat ging zu ihr hinüber und schaute sich das Gerät auf ihrer Schreibunterlage an. Zwischen zwei Bissen nuschelte er: »Was ist denn das?«

»Das neuste, was an Wanzen zum Telephonabhören auf dem Markt ist«, antwortete sie.

»Woher habt ihr eine Abhör-Genehmigung?« Wir waren gute Kumpel, aber er blieb immer noch ein Bulle.

Eine Minute lang ließen wir ihn in seinem Glauben, dann sagte ich es ihm: »Niemand will hier jemanden abhören, Kumpel. Das Ding da haben wir bei uns gefunden.«

Velda klopfte auf den Apparat, der auf dem Schreibtisch stand. »Da drin.«

»Hübsch«, meinte Pat. »Wer macht denn so was?«

Ich sagte: »Wir wissen, wann es eingebaut wurde, wir wissen, warum, aber wir haben keine Ahnung, wer es war.«

»Großartig. Dann klär mich mal auf.« Er brach noch ein Stück von dem Teilchen ab.

»Bei dieser Pressekonferenz waren ziemlich viele Menschen in der Detektei. Wir haben nur ein paar Leute angerufen, und die haben dafür gesorgt, daß der Termin allgemein publik wurde. Ganz klar, meine plötzliche Rückkehr war eine ziemlich interessante Meldung für die Presse. Und für jemanden, der geglaubt hat, daß ich tot bin, muß es ein echter Schock gewesen sein, als er herausgefunden hat, daß ich doch nicht abgekratzt bin. Dieser Jemand hat einen Lakaien unter die Reporter geschleust. Während der Pressekonferenz, als alle mich anschauten, war es eine Kleinigkeit, die Wanze am Telephon anzubringen.«

»Und?«

»Laß mir doch das Gefühl, daß ich wichtig bin, okay?«

Pat schluckte den letzten Krümel des Teilchens und nickte. »Wenn es dir dann besser geht.«

»Übrigens, wie groß wäre wohl ein Haufen von einer Million Mäuse in Hundertdollarnoten?«

»So groß wie ein großer Kasten. Ungefähr so groß wie ein Wäschetrockner.«

»Dann würde man also für eine Milliarde tausend solcher Kisten brauchen.«

Jetzt kam Pat nicht mehr mit. »Ja, warum?«

Ich nahm eine kleinere Zahl, weil man damit besser rechnen konnte. »Was meinst du, wie groß müßte dann ein Raum sein, wenn man achtzigtausend von den Kisten lagern will?«

»Mike«, sagte er, »diese Schußverletzungen haben dir ganz offensichtlich auch den Verstand ruiniert.«

»Das ist keine Antwort auf meine Frage.«

»Wie wär's dann mit einer schönen großen Lagerhalle?«

»Das habe ich mir auch ausgerechnet.« Ich grinste ihn an und sagte: »Was würdest du machen, wenn du so eine Masse Geld hättest, Pat?«

»Mir einen neuen Wagen kaufen«, brummte er und fragte sich dabei offensichtlich, was diese Unterhaltung wohl ausgelöst hatte.

»Hab' ich mir schon gedacht«, sagte ich und mußte über seine Antwort grinsen.

Velda kapierte auch nicht, worum es gerade ging, und schüttelte den Kopf über uns. »Was machen wir mit der Wanze, Mike?«

»Kannst du sie wieder einbauen?«

»Ich hab' das Ding doch auch ausgebaut, oder? Nur würde ich dieses Mal einen anderen Apparat nehmen. Dieses kleine Spielzeug ist ein Mini-Sender, der an jedem Telephon funktioniert. Aber ab jetzt sollte es nur noch das senden, was wir sie hören lassen wollen.«

»Gut«, sagte ich. »Bau es wieder ein.«

Während sie die Wanze in den Apparat auf dem anderen Schreibtisch einbaute, spülten Pat und ich die übrigen Teilchen mit einer halben Tasse Kaffee hinunter und schauten dann auf die Uhr.

Unten auf der Straße hielten wir ein Taxi an und fuhren damit zu Richmond's Bestattungsinstitut. DOOLEY stand in akkuraten Buchstaben auf einem Schild aus Mahagoni, und ein Pfeil deutete zur Kapelle auf der linken Seite des Gebäudes. Die Stille in diesen Leichenhallen der Reichen hatte etwas Dumpfes. Wie Nebel. Gesichter gingen an mir vorüber, die vor Kummer weinten oder sich in stoischer Starre verkrampften, fest entschlossen, den furchtbaren Schmerz niederzuhalten. Nur die Angestellten kamen mir wie Menschen vor. Sie spielten das Mitgefühl und die tröstenden Worte glaubhaft, auch wenn ihnen die schwarzen Hosen zu eng waren. Aber das war nicht unangebracht, irgend jemand mußte das Ganze ja zusammenhalten.

Ich hatte erwartet, daß die Halle leer sein würde, aber so war es ganz und gar nicht. Ungefähr zwei Dutzend Trauergäste hatten sich eingefunden. Darunter waren zwei Frauen. Sie saßen zusammen in einer Ecke und redeten leise, die eine weinte. Sie weinte nicht sehr, aber ihre tiefe Trauer war nicht zu übersehen. Die meisten anderen waren ganz normale Kerle. Vielleicht Kollegen, die während der Mittagspause vorbeikamen, oder Nachbarn des guten, alten Dooley. Vier Männer hatten sich um ein hohes Podest versammelt, auf dem eine verzierte Urne stand.

Ich wußte, was das war. Marcos Dooley war da drin.

Und der Kerl, der mir ins Gesicht blickte, wünschte sich nichts mehr, als daß statt dessen ich in der Urne wäre. Er war fast so groß wie ich. Sein Sechshundert-Dollar-Anzug saß perfekt, und jeder konnte sehen, daß er seine Muskeln mit Nautilus-Equipment in Form brachte und höchstwahrscheinlich achtzig Kilometer in der Woche joggte. Er stand da mit einem Gesicht wie ein sizilianischer Herzensbrecher und der überlegenen Gelassenheit eines Harvard-Abgängers. Trotzdem war er unter der ganzen hochkarätigen Fassade nichts weiter als ein kleiner Schläger namens Ponti. Ponti *junior.*

Ich ging zu ihm hinüber. Wir waren noch nicht bekannt gemacht worden, aber ich brauchte keine Vorstellung. Ich sagte: »Hallo. Bist du hier, um Dooley die letzte Ehre zu erweisen?«

Unter dem Mantel richtete sich sein Körper auf, und er

musterte mich mit einem abschätzenden Blick. Seine Haltung war angespannt und lauernd, er war zu allem bereit. Er hoffte, daß etwas passieren würde, je früher, desto besser. Er war ein Tier, ein Jungbulle, der voll im Saft stand und den alten Stier zum Kampf herausfordern wollte. Mit jeder Sekunde, die verging, sanken seine Chancen auf einen schnellen Sieg, das wußte er genau. Eine erwartungsvolle Erregtheit lag in den Linien um seinen Mund. Er sah genauso aus wie Drago und Patterson im Le Cirque.

Ich spielte die Rolle des alten Stiers perfekt und sagte: »Deine Kumpel haben meine Visitenkarte auf ihrem Tisch vergessen. Ich hab' sie wieder eingesteckt.«

Eines seiner Augen zuckte, er war doch nicht so abgebrüht, wie er dachte. »Äh?«

Tolle Harvard-Ausbildung, dachte ich. »Richte ihnen doch aus, daß ich sie für sie aufbewahre, Ugo.«

Er blickte schnell nach beiden Seiten, ob uns jemand zuhörte. »Geht in Ordnung.«

Der alte Stier sagte: »Du hast meine erste Frage noch nicht beantwortet.«

»Dooley hat für meinen Vater gearbeitet.«

»Das weiß ich.«

Er runzelte die Stirn und sah dabei seltsam besorgt aus. »Und woher kennen Sie ihn?«

»Wir waren zusammen in der Army. Der Bulle da drüben war auch dabei.« Ugo brauchte sich nicht umzusehen. Er wußte genau, wen ich meinte. Pat ließ uns nicht aus den Augen. Wieder zuckte sein Lid, und ich wußte, daß der Jungbulle diese Konfrontation verlieren würde. Aber es würden sich noch andere Gelegenheiten zum Kämpfen bieten, und der Jungbulle wurde immer stärker, und der alte Stier wurde älter und würde schließlich ganz von der Bildfläche verschwinden. Das hoffte der Junge zumindest.

Ich trat zu dem Podest und schaute mir genau an, in was

Dooley da eingekapselt war. Es war eine Urne aus mattpoliertem Metall, mit sparsamen Verzierungen oben und unten und einer Plakette in der Mitte, auf der goldene Buchstaben eingraviert waren.

Sein Name, Alter und Geburtsort standen ganz oben, darunter ein knapper Lebenslauf, in dem die acht Ziffern seiner Dienstnummer als GI genannt wurden, und ein Bericht über seinen Dienst auf dem US-amerikanischen Zerstörer *Latille*. Über seine Zeit in der Army stand da kein Wort. Teufel, Pat und ich wußten genau, daß Dooley schon irgendwo anders gedient hatte, bevor er zu unserer Einheit gekommen war. Aber er hatte nie darüber gesprochen. Jetzt erfuhren wir die Geschichte. Er war bei der Marine gewesen und hatte sich dort davongemacht. Der Teufelskerl war wahrscheinlich seekrank geworden und hatte seinen Abschied eingereicht. Aber er war so patriotisch, daß er mit einer anderen Kampftruppe sofort ins Kriegsgebiet zurückgekehrt war.

Der Geschäftsführer des Richmond's Beerdigungsinstituts trat zu mir heran und fragte: »Könnte ich Sie einen Moment sprechen, Mr. Hammer?«

Ich nickte und ging mit ihm ans hintere Ende des Saals. Er stand ganz korrekt da und überlegte, wie er die Situation am besten erklären könnte. »Als Mr. Dooley bei uns Vorkehrungen für seine letzte ... Ruhestätte getroffen hat, bat er darum, daß Sie sich um seine ... sterblichen Überreste kümmern.«

»Ist mir ein Vergnügen«, meinte ich. »Hat er einen Wunsch geäußert, was damit geschehen soll?«

»Er meinte, er hätte einen Sohn namens Marvin. Er wollte, daß Sie ihn finden und die Urne mit seinen sterblichen Überresten dem Jungen übergeben.«

»Ich wußte nicht, daß er einen Sohn hat.«

»Offenbar hat er ihn niemandem gegenüber erwähnt.«

»Gut«, meinte ich, »wenn er das so wollte, dann soll er auch seinen Willen kriegen. Das bin ich ihm schuldig.«

Der Geschäftsführer warf einen Blick auf seine Uhr. Ungefähr die Hälfte der Leute hatte sich in das Kondolenzbuch eingetragen und war schon gegangen. Die anderen würden nur noch ein paar Minuten brauchen. »Ich werde die Urne für Sie einpacken lassen. Sie können sie dann in meinem Büro abholen.«

Zu dritt verließen wir das Beerdigungsinstitut. Ich hatte Dooley im Arm, der wie ein seltenes Musterstück in einem Karton steckte. Pat wollte wissen, was ich mit ihm vorhatte, und ich meinte, daß es in Queens einen privat geführten Aufbewahrungsort für Töpfe mit Leichenasche gab. Man zahlte eine einmalige Gebühr, und die Urne wurde in eine Nische in der Wand gestellt, wo die Besucher den Toten ihren Respekt erweisen konnten. Pat wollte sich zur Hälfte an der Gebühr beteiligen, weil wir beide mit dem Toten befreundet gewesen waren. Ich hatte nichts dagegen und nahm Dooley vorerst mit zu mir nach Hause.

Frauen sind seltsame Menschen. Von Natur aus sind sie Brutvögel, die, kaum bietet sich ihnen die Gelegenheit, überall ein Heim schaffen wollen. Sie putzen und wechseln die Bettwäsche und finden Schmutz, wo vorher überhaupt keiner war. Im Moment tat Velda genau das. Nicht tatsächlich, aber mit ihren Augen und in ihren Gedanken. Mein Apartment war eine Junggesellenbude. Man merkte sofort, daß hier ein Mann wohnte. Es war teuer ausgestattet, aber ohne jeden Tand. Die Einrichtung war maskulin. Alles sehr geschmackvoll, aber männlich. Während meiner Abwesenheit war der Eindruck ein wenig durch weibliche Anklänge gemildert worden. Sie war hier oft genug zu Besuch gewesen, aber jetzt hatte sich etwas grundlegend geändert.

Als sie mit der Inspektion fertig war, sagte sie wie nebenbei: »Wann hast du vor, mich zu heiraten, Mike?«

»Hast du es eilig damit?«

»Du glaubst nicht, wie eilig.«

»Dann hilf mir, diese Dooley-Affäre aufzuklären«, sagte ich. Sie setzte sich, und ich ließ mich in die Kissen neben ihr plumpsen. Ich erzählte ihr über die Verbindung von Dooley zu Lorenzo, und was er mir über die Paten anvertraut hatte. In groben Zügen beschrieb ich ihr den Streit innerhalb der Familien und was sie für Pläne mit ihrem Vermögen hatten. An dieser Stelle drehte sie plötzlich den Kopf, kniff die Augen zusammen und sagte: »War eigentlich so ein kleiner fetter Kerl auf der Beerdigung?«

»Grauer Zweireiher, rosa Hemd?«

»Genau der.«

»Was ist mit ihm?«

»Er ist entweder beim Finanzministerium, oder er arbeitet zumindest fürs Finanzamt. Vor sechs Monaten hab' ich in einem Prozeß im Kings-County-Gericht in Brooklyn gesessen, und da ist er als Zeuge für die Anklage aufgetreten.«

»Was wollte er auf der Beerdigung?«

»Er hat alles *observiert*, Mike.«

Ich zischte leise durch die Zähne.

»Was ist los?« fragte sie mich.

»Du bist sicher, daß es dieser Mann war? Der fette Kerl?«

»Ich bin mir zu neunzig Prozent sicher«, konstatierte sie. »Jetzt sag mir schon, was du denkst.«

»Es sickert allmählich durch, Kleines. Onkel Sam hat von der Sache Wind gekriegt. Die Jungs von der Steuer haben eine Spur und werden sie ganz bis zum Ende verfolgen.«

»Wohin führt sie?«

»Zu einem Ort, an dem neunundachtzig Milliarden Dollar versteckt sind.« Ich erwähnte zum ersten Mal, um welche Summe es genau ging. Ihr Mund öffnete sich und ihr Gesichtsausdruck verriet, daß sie mir kein Wort glaubte.

»Mike ...«

»Spiel die Sache nicht herunter, Kleine. Wenn du wüßtest, wieviel Umsatz im Jahr allein schon mit der lukrativsten Ernte von Kalifornien gemacht wird, würdest du glatt aus den Latschen kippen.«

»Welche Ernte soll das sein?«

»Marihuana. Gras.«

»Mike ... du hast Milliarden gesagt. Eine Milliarde, das sind tausend Millionen.«

»Das hat Pat auch schon erwähnt.«

»Dann ist das kein Witz ...«

»Über solche Summen reiße ich keine Witze.« Ich drückte ihr sanft die Hand, damit sie mir wirklich glaubte. »Im Moment suchen sie nach Dinosauriern. Die sind längst verschwunden. Sie werden nur noch Fossilien finden. Sehen ganz interessant aus, aber das ist auch schon alles. Und der einzige Mensch, der ihnen was darüber sagen konnte, ist tot.«

»Du glaubst das, was Dooley dir gesagt hat, oder?«

Ich mußte ihr zustimmen. Wort für Wort glaubte ich, was Dooley mir anvertraut hatte. Er hatte mir zwar gesagt, daß er die ganze Kohle versteckt hatte, aber nicht, wo. Wie er es angestellt hatte, war eine ganz andere Sache. Wie war es wohl möglich, achtzigtausend Kisten voller Bargeld und Wertgegenständen wegzuschaffen, ohne daß irgend jemand etwas davon mitkriegte? Es war wie in dem Film *Die Mumie*, als Karloff bei lebendigem Leib neben der Frau begraben wird, die ihren Gatten betrogen hat. Weil das Grab geheim bleiben sollte, wurden alle Sklaven von den Soldaten umgebracht.

Ich habe mich immer gefragt, was aus den Soldaten wurde. Sie hatten dem Pharao die Treue geschworen, und deshalb nahm man an, daß sie das Geheimnis niemals verraten würden. Aber das galt nur, bis ein mächtigerer Pharao auf den Plan trat.

Ich schüttelte den Kopf, um einen klaren Kopf zu kriegen, und stand auf. »Ich möchte, daß du morgen zur Veterans Administration gehst und dich über Dooleys militärische Laufbahn informierst.« Ich überflog die Dienstnummer auf der Urne und schrieb sie auf, dann reichte ich Velda den Zettel.

»Wonach halte ich Ausschau?«

»Nach einem Kind. Angeblich hat er einen Sohn. Solche Informationen wurden sicher alle aufgenommen, als er sich zur Truppe gemeldet hat.«

»Wo soll ich zuerst suchen?«

»Versuch's in Washington. Das kannst du am Telephon erledigen. Wenn sie einen Grund für die Anfrage wollen, dann sag ihnen, daß wir einen Erben ausfindig machen sollen.«

»Gut, Mike ... aber warum suchen wir *wirklich* nach ihm?«

»Weil Väter ein komisches Ding mit ihren Söhnen haben. Sie vertrauen ihren Kindern Sachen an, die man nicht einfach in einem Tresor verschwinden lassen kann. Dieser Junge, Marvin, weiß vielleicht etwas, was wir wissen müssen.« Ich überlegte einen Moment, dann fügte ich hinzu: »Noch eine Sache. Schau in deinem Kalender nach, wann du bei dieser Verhandlung im Kings-County-Gericht warst. Kriege heraus, wer dieser Zeuge von der Regierung war. Hast du dort irgendwelche Beziehungen?«

»Ziemlich gute sogar. Die Gerichtsprotokollantin. Derartige Informationen sind sowieso der Öffentlichkeit zugänglich, aber mit ihrer Hilfe kriege ich sie schneller.«

Sonst fiel mir nichts mehr ein, und Velda faltete den Zettel zusammen, steckte ihn in ihre Brieftasche, die sie dann in der Handtasche verstaute. Sie blickte mich wieder direkt an, mit diesen hübschen klaren, tief dunkelbraunen, hungrigen Augen, die nichts forderten und keine Spielchen mit mir trieben. Sie sagte: »Das ist der Plan für morgen. Und was machen wir heute nacht?«

»Süße«, sagte ich, »du läßt wirklich nicht locker. Jetzt hör mir einmal genau zu. Wenn du mich heiraten willst, dann halten wir uns strikt an die altmodischen Regeln. Wir können Händchenhalten und Küssen und Schmusen soviel du willst, aber die Kleider bleiben an und wir gehen nicht miteinander ins Bett. Verstanden?«

»Dieser Arzt ... hat er irgend etwas mit dir angestellt, Mike?«

»Klar. Er hat mir das Leben gerettet, damit ich ziemlich bald wieder *alles* anstellen kann, was ich will. Aber nach einer Runde in den Laken mit dir liege ich wieder flach auf der Matte.«

Mit einem angedeuteten Lächeln sagte sie: »Was für ein Heuchler. Ohne Kanone und mit einer einzigen Patrone legt er sich mit zwei harten Schlägertypen an, aber Sex mit seiner Verlobten ist nicht drin.«

»Ich halt' mich nur an das, was der Doktor mir verschrieben hat, Süße.«

»Mike«, sagte sie, »etwas anderes will ich doch gar nicht.«

Das Gebäude war einfach, der Architekt hatte nirgends Platz verschwendet. Es war aus Beton, hatte die Form einer Schachtel und war mit einem Minimum an schmückender Inneneinrichtung ausgestattet. In diesem Friedhofs-Supermarkt standen die Urnen entweder in sorgfältig geformten, kleinen Vertiefungen, die in den Zement eingelassen waren, oder sie waren hinter einer massiven Wand verborgen, auf der die Lebensgeschichte des Toten stand.

Marshall Brotorrio führte mich durch das untere Stockwerk dieser modernen Gruft. Er wußte, daß ich nicht viel mehr von den Räumen sehen wollte. Da Dooley nicht viel Besuch haben würde, schlug er eine Vertiefung ganz am Ende einer Reihe vor. Ich ließ mich darauf ein und entschied mich, die Urne offen sichtbar aufzustellen. Dann gingen wir zurück in sein Büro, wo wir das Geschäftliche erledigten.

Dooley stand immer noch auf dem Schreibtisch, aber während unserer Abwesenheit hatte jemand das Metallgefäß gesäubert und poliert und ihm einen Plastiküberzug verpaßt, damit keine Fingerabdrücke seine glänzende Schönheit ruinierten.

»Möchten Sie dabei sein, wenn die Urne an ihrer letzten Stätte untergebracht wird?«

Aus dem Mund eines so großen Mannes wie Brotorrio hörte sich die Frage seltsam an. Ich schüttelte den Kopf. »Ich stehe nicht besonders auf solche Zeremonien.«

»Ich verstehe«, sagte er. Und er verstand es wirklich. Ein alter Kumpel, der nach der Beerdigung seines Freundes dessen Asche von einem Stadtviertel ins nächste getragen hatte, würde sicher nicht bei den letzten Feierlichkeiten in Tränen ausbrechen. Ich stellte den Scheck aus, unterschrieb den Vertrag, schüttelte Marshall Brotorrio die Hand, ging raus und winkte mir ein Taxi.

Jetzt mußte ich nur noch Dooleys Sohn finden und ihm die Papiere übergeben, dann war das Schwein an der Reihe, das Dooley gekillt hatte.

Ich schaute aus dem Fenster und sah mir die Skyline von New York an, die sich allmählich am Horizont abzeichnete. Aus fünf Kilometern Entfernung blitzten sie sauber und scharf, aber je näher man kam, desto grauer wurden die

Häuser, und die Umrisse wirkten stumpf. An einer Stelle sah ich für einen Moment das schönste Gebäude der Stadt, das alte Woolworth Building. Es war einmal das höchste Hochhaus von New York gewesen, aber jetzt führte es ein Zwergendasein im Schatten der Stahl- und Glaskonstruktionen, in denen sich die mächtigen Konzerne vergraben hatten, die über Leben und Sterben von ganzen Völkern entschieden. Ich konnte es nur kurz sehen, aber es war ein schönes Gefühl zu wissen, daß die alte Dame noch immer da stand.

Velda kam ein paar Minuten nach mir in die Detektei. Sie sah mir zu, wie ich zwei der Kapseln schluckte, die Dr. Morgan mir verschrieben hatte. Ich mußte sie in einen zermatschten Keks drücken, sonst hätte ich sie nicht hinuntergebracht. Pillenschlucken war noch nie meine Stärke gewesen. Ich schraubte den Verschluß wieder auf das Plastikfläschchen und fragte: »Und?«

Sie schlug ein kleines Notizbuch auf und überflog die Seiten. »Unser fetter Mann arbeitet wirklich fürs Finanzministerium. Wo genau er in der Hierarchie steht, konnte mir meine Freundin nicht sagen, aber er mischt ziemlich weit oben mit. Sie hat ihn einen *komischen Geldschnüffler* genannt. Immer wenn die Regierung den Verdacht hat, daß eine Person oder eine Organisation große Steuerzahlungen hinterzieht, dann holen sie Homer Watson.«

»Homer Watson?«

»Ich weiß schon«, sagte sie, »das klingt nach einem grünen Jungen vom Land. Aber er hat den Fintel-Skandal ins Rollen gebracht und diese Spekulanten an der Wall Street festgenagelt, die sich mit Insidergeschäften fast eine Milliarde Dollar Taschengeld an Land gezogen haben.« Velda betrachtete mich aufmerksam. »Diese Geschichte, die du Pat erzählt hast, die stimmt, oder?«

Nach ein paar Sekunden zuckte ich mit den Schultern.

»Ich weiß es nicht. Nichts davon ist bewiesen. Mir hat es auch nur jemand erzählt.«

»Aber du glaubst, daß es stimmt«, stellte sie fest.

»Ja«, sagte ich, »ich glaube es.«

»Warum?«

»Weil ich mit dem Kerl, der es mir gesagt hat, im Krieg war.«

»Ganz von Mann zu Mann, nehme ich an?«

»Da liegst du ganz richtig, Kleines. Was soll die Verhörerei?«

»Ich möchte es auch glauben, aber es macht mir Angst. Beantwortest du mir noch eine Frage?«

»Klar«, meinte ich.

Einen Moment lang stand sie stumm da und dachte nach, dann sagte sie: »Neunundachtzig Milliarden Dollar ist ein Betrag, den man sich fast nicht vorstellen kann. Eine Person allein kann so viel überhaupt nicht ausgeben. Regierungen und Einzeltäter würden wohl kaum vor einem Mord zurückschrecken, wenn sie sich dadurch solche Summen verschaffen könnten. Und es gibt genug Organisationen und Menschen, die sowohl über die finanziellen Mittel wie über die Technologie verfügen, um einen so großen Schatz zu bergen.«

Ich nickte und sagte zu ihr: »Das steht alles nicht zur Debatte, Süße.«

»Stimmt«, sagte sie. Dann fragte sie: »Wie willst du verhindern, daß sie es vor dir entdecken?«

Ich stieß ein Lachen aus, das fast wie ein Grunzen klang. »Ich bin eben schlauer als die«, sagte ich.

»Komm mir nicht so.« Zwischen ihren Augen war eine Stirnfalte aufgetaucht. »Du könntest mir nichts, dir nichts sämtliche Regierungsbehörden der Vereinigten Staaten am Hals haben.«

»Na und?«

»Was willst du dann machen?«

»Kein Problem«, sagte ich.

»Ach, toll.«

»Komm schon, Velda, ich kann ihnen nicht sagen, was ich nicht weiß.«

»Was hat Dooley dir gesagt?« fragte sie mit einem vorwitzigen Gesichtsausdruck.

»Nicht alles.«

»Du weißt genau, um wieviel Geld es geht.«

»Sicher, aber ich weiß nicht, wo es *ist*. Ich glaube, Dooley wollte es mir verraten, aber gesagt hat er nur, daß er die Hinweise vertauscht hat, damit niemand außer ihm es finden kann.«

»Was meinst du, warum er dich sprechen wollte, Mike?«

Jetzt grinste ich bis über beide Ohren. »Weil ich nicht nur irgend jemand bin. Irgendwie hat Dooley mir die Sache direkt in den Schoß plumpsen lassen, und ich muß jetzt alle Falten in der Serviette durchsuchen, bis ich die Brotkrümel finde. Und dann weiß ich, wo es versteckt ist.«

»Und was willst du mit den neunundachtzig Milliarden Dollar machen, wenn du sie gefunden hast?«

»Dasselbe, was auch Pat machen würde. Ich kaufe mir einen neuen Wagen. Teufel, du kannst auch was davon abhaben. Ein neues Kleid, Schuhe, irgend so was.«

»Ich meine das ernst«, sagte Velda.

»Ich auch«, antwortete ich. »Also, was ist jetzt mit Dooleys Militärakte?«

Der Themenwechsel brachte sie für einen Augenblick durcheinander, dann blätterte sie in dem Notizbuch. Sie schaute kurz mit gerunzelter Stirn auf die Seite, dann blickte sie hoch und suchte meine Augen. »Die Dienstnummer der Marine ist falsch, Mike. Es ist nicht die von Dooley.«

Ich wollte etwas sagen, aber sie unterbrach mich mit

einer Handbewegung. »Also, ich habe ihn trotzdem gefunden. Ich bin die Personallisten des Zerstörers *Latille* durchgegangen, und da war er. Dann hab' ich mir seine richtige Nummer geben lassen. Ich mußte ein paar Beziehungen spielen lassen, damit ich Namen und Adresse seines Sohnes kriegte, aber ich dachte, daß du nichts dagegen haben wirst.« Sie riß eine Seite aus dem Notizbuch und gab sie mir. »Wie dem auch sei, soweit sie wissen, wohnt der Junge hier.«

Ich schaute mir die Adresse an, prägte sie mir ein und schob das Papier unter meine Schreibunterlage. »Wir haben immer noch ein Problem, Kleines.«

Sie wartete, bis ich das Offensichtliche aussprach.

»Was sind das dann für Zahlen, die auf der Urne stehen?«

»Vielleicht kann ...«, sie suchte nach dem Namen, dann kam sie darauf, »... Marvin dir das erklären.«

Ein kleiner Nerv zuckte an meinem Kinn. Dooley war immer ein sehr direkter Typ gewesen. Bevor er den Feind langsam ausräucherte, drang er lieber mit Gewalt in einen Bunker ein. Mir war er nie verschlagen oder geheimniskrämerisch vorgekommen, und ich hatte Schwierigkeiten, ihm jetzt so etwas Raffiniertes zuzutrauen. Zum Teufel, vielleicht hatte er einfach einen Fehler gemacht, obwohl mir das ziemlich unwahrscheinlich vorkam. Niemand vergißt seine Dienstnummer, niemals. Niemand. Man vergißt ja auch nicht, wie man einen Hut auf den Kopf setzt. Oder Socken anzieht.

Also? Na gut, Dooley versuchte sich mit cleveren Tricks. Junge, wenn diese Ziffern einen Code zu der ganzen Kohle darstellten und die Regierung das herausfand, dann würden sie ihn mit ihren Computern in zehn Sekunden knacken. Vielleicht sogar in fünf. Und die Mafia war ähnlich gut mit Computern ausgestattet. Was hatte ich da noch zu melden? Ich schaute Velda ins Gesicht und wußte, daß sie dasselbe dachte und sich auch all diese wunderschönen IBM-Rechner vorstellte, die ganzen Supercomputer samt Peripherie, die in irgendwelchen Regierungsbüros in Washington leise summten und Seite um Seite voller Informationen ausspuckten, die alle dieser immerwährende, allmächtige Strom von Elektrizität produziert hatte.

»Sie sind nur so gut wie das, was die Leute eingeben, Mike«, meinte Velda.

»Sicher«, gab ich ihr recht.

Sie verzog den Mund zu einem süßen Lächeln, dann stellte sie eine Fangfrage: »Was ist besser als ein Computervirus, Mike?«

Aber ich kannte die richtige Antwort. »Wenn man nichts hat, womit man die Computer füttern kann.«

Velda war früher gegangen. Sie wollte Marvin Dooley so schnell wie möglich finden. Es war fast fünf, neue Auftraggeber hatten sich keine gemeldet, und ich war gerade dabei, den Laden zu schließen. Da hörte ich es zweimal kurz in Veldas Büro klingeln, und ich drückte auf den Türöffner, damit der Besucher unten hereinkam.

Es war der kleine fette Mann aus Washington. Er war bester Laune, gut gekleidet und schien offensichtlich wegen einer spaßigeren Angelegenheit vorbeizukommen als der, weswegen Leute sonst das Büro eine Privatdetektivs aufsuchten. Sein Anblick strahlte nur eines aus: *Ich bin von der Regierung und hier, um euch zu helfen.*

»Na so was«, sagte ich, »Mr. Homer Watson, nehme ich an.«

Das verschlug ihm ein wenig den Atem. Die Mundwinkel, die er zu einem falschen Lächeln hochgezogen hatte, fielen nach unten, und der gutgelaunte Ausdruck verschwand aus seinem Gesicht. »Clever, Mr. Hammer. Lange haben Sie ja nicht gebraucht.«

»Ich brauche nie lang, Kumpel.«

»Wissen Sie auch, warum ich hier bin?«

»Natürlich«, sagte ich. Ich bot ihm mit einem Kopfnikken einen Stuhl an und ließ mich hinter dem Schreibtisch nieder, der wie eine Barriere zwischen uns stand.

Mein Empfang hatte ihn aus dem Konzept gebracht, was ihm wahrscheinlich noch nie passiert war.

»Und das wäre?« fragte er.

Ich ließ ihn zappeln. »Ich gehe davon aus, daß Sie nicht hier sind, weil Sie meine professionellen Dienste in Anspruch nehmen wollen, oder?«

Jetzt waren wir mitten in einem Schlagabtausch. »Nun, ich kann Sie auch bezahlen«, meinte er leichthin.

»Dann schaue ich mal, ob ich Ihren Auftrag noch irgendwie einschieben kann, Mr. Watson.«

Ich hatte ihn noch nicht gefragt, warum er hier war, und er suchte krampfhaft nach einem Weg, wie er das, was er zu sagen hatte, an den Mann bringen konnte. Ziemlich ärgerlich sagte er: »Woher wissen Sie meinen Namen?«

»Ich arbeite als Privatdetektiv. Ganz offiziell mit einer staatlichen Lizenz. Ich darf eine Waffe tragen und so, wissen Sie?«

»Natürlich weiß ich das«, sagte er schroff. »Bitte lassen Sie diese Klugscheißer-Nummer.«

»In Ordnung, dann sagen Sie mir, warum Sie hier sind.«

»Ihre Sekretärin hat einen Anruf nach Washington gemacht. Die Akte, um die es ging, steht auf unserer Liste, und ich bin über den Anruf informiert worden.«

»Und?«

Sein Gesicht lief rot an. »Was wollten Sie über den Mann wissen?«

Jetzt war es an den Zeit, ein bißchen tiefer zu bohren. »Tragen Sie ein Abzeichen?«

»Ja.«

»Ich möchte es sehen. Und außerdem alles, mit dem Sie sich sonst ausweisen können.«

Homer Watson war inzwischen richtig wütend, aber er kramte sein Abzeichen und einen Ausweis mit Foto hervor und reichte sie mir. Ich ließ mir eine Minute Zeit und schaute mir alles ganz genau an, dann gab ich sie ihm zurück. »Haben Sie auch einen Durchsuchungsbefehl?«

»Nein«, mußte er zugeben.

»Das ist schlecht«, sagte ich. »Dann ist das hier also eine ganz normale, geschäftliche Unterredung, oder?«

Er schwieg und runzelte die Stirn, als ob er die Situation so retten könne.

Schließlich gab ich nach. Ich grinste und sagte: »Was wollen Sie denn über Dooley und die Mafia wissen, Homer?«

Zehn Sekunden lang schaute er mich stumm an, dann schüttelte er den Kopf und tat, als wäre er furchtbar genervt. »Ich hätte darauf hören sollen, was die Leute auf der Straße mir über Sie erzählt haben.«

Ich nickte zustimmend.

»Woher kannten Sie Dooley?«

»Wir waren zusammen in der Army. Nach dem Krieg hat er sich darum bemüht, daß Pat Chambers und ich bei der Polizei unterkommen.«

»Woher wußten Sie, daß er Beziehungen zur Mafia hatte?«

»Davon wußte ich nichts.«

»Aber...«

»Er hat erwähnt, daß er einen Job für ein Mitglied der Mafia erledigt hat. Aber, Teufel, das hab' ich auch schon mal gemacht. Eine ganze Menge Leute machen das. Das heißt für mich noch lange nicht, daß er Beziehungen zur Mafia hatte. Dooley und ich hatten schon lange nichts mehr voneinander gehört.«

»Und trotzdem wollte er Sie sprechen, als er im Sterben lag.«

»Er wollte mit irgend jemandem sprechen. Seine Frau ist tot, und wahrscheinlich wußte er nicht, wo sein Junge heute lebt. Er wollte, daß ich seine Asche an seinen Sohn übergebe, wenn ich ihn finde. Warum, was denken Sie denn, weshalb er mit mir sprechen wollte?«

»Vielleicht hat er auf seinem Totenbett eine Art Beichte abgelegt.«

»Hören Sie, Dooley hatte mit Religion überhaupt nichts am Hut. Er hat damit schon im Krieg Schluß gemacht. Sehe ich vielleicht aus wie ein Priester?«

»Vielleicht hat er Ihnen wichtige Informationen anvertraut.«

Ich lehnte mich in den Stuhl zurück und zog eine Grimasse. »Über was denn? Dooley hat ein altes Haus in einer heruntergekommenen Gegend in Brooklyn hinterlassen. Im Hinterhof stand noch ein alter Wagen. Falls er überhaupt ein Konto hatte, dann ist da sicher nicht viel Erspartes drauf. Er war kein Typ, der viele Besitztümer ansammelt.«

»Er hat über lange Jahre enge Beziehungen zur Ponti-Familie unterhalten, Mr. Hammer.«

»Was für Beziehungen denn, Mr. Watson? Verdammt, ich hör' mich an wie Sherlock Holmes.«

»Dooley hat sich um Pontis Anwesen auf Long Island und seinen Landsitz in den Adirondacks gekümmert.«

»Und wenn schon. Er war so was wie ein Verwalter. Er hat den Rasen in Schuß gehalten, ein paar Büsche gepflanzt und den Müll rausgetragen. Macht ihn das gleich zu einem engen Mitarbeiter der Ponti-Familie? Kommen Sie, gebrauchen Sie mal Ihren Grips.«

»Er hätte Sachen mitkriegen können.«

Watson ritt darauf herum, also ließ ich auch nicht lokker. Ich sagte: »Was für Sachen denn, Homer?«

»Sie wissen schon, was ich meine.«

»Etwa, daß all die Jungbullen aus den Familien über ihre Zukunft meckern?«

Ein neuer Glanz tauchte in seinen Augen auf. »Warum meckern sie denn?«

»Keine Ahnung, aber ich hab' gehört, daß viele ziemlich unzufrieden sind mit den Legalisierungen in den letzten Jahren. Mir kommt es so vor, als ob die alten Paten ein einfacheres Leben hatten, als sie ihre schmutzigen Geschäfte noch illegal abgewickelt haben.«

Er wurde überhaupt nicht schlau aus meiner Antwort. Was ich gesagt hatte, klang vollkommen zweideutig, aber die Fakten waren allgemein bekannt auf der Straße. Trotzdem machte es irgendwie Sinn, und offensichtlich vermutete er in der Art, wie ich es gesagt hatte, eine weitergehende Bedeutung.

Er überspielte seine Verwirrung und nickte. »Die neuen Familienführer suchen alle irgend etwas.«

»Das sollten sie auch. Die Welt des Big Business da draußen hat sich radikal verändert. Es geht nicht mehr um Schnaps und Huren. Es geht um hochtechnologisierte Verbrechen, die auf den Verladerampen der Flughäfen und in den Finanzhäusern der Wall Street stattfinden. Die Mafia kauft ein Flugzeug und bringt damit eine große Ladung Kokain ins Land. Wenn sie den Stoff abgeliefert haben, verschrotten sie es und schreiben den Verlust als Geschäftsausgaben ab. Ein Kilo Schnee war früher mal ziemlich viel, aber heutzutage wird auf dem Markt tonnenweise mit dem Zeug gedealt. Und wieviel unterm Tisch Abnehmer findet, weiß niemand.«

»Wir haben ziemlich akkurate Schätzungen, Mr. Hammer.«

Betont nebensächlich fragte ich: »Und wie hoch fallen die wohl aus?«

Er schoß mit einem genauso nebensächlichen Tonfall zurück. »Das kann in die Milliarden gehen, würde ich denken.«

»Stellen Sie sich mal vor, wieviel Steuern man dafür bezahlen müßte«, meinte ich.

»Richtig. Und die Regierung könnte die Einnahmen gut gebrauchen«, sagte er. Seine Stimme hatte einen scharfen Unterton.

»Was würde sie denn damit anfangen?« fragte ich ihn.

»Ich glaube nicht, daß Sie das irgend etwas angeht, Mr. Hammer.«

»Im Namen des Volkes«, sagte ich leise.

Er hatte mich nicht verstanden. »Was?«

»Nichts. Ich dachte nur, daß Sie das sagen würden.«

Das Gespräch verlief überhaupt nicht so, wie er es sich vorgestellt hatte. Er stand langsam auf und schaute mich über den Schreibtisch hinweg an. »Ich denke, eigentlich wollen wir beide dasselbe, Mr. Hammer. Ich würde mich über Ihre Kooperation sehr freuen, aber ich glaube nicht, daß ich damit rechnen kann. Aber vergessen Sie bitte nicht, welch ungeheuren Möglichkeiten die Bundesregierung hat. Es gibt nichts, was wir nicht tun könnten.«

»Stellen Sie die Regierung nicht ganz so übermächtig dar, Homer. Sagen wir lieber, es gibt wenig, was ihr nicht tun könnt.«

Er starrte mich ein paar Augenblicke lang an, dann sagte er: »Einigen wir uns auf so wenig wie möglich.«

Als Watson weg war, blieb ich auf dem Bürostuhl sitzen

und schaute zum Fenster hinaus. Der Himmel hatte sich zugezogen, was auf Regen hindeutete. Die Schmerzen in meiner einen Seite würden wieder losgehen. Bevor sie sich meldeten, drückte ich das Pillenfläschchen mit dem Daumen auf und schüttelte eine Pille heraus. Tolles Mittagessen. Ein Cracker und eine Pille. So wie ich die Dinger fraß, brauchte ich bald Nachschub, und nur Dr. Ralph Morgan konnte mir das Rezept ausstellen. Zur Erinnerung kritzelte ich mir eine Notiz auf den Block, der immer auf dem Schreibtisch lag.

Als erstes mußte ich etwas über Bulletproof-Ponti herauskriegen. Pat hatte gestern die Bemerkungen über die beiden Schußwechsel wie nebenbei fallen lassen, aber er wollte seine Theorien mit mir ausloten, und ich war ihm bisher keine große Hilfe gewesen. Früher war es so, daß nur Teams von großen Polizeibehörden oder die Jungs von der Mobilen Einsatztruppe sich mit kugelsicheren Westen auf einen bewaffneten Straßenkampf einließen. Die Gangs dachten offenbar, ihr Macho-Gehabe wäre eine Art magisches Amulett, wie es die Indianer trugen, das die Kugeln von ihnen abwehrte. Für diese Selbstüberschätzung mußten sie immer ins Gras beißen.

Aber die Dinge hatten sich verändert. Die Mafia transportierte ihre Waren nicht mehr in altmodischen Lastern mit Hartgummireifen. Sie benutzte Flugzeuge. Im groben waren die Regeln des Geschäfts vielleicht während der Prohibitionszeit etabliert worden, aber seit damals war vieles modernisiert worden. Kugelsichere Westen zum Beispiel hatten sich in den letzten fünf Jahren radikal verändert. Über Nacht war die Luftfahrt vom Kolbenmotor auf Düsenantrieb umgestiegen. Die Flugzeuge hatten immer noch Tragflächen, aber ihre Antriebskraft war so drastisch erhöht, daß sie kaum noch wie normale Flugzeuge reagierten.

Ich wählte eine Nummer, die ich schon lange nicht mehr angerufen hatte. Bud Langston wohnte immer noch unter derselben Adresse. Er freute sich wirklich, als er meine Stimme hörte.

Bud war ein Riesengeheimnis. Seinen Gehaltsscheck bekam er per Post von irgendeinem Amt aus Regierungskreisen in Washington geschickt. Ich traf mich mit ihm in seinem Büro. Es war klein, praktisch eingerichtet und genau auf seine geschäftlichen Bedürfnisse zugeschnitten. Er schrieb Computerprogramme. Alle großen Elektrokonzerne hätten ihn mit Handkuß eingestellt, aber Bud hatte nichts am Hut mit dem Angestelltendasein.

Bud Langston war ein Erfinder. Man sagte ihm, was man brauchte, und er erfand es für einen. Wir hatten uns bei einer Wagner-Aufführung kennengelernt, wo wir noch in der alten Metropolitan Opera nebeneinandersaßen, bevor sie das Gebäude abgerissen haben und die ganzen Sänger zum Lincoln Center hinübergewechselt sind.

Wir saßen zusammen und redeten eine halbe Stunde lang über Wagner und Franz Liszt, dann sagte Bud: »Was liegt dir auf dem Herzen, Mike?«

Ich verzog das Gesicht, rutschte im Sessel herum und verlagerte das Gewicht auf meine verletzte Seite.

Bud schüttelte den Kopf. »Damit hat das nichts zu tun, mein Freund.«

»Ich brauche ein paar Informationen, Bud.«

Er blickte mir direkt in die Augen. »Wenn es nicht geheim ist, kann ich dir vielleicht helfen.«

»Ich würde nicht fragen, wenn es um eine Verschlußsache ginge«, sagte ich. »Weißt du etwas über ein neues Material für kugelsichere Westen?«

»Über die Entwicklung von Kevlar müssen wir nicht reden, richtig?«

»Richtig«, sagte ich.

Ein kleiner Muskel seines Mundwinkels zog sich zusammen, wodurch sein Grinsen ein bißchen schief wurde. »Na, das ist kein Geheimnis.«

»Das dachte ich mir.«

Er nickte langsam und legte die Hände hinter den Kopf. »Du willst doch immer die absurdesten Sachen wissen, Mike.«

»Und?«

»Na, es stimmt, vor ein paar Jahren gab es Gerüchte im Ausrüstungsgeschäft. Kannst du dich noch daran erinnern, als die Taucher mit einem Metallgeflecht experimentiert haben, das sich vom Prinzip her an die alten Kettenhemden der Ritter anlehnte?«

»Zum Schutz gegen Haie, stimmt's?«

»Ja, und es hat funktioniert. Zumindest bei kleineren Haien. An einem großen weißen hat es niemand ausprobiert.«

»Und so ein Geflecht kann Hochgeschwindigkeitsgeschosse abhalten?«

»Nein. Aber diese Art von Experimenten hat zu neuen Ansätzen geführt. Dabei ist irgendwann ein Glücklicher auf ein Material gestoßen, das höchstens von einem 20-Millimeter-Geschoß durchschlagen werden kann. Es ist *leicht*, biegsam ... alles Eigenschaften, die für den *militärischen* Einsatz gebraucht werden. Der einzige Nachteil sind die Kosten.«

»Warum hat das Militär dann nicht in die Sache investiert?«

»Mike ... im nächsten Krieg braucht man das Militär nicht mehr.«

Ich wartete. Mir gingen Bilder durch den Kopf von dem Krieg, in dem ich gekämpft hatte. Bud schien meine Gedanken zu erraten und schüttelte den Kopf.

»Diese altmodischen Kriege waren zu teuer. Sie haben

die Probleme der Welt nicht gelöst. Die Bösen und die Guten haben einfach die Seiten gewechselt, das war alles. Dann kam die Wende, die Mauer ist gefallen, Rußland ist untergegangen, Afrika hat sich im Chaos aufgelöst. Der militärisch-industrielle Komplex schlägt nur noch sein überflüssig gewordenes Kriegsgerät los. Die Kriege der Zukunft werden mit biologischen und chemischen Waffen ausgetragen, ganz ohne Getöse und ohne Blut. Nur das Töten wird bleiben. Ein häßliches, zerstörerisches Töten.«

»Und wer kriegt dann, was übrigbleibt?« fragte ich ihn.

»Wer sind denn die Mitglieder in den großen Millionärs-Clubs?« schoß er zurück.

»Und das wird wirklich alles so passieren?«

Bud sagte: »Ich glaube, sie hätten gerne, daß es passiert.«

»Glaubst du, es klappt?«

»Teufel, nein. Es gibt eine ganze Menge Leute, die mehr Köpfchen haben als die mächtigen Regierungen. Aber was hat das alles mit kugelsicheren Westen zu tun?«

»Wer hat das neue Material erfunden, Bud?«

»Ein genialer junger Chemiker, der kaum zwei Jahre aus der Uni raus war. Er hieß Dan Coulter. Er hat so viel von dem Material hergestellt, damit er die Wirkungsweise der Regierung vorführen konnte. Aber denen war der Preis zu hoch, und so hat er es an jemand anderen verkauft.«

»Hat er es sich patentieren lassen?«

»Nicht im Traum. Er hat das Herstellungsverfahren absolut geheimgehalten. Und jetzt wird man niemals mehr herauskriegen, wie er es gemacht hat.«

»Warum nicht?«

»Weil seine ganze Werkstatt mit ihm in die Luft geflogen ist. Dan Coulter ist tot.«

»Scheiße«, sagte ich.

»Bevor du fragst, es war nichts verdächtig oder komisch an der Explosion. Er hat mit ziemlich gefährlichen Stoffen hantiert. Es ist ein Wunder, daß er überhaupt so weit gekommen ist.«

»Noch eine Frage, Bud.«

»Klar.«

»Könntest du herauskriegen, wie er das Material hergestellt hat?«

»Sicher«, sagte er liebenswürdig, »aber nicht gerade jetzt. Dafür lebe ich zur Zeit noch zu gerne.«

»Was meinst du damit, Bud?«

»Zwei der Lieferanten von Coulter sind ebenfalls tot. Sie hatten Einblick in seine Arbeit.«

»Wie sind sie gestorben?«

»Beide in Verkehrsunfällen, innerhalb von drei Wochen. Komischer Zufall.«

Ich erhob mich langsam aus dem Sessel. »Du hast diesen Coulter gekannt, stimmt's?«

»Wir waren beide Mitglieder in ein paar Taucher-Clubs.«

»Du hast gesagt, du könntest das Material nach Coulters Verfahren herstellen.«

»Ich wüßte nicht, warum ich das tun sollte.«

»Zum Beispiel, weil ich gerne wüßte, wie das Zeug aussieht.«

»Dann würde ich mir eine Probe besorgen und es dir zeigen.«

»Warum muß ich dir eigentlich alles aus der Nase ziehen, Bud?«

»Ich wende nur ein paar der Tricks an, die ich von dir gelernt habe, Kleiner. Schau mal in einer Woche wieder vorbei, dann organisiere ich eine Vorführung für dich.«

Fünftes Kapitel

Es gibt Menschen, die können mit dem Telephon Dinge erreichen, die anderen unglaublich vorkommen. Doch wenn man sich näher damit beschäftigt, ist die Sache ganz einfach und logisch. Velda brauchte eine Stunde, dann hatte sie Marvin Dooleys aktuelle Adresse. Er hatte ein Ein-Zimmer-Apartment in einem heruntergekommenen Wohnviertel in der Nähe von New Brunswick. Er wohnte dort seit drei Monaten, davor hatte er in Trenton gelebt. Er war selbständig, besaß einen Führerschein, aber es war kein Wagen auf ihn angemeldet. Ich hinterließ eine Nachricht auf dem Anrufbeantworter, daß ich sie um vier abholen würde, bevor der Feierabendverkehr raus aus Manhattan rollte.

Als ich zum Auto kam, wartete sie schon und empfing mich gleich mit der ewig alten Diskussion, daß wir uns endlich einen Pieper anschaffen sollten, damit wir in engerem Kontakt bleiben konnten. Ich machte die Beifahrertür hinter ihr zu, ging zur Fahrerseite und stieg ein. Ich steckte den Schlüssel in die Zündung und wollte gerade den Motor anlassen, da fiel mein Blick auf die Kühlerhaube, und ich erstarrte.

Velda fiel mein sonderbares Verhalten sofort auf. Sie holte tief Luft. »Was ist los, Mike?«

Nach einem Moment fragte ich: »Was gefällt dir am wenigsten an meiner Karre, Kleines?«

»Du putzt den Wagen nie. Er ist immer schmutzig.«

»Genau.«

Ich zog den Schlüssel ab, legte den Leerlauf ein und sagte ihr, sie solle aussteigen und um die Ecke gehen.

»Warum?«

»Weil sich jemand zwischen den Wagen und die Wand

gequetscht hat und die Motorhaube geöffnet hat. Da auf dem Metall ist ein großer sauberer Fleck.«

»Glaubst du, da ist eine Bombe unter der Haube?«

»Jemand hat daran herumgepfuscht.«

»Dann ruf Pat an und sag ihm, er soll einen Streifenwagen vorbeischicken.«

»Wenn ich mich täusche, dann verscherze ich es mir bloß mit ihm. Und wenn ich recht habe, dann habe ich den Bezirksstaatsanwalt gleich wieder am Hals.«

»Mike ... legst du es darauf an, hier zu sterben?«

»Nein. Jetzt geh um die Ecke, wie ich gesagt habe.«

»Leck mich, Boss. Wenn du draufgehst, dann geh' ich mit. Sie werden uns ein Doppelbegräbnis ausrichten müssen. Nach all den Jahren kommst du mir nicht einfach so davon.«

»Toll. Dann schieb mal den Wagen einen halben Meter von der Wand weg.«

Ich löste die Verriegelung für die Kühlerhaube vom Fahrersitz aus, genauso wie die Burschen es gemacht haben mußten. Dann drückte ich den Riegel weg und öffnete die Haube. Mit einer Taschenlampe leuchtete ich in den Motorraum. Sie hatten nicht einmal versucht, die Bombe zu verstecken. Es war ein einfacher Mechanismus, der an die Zündung angeschlossen war. Früher hätte man in so einem Fall einen Packen Dynamitstangen verwendet, aber heute brauchte es nur noch eine in Aluminiumfolie gewickelte Zündladung, die trotz einer Größe von gerade mal zwei auf acht Zentimeter eine ungeheure Sprengkraft entwikkelte. Wer immer die Bombe eingebaut hatte, war sich seiner Sache sehr sicher. Es gab keine falsche Bombe zur Ablenkung, keinen Zündmechanismus, der auf Bewegung reagierte. Da war nur dieses kleine, tödliche Päckchen, das auf die Drehung des Autoschlüssels wartete und uns in rote Spritzer und Fleischfetzen verwandelt hätte.

Ich löste den Kontakt zur Zündung und nahm die Bombe heraus. Velda schaute sich in der Parkgarage um und sagte: »Was hätte das Ding gemacht ... mit dem Gebäude, Mike?«

Ich wußte, daß sie an die Bombe in der Garage des World Trade Centers in Manhattan dachte. »Es hätte keinen so großen Schaden angerichtet, Kleines. Wir wären in die Luft gegangen und die Wagen auf beiden Seiten mit. Auf dem Parkdeck wäre eine ganze Menge Asche übriggeblieben.« Ich grinste sie an. »Und wir wären die kleinen Blutspritzer darin.«

»Du bist widerlich, Mike.«

»Paß bloß auf, Süße, wir sind noch nicht verheiratet.«

Ich wickelte die Drähte um das Aluminiumpäckchen und schob es unter den Fahrersitz. Velda starrte mich ungläubig an. »Du willst dieses Ding doch nicht mitnehmen ... oder?«

»Der Zündmechanismus dieser Bombe wird nicht durch normale Bewegungen ausgelöst. Man kann es drükken oder es irgendwo dagegen schlagen oder darauf herumtrampeln. Nur in ein Kaminfeuer sollte man es nicht werfen oder in die Nähe von elektrischen Funken bringen.«

Endlich stellte sie die Frage: »Wer hat das gemacht, Mike?«

»Den Befehl dazu hat wahrscheinlich Ponti Junior gegeben. Der alte Herr ist zu gerissen für eine so platte Drohung. Lorenzo ist für diese vorschnellen Spielchen nicht zu haben. Dafür geht es bei dieser Sache um zu viel. Bevor er irgend etwas gegen mich unternimmt, will er zuerst herauskriegen, was ich weiß, oder was er *befürchtet*, daß ich weiß.«

»Und was soll das sein?«

»Alles, was mir Dooley gesagt hat.« Ich schaute sie an

und kniff mit einem Stirnrunzeln die Augen zusammen. »Und das ist so ziemlich gar nichts«, fügte ich hinzu.

Ich drehte den Zündschlüssel, und der Motor erwachte mit einem Dröhnen zum Leben. Das Risiko dabei war ziemlich groß, aber glücklicherweise waren unter der Kühlerhaube keine miesen Ersatzbomben versteckt für den Fall, daß die erste nicht richtig losgegangen war. Ich fuhr rückwärts aus dem Parkplatz heraus, schlug das Lenkrad ein und fuhr zur Ausfahrt und hoch zur Straße. Falls uns jemand beobachtete, dann fluchte der jetzt wahrscheinlich ordentlich und ließ den Mafia-Lieferanten für Militärausrüstung für den Fehlschlag büßen.

Velda hatte die Route nach New Brunswick bis ins letzte Detail durchgeplant. Wir bogen nirgends falsch ab, wir mußten niemanden nach dem Weg fragen, die Fahrt verlief ohne jede Probleme. Als ich schließlich vor dem heruntergekommenen alten Gebäude hielt, in dem Marvin Dooley wohnte, meinte sie: »Gefällt dir meine Routenplanung?«

Ich mußte grinsen. »Wunderbar, Kleines. Hoffentlich kannst du auch so gut kochen.«

Das Haus hatte einen Eingangsbereich, der mit acht Briefkästen und einer einzigen Glühbirne darüber ausgestattet war. Der Geruch von afro-amerikanischem Essen lag in der Luft. Auf den Klingelschildern unter den Briefschlitzen stand überall ein Name, außer auf einem. Dooley stand nirgends, also mußte die Klingel mit dem leeren Schildchen Marvins Wohnung sein. Ich klingelte und versuchte, die Tür zu öffnen. Sie ließ sich ohne Widerstand aufdrücken. Im Treppenhaus hörte man Stimmengemurmel von mehreren Fernsehern, und von irgendwoher drang aus einem Radio der dumpfe, gleichförmige Rhythmus eines Rocksenders. Hinter mir schloß Velda die Haustür.

Links von uns führte eine hölzerne Treppe hoch zum zweiten Stock. Eine Tür öffnete sich mit einem Quietschen, Schritte liefen über die Dielenbretter, und eine männliche Stimme brüllte über das Treppengeländer: »Ja, was wollen Sie?«

»Marvin?«

Er zögerte einen Moment, bevor er antwortete: »Wer sind Sie?«

Aber da war ich auch schon die Treppe hoch, und er schaute sich schnell um, als ob er nicht recht wüßte, ob er stehenbleiben oder zurück in die Wohnung gehen sollte. »Ich bin Mike Hammer, Marvin. Ich war mit Ihrem Vater in der Army.«

»Er ist tot.«

»Das wissen wir.«

»Wer ist *wir*?«

In diesem Moment kam Velda die Treppe hoch, und für einen Moment klappte ihm die Kinnlade weg. Seine feindselige Haltung war wie weggeblasen. »Mehr Leute als du dir vorstellen kannst«, sagte ich leise. »Möchten Sie uns nicht hereinbitten?«

Er schaute mich ein paar Augenblicke lang an, runzelte die Stirn, dann starrte er Velda an und änderte offenbar seine Meinung. Er nickte in Richtung Tür. Ich wartete, bis er in der Wohnung war, folgte dicht hinter ihm und winkte Velda, sie solle hereinkommen und die Tür schließen.

Wie ich erwartet hatte, war die Wohnung nichts Besonderes. Ein Zimmer mit einer Schlafliege, die tagsüber als Couch herhalten mußte, einem Herd mit zwei Platten, einem kleinen Waschbecken und einem schmalen, altmodischen Kühlschrank in der Ecke. Am Küchentisch standen zwei Holzstühle, und ein alter Liegestuhl aus Segeltuch war vor einem ziemlich neuen Fernseher plaziert, der auf dem Boden stand. Aber wenigstens war es sauber. Es stand kein schmutziges Geschirr herum, es war nicht verstaubt, und es lagen keine Kleider auf dem Boden. Der einzige Geruch, der in der Wohnung hing, war der von antibakterieller Seife.

Er kapierte sofort, was ich dachte und sagte: »Ich bin arm, aber ordentlich, Mr. Hammer.« Sein Blick richtete sich auf Velda, und er fügte hinzu: »Hier wohnt keine Frau, Lady. Ich habe in der Marine gelernt, wie man Ordnung hält.«

»Die Lady ist meine Partnerin«, erklärte ich ihm. »Sie heißt Velda.«

In seinem Gesicht zeigte sich keine Überraschung. Er nickte in ihre Richtung und sagte: »Sie wurde in dem Artikel in der Zeitung erwähnt. Über das Begräbnis.«

»Warum waren Sie nicht da, Marvin?«

Er antwortete mit einem Achselzucken. »Was hätte das gebracht?«

Ich wußte, was er meinte. »Sie haben nichts verpaßt. Von ihm war nur noch die Asche in einer Metallurne übrig.«

»Wer war sonst noch bei dem Begräbnis?«

»Nur Leute, die ihn von früher kannten. Ein paar, für die er gearbeitet hat. Es waren nicht viele.«

»Diese Typen von der Mafia, was?«

»Bei denen muß auch jemand den Rasen mähen«, sagte ich.

»Quatsch. Wenn mein alter Herr das gemacht hat, dann hat er jemandem was vorgespielt.«

»Marvin … woher wollen Sie das wissen? Wann haben Sie Ihren Vater zum letzten Mal gesehen?«

»Bevor ich zur Marine bin. Wir haben wenig voneinander gehört. Ein paar Briefe und eine Postkarte mit seiner neuen Adresse.« Mir kam es so vor, als ob in seinem Blick plötzlich etwas wie Berechnung auftauchte. Er schaute mir direkt ins Gesicht. »Was hat der Alte mir hinterlassen, Mr. Hammer?«

»Eine Urne mit seiner Asche, Kleiner. Was haben Sie denn erwartet?«

»Erzählen Sie mir keinen Scheiß, Mann. Sie sind doch nicht den ganzen Weg hierhergekommen, um mir das zu sagen. Er hat mir etwas hinterlassen, und Sie brauchen mich, um an die Sache ranzukommen.«

»Ich brauche Sie absolut zu gar nichts«, sagte ich. Ich kramte meinen Notizblock heraus und schrieb einen Name und eine Adresse auf. Dann gab ich ihm den Zettel. »Ihr Vater wollte, daß ich Sie aufsuche. Ich habe seine Asche an mich genommen und sie einer Urnenhalle zur Aufbewahrung übergeben. Das ist die Adresse. Machen Sie damit, was Sie wollen.«

Der berechnende Blick verschwand wieder aus seinen Augen. Er befühlte das Papier und murmelte die Adresse leise vor sich hin. Schließlich schaute er zu mir hoch. »Das ist alles?«

»Das ist alles.«

Er beäugte mich wieder und biß sich auf die Lippe. »Sie haben gesagt, Sie waren mit meinem Vater in der Army.«

»Das stimmt.«

»Er war bei der Marine«, sagte er herausfordernd.

Ich nickte. »Wir haben das herausgefunden, als Velda sich beim Veterans Bureau in Washington nach ihm erkundigt hat.«

»Wie zum Teufel ist er zur Army gekommen? Verdammt, das macht überhaupt keinen Sinn. Der Alte wollte doch immer nur raus aufs Meer.«

»Ist er jemals zur See gefahren?«

»Erst, als er bei der Marine angeheuert hat. Davor ist er immer nur mit diesem alten Boot den Hudson River rauf- und runtergeschippert.«

Das hatte Dooley uns gegenüber nie erwähnt. Wir waren oft zusammen in brenzligen Situationen gewesen, waren in irgendeinem engen Schützengraben aufeinandergehockt und hatten uns alles mögliche aus unserem Leben erzählt. Das reduzierte die Anspannung auf ein erträgliches Maß, und man blieb dabei aufmerksam. Aber Dooley hatte uns nie etwas von einem Boot erzählt. Sein altes Rollfast-Fahrrad, der Schlitten von Flexible Flier, die Rollschuhe von Union Hardware, darüber wußten wir Bescheid. Aber nichts von einem Boot.

»Was war das für ein Boot?« fragte ich ihn.

Er überlegte, ob die Sache irgendeine Bedeutung haben könnte, dann kam er wohl zu dem Schluß, daß es nebensächlich war. Er sagte: »Eine Woolsey.«

Der Name sagte mir überhaupt nichts. »Wie hat es denn ausgesehen?«

»He, ich interessiere mich nicht für Boote, Hammer. Es war schon ziemlich alt. Er hat immer das Holz repariert, das war so was wie sein Hobby.«

»Ist er jemals damit raus aufs Meer?«

»Sicher. Wenn das Wetter schön war. Bei schwerem Seegang war ihm das Boot zu unsicher. Meistens ist er den Fluß rauf und runter.«

»Sind Sie mit ihm mitgefahren?«

»Als Kind, klar. Mir hat es aber nicht gefallen. Das war sein Ding, nicht meins.«

Ich mußte unbedingt mehr über dieses kleine Spezialhobby von Dooley erfahren. »Gab es einen besonderen Ort, an dem er angelegt hat?«

»Nein. Er ist nur rumgefahren und hat mir immer erzählt, daß er raus aufs Meer fahren wollte. An Land sind wir nur zum Tanken, oder wenn wir uns was zu essen geholt haben.«

»Und wo habt ihr dafür angelegt?«

Marvin bedachte mich mit einem gereizten Grinsen. »Wo kann man am Hudson schon groß anlegen? Wir sind zweimal bis nach Albany gefahren. Nichts Besonderes. Meistens sind wir Richtung Norden nach Poughkeepsie rauf, oder nach Süden bis unterhalb von Bear Mountain. Wenn mir schlecht geworden ist, hat er umgedreht und ist zurück zu seinem Heimathafen.«

»Wo war der?«

»Ein kleiner Jachthafen ein paar Kilometer nördlich von Newburgh. Jetzt ist da nicht mehr viel los, aber früher haben dort oft ein Dutzend Jachten im Dock gelegen.«

»Wissen Sie, wem der Hafen gehört?«

»Kommen Sie, ich war noch ein Kind. Irgend so ein alter Knacker hat sich um alles gekümmert. Er war sicher schon achtzig damals und lebt wahrscheinlich gar nicht mehr.« Er schwieg einen Moment, drehte plötzlich den Kopf herum und schaute mir direkt ins Gesicht. »Sie haben meine Frage noch nicht beantwortet.«

»Ihr Vater ist nicht desertiert, Marvin. Er hat die Marine verlassen, weil er zum Matrosen nicht geeignet war, und es ist ein verdammt guter Soldat aus ihm geworden. Wie auch immer, er hat sich freiwillig zur Army gemeldet. Dadurch hat er sich den ganzen Papierkrieg erspart, den er bei einer Versetzung am Hals gehabt hätte.«

Wieder starrte er mich regungslos an. »Und Sie sind den ganzen Weg hierhergefahren, nur um mir zu sagen, wo die Urne von meinem Vater steht?«

»Ihr Vater mir das aufgetragen.«

»Was noch?« fragte er. Seine Stimme verriet, daß er wußte, daß mehr dahintersteckte.

»Ich wollte wissen, ob Sie mir einen Hinweis darauf geben können, weswegen er erschossen wurde.«

»Eine bessere Ausrede fällt Ihnen wohl nicht ein, Mr. Hammer.« Ich wartete, bis er von selbst damit herausrückte. »Er ist aus einem bestimmten Grund ermordet worden. Er war niemand Besonderes. Außer dem Haus hat er keine Immobilien besessen, sein Job war nicht wichtig, er war nicht in irgendwelche krummen Dinger verwickelt. Aber wegen irgend etwas ist er erschossen worden. Das war kein Zufall.«

»Wenn, dann ist dieser Zufall von langer Hand geplant worden«, sagte ich. »Kennen Sie vielleicht Freunde von ihm?«

»Nein. Ich glaube nicht, daß er überhaupt Freunde hatte. Den einzigen, den ich je bei ihm getroffen habe, war der alte Harris.«

»Wer?«

»So ein alter Kerl aus der Gegend. Bandscheiben-Harris nennen sie ihn.«

»Wer?«

Velda stand immer noch auf der anderen Seite des Zimmers und statt Morris antwortete sie mir. »Er hat während der Prohibition Alkohol geschmuggelt. Seinen Namen hat er angeblich davon, daß er zu viele Kisten mit illegalem Whiskey auf die Laster geladen hat.«

»Und woher weißt du das jetzt?« fragte ich.

»Ich lese ziemlich viel«, meinte sie. »Willst du noch mehr wissen?«

»Klar«, sagte ich. »Ich will immer mehr wissen.«

»Gut. Er war ziemlich erfolgreich, hat immer gute Ware geliefert und ist nie geschnappt worden. Er ist sehr reich dabei geworden. Angeblich ist er in eine Mafiafamilie aufgenommen worden, aber das konnte man ihm nie nachweisen. Auf jeden Fall hat er damals ganz oben in den berühmten Schieberbanden mitgemischt.«

Ich schaute zu Marvin. »Klingt das nach ihm?«

Veldas kleiner Vortrag hatte ihn offensichtlich überrascht. »Ja«, sagte er, »wie er leibt und lebt. Er ist ein paarmal bei meinem Alten untergetaucht, wenn irgendwelche Kerle hinter ihm her waren.«

»Warum?«

Marvin zuckte mit den Schultern. »Für mich hat es sich so angehört, als ob Bandscheiben-Harris immer noch Schnaps in der Stadt verkauft, aber die anderen Händler mit seinen Preisen höllisch weit unterboten hat.«

»Hören Sie, wir reden hier über eine Zeit, als die Prohibition schon lange vorbei war. Whiskeytransporte auszurauben ist aus der Mode gekommen, seit die Regierung mit den Banden aufgeräumt hat.«

Wieder kriegte ich ein Schulterzucken als Antwort. »Tja, wer weiß? Ich war damals ein kleines Kind. Ich erinnere mich nur daran, wie sie darüber gelacht haben.«

»Denken Sie, Ihr Vater war an den Geschäften von Harris beteiligt?«

»Mein Alter? Nie im Leben. Er wäre nie groß in etwas eingestiegen, war ihm viel zu anstrengend. Er war zufrieden, wenn er immer so über die Runden gekommen ist. Und sehen Sie mal, was aus ihm geworden ist. Er jobbt als Hausmeister für die Mafia und wird abgeknallt wie ein Spitzel. Für was? Für nichts, so ist das.« Marvin fuhr sich mit den Händen übers Gesicht, dann strich er sich mit den Fingern die Haare glatt. »Wollen Sie sonst noch was von mir wissen?« fragte er.

»Würden Sie mir denn noch etwas sagen?«

»Kommt drauf an.«

Ich reichte ihm eine der alten Visitenkarten, die Velda mir in die Tasche gesteckt hatte. »Da ist noch eine Sache, Marvin.«

»Aha?«

»Ihr Vater ist aus einem bestimmten Grund erschossen worden. Wer immer ihn ermordet hat, denkt vielleicht, daß er Ihnen etwas verraten hat und –«

»Er hat mir überhaupt nichts gesagt! Er –«

»Das weiß ich auch, aber der Mörder ist immer noch auf freiem Fuß. Es ist gut möglich, daß Ihr Leben in Gefahr ist, wenn wir ihn nicht so schnell wie möglich kriegen. Denken Sie drüber nach, Marvin.«

Ich nahm Velda am Arm und führte sie zur Tür. Unten an der Haustür blieb sie stehen und fuhr mit der Hand unter den Mantel. Ich wußte, daß sie den Griff ihrer 38er umfaßt hatte, und packte sie beim Handgelenk. Es war dunkel geworden, und wir befanden uns in einer abgelegenen Gegend, wo es nirgends Wachschutz gab und selten eine Polizeistreife vorbeifuhr.

»Uns ist niemand gefolgt«, sagte ich zu ihr.

»Mike, du bist immer noch in einer ziemlich schlechten Verfassung ...«

»Meine Instinkte haben keinen Schaden genommen, Süße. Nach diesem Ding mit der Autobombe habe ich die Augen aufgehalten.« Ich trat hinaus auf den Treppenabsatz, schaute mich nach beiden Seiten um und winkte Velda, sie solle mir folgen. Der Wagen stand noch da, und ich entdeckte nirgends Kratzer, Spuren von Tritten oder Dellen. Und der Papierschnitzel, den ich zur Sicherheit ins Scharnier der Fahrertür gesteckt hatte, war auch noch da.

»Sauber«, sagte ich.

»Schau doch lieber trotzdem unter der Kühlerhaube nach.«

Ich holte die Taschenlampe, machte die Haube auf und inspizierte den Motorraum. »Siehst du, alles sauber«, sagte ich. Wir stiegen ein, ich steckte den Schlüssel in die Zündung und ließ den Motor an. Es gab keinen Knall, und wir atmeten beide im selben Moment aus.

»Verdammt, Mike, du warst dir gar nicht hundertprozentig sicher!« warf mir Velda vor.

Ich mußte aus vollem Herzen lachen. Vor Erleichterung.

Auf der Jersey Turnpike war nur wenig Verkehr, und wir waren so früh in der Stadt zurück, daß ich Velda zu ihrem Apartment fahren und bei mir zu Hause ein frisches Hemd anziehen konnte. Dort, wo ich heute abend hinmußte, wollte ich sie nicht dabeihaben. Als ich gerade mein Jakkett überstreifen wollte, fiel mir ein, was ich mit Pat besprochen hatte.

Ich war auf dem Weg zu Don Lorenzo Ponti, und die Chancen standen diesmal ziemlich gut für ihn. Aber wenn ich mich schon auf eine direkte Konfrontation einließ, dann wollte ich nicht aussehen wie ein mitleiderregender Penner, der auf eine milde Gabe hofft. Ponti wurde alt, aber die Spielregeln waren immer noch dieselben. Ich kramte mein altes Schulterholster heraus, zog es über, schob ein volles Magazin in die 45er und steckte sie in die Lederlasche. Das Gewicht drückte auf die wunde Stelle, was höllisch weh tat. Aber nach ein paar Veränderungen am Holster war es besser, auch wenn es jetzt so saß, daß ich nicht mehr besonders schnell an die Waffe kam.

Ich konnte nur hoffen, daß die Holzköpfe, mit denen Ponti sich umgab, ein gutes Gedächtnis und ein noch besseres Vorstellungsvermögen besaßen.

Der Club hier in der Gegend sah aus wie in einem alten Fernsehfilm. Die Wände im *No class* waren wie in den zwanziger Jahren aus Ziegeln und Putz. Die Fensterfront bestand aus Glasbausteinen, die Licht in den Hauptraum ließen, aber verhinderten, daß man von draußen ins Innere blicken konnte. Rechts und links des Clubs waren normale Läden, die ebenfalls Ponti gehörten. Als Puffer für den Club ließ er sie leer stehen. Der einzige Unterschied zu anderen Clubs war, daß sich hier keine Graffiti-Künstler mit Dosen voller Farbe auf der Betonwand verewigt hatten.

Ich ließ mich einen halben Straßenzug entfernt vom Taxi absetzen und ging für alle sichtbar auf den Club zu.

Vor dem Eingang standen zwei Schlägertypen, die aus demselben Film wie das Gebäude stammten. Ein paar Sekunden lang sah es so aus, als ob sie mich sofort fertigmachen wollten, aber dann flüsterte der eine Kerl dem anderen etwas zu. Der sah erst verwundert drein, dann wurde sein Gesicht ausdruckslos.

Ich ging so schnell, daß sie ihren Plan, mich von rechts und links in die Zange zu nehmen, aufgeben mußten. Falls es jetzt zu einer Schießerei kam, standen sie plötzlich schutzlos das. Sie waren so verblüfft, daß ich grinsen mußte. Damit sie nicht auf falsche Gedanken kamen, berührte ich kurz die Kante meines Huts und konnte dabei sicher sein, daß die beiden den Griff der Kanone an meiner Seite gesehen hatten.

Bei solchen Typen ist Höflichkeit vollkommen unangebracht. Ich sagte: »Richtet euerm Boß aus, daß ich ihn sprechen will.«

»Er ist nicht da«, sagte der Dicke.

»Muß ich das Schloß aufschießen?« Meine Stimme klang nicht so, als ob ich lange auf eine Antwort warten würde.

Keiner der beiden war besonders helle im Kopf. Sie wußten genau, wer ich war, aber hatten keinen Schimmer, um was es hier ging. Der Dicke brummte ein bißchen, dann sagte er zu seinem Kumpel: »Geh mal los und hol Lenny, Teddy.«

»Wenn das Leonard Patterson ist, richt ihm aus, daß ich noch ein Geschenk für ihn habe. Er hat es bei unserem letzten Treffen vergessen.«

Der Kerl, der offenbar Teddy hieß, sagte: »Sie haben eine ziemlich große Klappe, Mister.«

»Ich hab' auch einen ziemlich großen Namen, Teddyboy. Ich heiße Mike Hammer, merk dir das. Und jetzt mach 'ne Fliege und tu, was dir dein Kumpel gesagt hat.«

Und er warf mir genau die Art bösen Blick zu, auf die ich spekuliert hatte. Dieser Teddy war eine Schlange, auf die ich aufpassen mußte. Ihm gefiel es gar nicht, daß ich ihn vor so einem Halbstarken wie dem Fetten so herunterputzte.

Leonard Patterson erschien nicht allein. Howie Drago kam mit ihm, und ein großer, vernickelter Revolver steckte in seiner rechten Hand. Ich lag weit vorn im Spiel, weil meine Mitspieler die Regeln immer noch nicht kapiert hatten. Teufel, sie wußten noch nicht einmal, was für ein Spiel hier gespielt wurde. Verblüffung war nicht das richtige Wort für ihren Gesichtsausdruck. Sie sahen aus, als wären sie mit dem Kanu schon halb über den Atlantik gepaddelt und hätten dann erst bemerkt, daß ein Sturm aufzieht.

Solche Typen läßt man am besten gar nicht erst zu Wort kommen. »Bringt ihr mich jetzt zum Paten, oder muß ich allein hochgehen?«

Howie reagierte zuerst. »Er hat eine Waffe, Patti.«

»Und ich habe einen Waffenschein dafür, Kleiner. Hast du für die da auch einen?«

»Du kommst hier nicht mit einer Kanone rein, Hammer.«

Ich kam nicht dazu, ihm zu antworten. Eine dunkle Gestalt beugte sich im Obergeschoß über das Geländer und brüllte mit kaum hörbarem Akzent: »Was ist da unten los?«

Zum zweiten Mal war ich schneller als die beiden. »Hier ist Mike Hammer«, rief ich zurück. »Wenn Sie wirklich nicht mit mir reden wollen, dann haue ich ab. Aber wenn Sie mir Schwierigkeiten machen, dann schieße ich Ihre Jungs hier über den Haufen. Die Bullen können die Sauerei dann nachher aufwischen.«

Ich glaube, auch dieser Wortwechsel stammte aus dem besagten Fernsehfilm.

»Er hat eine Knarre dabei, Mr. Ponti«, brüllte Patterson.

»In der Hand?«

»Nein. Sie steckt unter seinem Jackett.«

Ponti war neugierig wie ein junges Kätzchen und wollte unbedingt wissen, warum ich hier war. Er überlegte keine Sekunde, sondern sagte sofort: »Er geht nie ohne die Knarre aus dem Haus. Laßt ihn hochkommen, es sei denn, ihr wollt euch da unten eine kleine Schießerei liefern.«

Ponti war in erster Linie ein Spieler. Zwei Schulkinder treffen sich auf dem vermüllten Spielplatz und kämpfen darum, wer der neue Anführer wird. Der Rest der Bande darf dem Sieger nachher in den Arsch kriechen. Ich ging die Treppen hoch. Oben deutete mir Ponti mit einem Nikken an, ihm zu folgen. Er ging vor mir her, als wäre das Ganze eine Einladung zum Tee. Vielleicht war es reine Angeberei, oder seine Männer erwarteten mich irgendwo in einem Versteck, aber er bewegte sich ohne jede Spur von Angst. Er öffnete eine Tür, die in ein Büro führte. Ich betrat den Raum erst, als ich mich vergewissert hatte, daß die Tür sich ganz bis zur Mauer drücken ließ und niemand dahinter stand. Dann inspizierte ich das Büro und ging die Wand entlang zu einem Stuhl vor Pontis Schreibtisch.

Er sah aus, als ob er meine Vorsichtsmaßnahmen zu schätzen wüßte. »Nervös, Mr. Hammer?«

»Nur auf der Hut.«

»Sie gehen ein großes Risiko ein.«

»Eigentlich nicht.«

»Nein?«

»Gut, daß Ihre Schläger da unten nicht angefangen haben, mit den Knarren herumzuspielen. Sie hätten ziemlich alt ausgesehen.«

»Sie hätten auch verlieren können. Es waren ziemlich viele.«

»Das ist nichts Neues für mich«, erinnerte ich ihn.

Seine Gesichtszüge wurden plötzlich hart. »Ja. Ich weiß.«

Dreißig Sekunden lang blieb ich einfach stehen und starrte ihn an, dann trat ich vor den Stuhl und setzte mich. »Na los, fragen Sie schon«, sagte ich.

Der Pate spielte seine Rolle großartig. Er zog den lederbezogenen Chefsessel nach hinten, ließ sich darauf nieder und legte die Hände in den Schoß. Es fiel ihm nicht leicht, aber sein Gesichtsausdruck blieb dabei vollkommen gelassen. Als er soweit war, schaute er mir in die Augen und sagte: »Haben Sie meinen Sohn getötet, Mr. Hammer?«

Ich mußte auch jetzt keine Sekunde überlegen. »Ich habe ihn direkt in den Kopf geschossen, Don Ponti. Er hatte mir zwei Kugeln verpaßt. Die nächste wollte er mir voll ins Gesicht ballern. Da habe ich abgedrückt und ihm ins Gehirn gefeuert. Ja, verdammt, ich hab' Ihren Sohn getötet, und wenn Sie noch mehr Söhne haben, die mir ans Leben wollen, dann werde ich die genauso töten.«

Ich wußte nicht, wie er reagieren würde, und es überraschte mich, wie ruhig er es hinnahm. Offenbar ging er im Geist noch einmal die Geschehnisse der Nacht durch, und als jetzt alle Teile in dem Puzzle paßten, legte sich komischerweise ein befriedigter Ausdruck über sein Gesicht. »Ich gebe Ihnen keine Schuld, Mr. Hammer«, erklärte er mir leise. »Ich nehme an, die Öffentlichkeit weiß nicht, was wirklich passiert ist, oder?«

»Ich war nicht da, um das Ganze öffentlich durchzudiskutieren.«

»Nein. Für die Presse war es ein Bandenkrieg. Und die Polizei ist dieser Version sehr bereitwillig gefolgt.«

»Was war es denn wirklich, Mr. Ponti?« fragte ich.

»Ein Bandenkrieg«, meinte er ganz freundlich. »Das kommt vor, wissen Sie.«

»Aber nicht so. Nicht, wenn die Geschäfte so wunderbar laufen, daß der Oberboß in Urlaub gehen kann.

Nicht, wenn Leute in der Schießerei draufgehen, die dort eigentlich überhaupt nichts verloren hatten. Auf der Straße gab es keinerlei Gerüchte, daß etwas im Busch war, und ohne Ihre routinemäßigen Sicherheitsmaßnahmen wären Sie draufgegangen.«

»Ich verdanke mein Leben diesen routinemäßigen Sicherheitsmaßnahmen«, sagte er. »Aber verraten Sie mir eins: Was hatten *Sie* überhaupt dort zu suchen?«

»Mir hatte jemand gesteckt, was geplant war. Der Tip kam nicht aus Mafiakreisen. Ich hatte ihn von einem Säufer, der mitgekriegt hat, wie ein paar Kerle darüber redeten. Es war vollkommener Zufall, aber mir ist schnell klar geworden, daß die Sache verdammt wichtig für mich war. Wenn der Anschlag schiefgegangen wäre, hätten Sie doch sofort mich verdächtigt.«

»Aber das ist nicht Ihr Stil, oder?«

»Nein, aber ich weiß nicht, wie Sie darüber denken.«

»Interessiert es Sie, wie ich darüber denke?«

»Klar«, sagte ich.

»Ich denke, daß Sie hier irgendeine schräge Nummer abziehen. Sie kommen her und erzählen mir, daß Sie Azi erschossen haben, aber das war seine eigene Schuld. Er ist tot, und das war's. Wenn Sie was von mir wollen, dann raus damit. Hinter was sind Sie her?«

»Ich will den Kerl, der Marcos Dooley ermordet hat.«

Eine tiefe Falte bildete sich plötzlich auf seiner Stirn. »Dooley war ein guter Mann«, sagte er. Sein Akzent wurde deutlicher. »Ich weiß nicht, warum ihn jemand umbringen wollte. Er war ein Naturmensch, ein Gärtner. Er hat sehr lange für mich gearbeitet.«

»Ja, ich weiß.«

»Warum mußte er dann sterben, Mr. Hammer?«

»Irgend jemand war der Ansicht, er wüßte mehr, als gut für ihn war.«

»Was hätte er denn wissen *können?*«

»Er hat davon gesprochen, daß es in Ihrem Geschäft Ärger gab, Don Ponti.«

»Es gibt keinen Ärger. Meine Geschäfte sind seit Jahren vollkommen legal.«

»Es ist scheißegal, ob Ihre Geschäfte legal oder illegal sind. Es geht darum, wie das Vermögen verteilt wird. Da braut sich was zusammen.«

»Sehe ich aus wie ein reicher Mann, Mr. Hammer?«

»Hören Sie mit dem Quatsch auf, Don. Sie sind einer der letzten großen Schauspieler. Ich weiß, daß Sie den Grund und Boden und die Villen gekauft haben, als die Immobilienpreise noch niedriger waren. Und Ihre Garage steht voll von alten Autos, aber es sind viele teure, ausländische Marken darunter. Sie essen immer noch Spaghetti und lassen sich die Anzüge von einem alten Mann schneidern, der bei Ihnen um die Ecke wohnt. Sie sehen nicht reich aus. Damit täuschen Sie eine ganze Menge Leute.«

»Nicht das Finanzamt.«

»Wie heißt es so schön, mit kreativer Buchhaltung ist das kein Problem.«

Er schaute mich nur kurz an und deutete ein Lächeln an. »Glauben Sie nicht, daß sie mir auch einmal auf die Schliche kommen, so wie sie Capone erwischt haben?«

»Ich könnte mir vorstellen, daß Ihre Anwälte genauso gut sind wie die beim Finanzamt.«

»Ja, das müssen sie schon sein.« Diesen Köder warf er mir einfach so hin. Er wollte herauskriegen, ob ich das Gespräch noch auf etwas lenken würde, was ihm neu war.

Ich erhob mich. »Wissen Sie, Don Ponti, es interessiert mich einen Dreck, was das Finanzamt mit Ihnen vorhat. Ich will nur den Kerl, der Dooley getötet hat. Und diesmal bin ich nicht der einzige. Captain Chambers ist mit von der

Partie, und er hat das gesamte NYPD hinter sich. Da hat sich jemand mit einer Menge Profis angelegt.«

»Irgendwie kommt es mir so vor, als hätten Sie jemanden Bestimmten im Auge«, sagte Ponti.

Ich ging ein paar Schritte auf die Tür zu, dann drehte ich mich um und sagte: »An Ihrer Stelle würde ich Ugo genau im Auge behalten. Ihr Sohn hat nicht die Erfahrung, die alte Hasen wie wir mitbringen.«

Wieder nickte Ponti, aber die Falte auf seiner Stirn war tiefer geworden. Ich wußte, daß er sich den Kopf darüber zerbrach, ob meine Worte noch eine versteckte Bedeutung haben könnten.

Als ich nach unten ging, war niemand mehr an der Tür. Ich blieb eine ganze Minute davor stehen, dann trat ich zum Straßenrand und wartete. Zwei Straßen weiter gingen Scheinwerfer an. Ich hatte dem Taxifahrer gesagt, er solle auf mich warten. Er fuhr vor, ließ mich einsteigen und brachte mich zu meiner Wohnung. Als ich ausstieg, gab ich ihm noch einmal ein Trinkgeld, und er grinste mich breit an. Dann ging ich hoch.

Auf dem Anrufbeantworter war eine Nachricht, und ich drückte auf den Knopf. Es war Velda, die mich bat, sie zurückzurufen. Das kurze Treffen mit Ponti hatte mich erschöpft, und ich hoffte, daß sie mich nicht in ein anstrengendes Gespräch über unsere Beziehung verwickeln wollte. Für einen kurzen Moment überlegte ich, ob ich das Leben als Single nicht doch zu sehr vermissen würde. Ich hatte gelernt, so ziemlich alles alleine zu machen, und vielleicht brachte eine Heirat Dinge mit sich, auf die ich nicht vorbereitet war. Ich hoffte nur, daß sie backen konnte.

Aber Velda war ein intelligentes Mädchen. Sie lachte, als ich mich mit den Worten »Ich lebe noch« meldete.

»Das ist nichts Neues.«

»Ich sollte dich anrufen?«

»Ich kann inzwischen Anrufe, die im Büro eingehen, von meiner Wohnung aus entgegennehmen«, erklärte sie. »Das hat die Sache leichter gemacht, als du auf Erholungsurlaub in Florida warst.«

»Wer hat angerufen?«

»Ein alter Filmstar namens Ralph Morgan.«

»Dieser Ralph Morgan ist verstorben, Kleines.«

»Der angerufen hat, lebt noch. Er hat gesagt, er würde dich morgen gerne sehen. Um elf im Waldorf.«

»Gut«, sagte ich. »Wir gehen zusammen hin. Ich hol' dich um acht zum Frühstück ab.«

»Ich könnte auch vorbeikommen und dir das Frühstück machen«, schlug sie vor. Ihre Stimme klang sehr weich.

»Nein«, sagte ich.

»Warum nicht?«

»Weil du, wenn ich schon nicht darf, ruhig auch ein bißchen darben sollst. Du brauchst die Reizwäsche also gar nicht erst auspacken.«

Sie lachte noch einmal und legte auf.

Sechstes Kapitel

Mir kam es wie ein Wunder vor, aber der Mann in dem hellgrauen Anzug war wirklich der Doktor. Der sonnengebräunte Teint und der modische Haarschnitt verliehen seinem glattrasierten Gesicht die Art von professionellem Aussehen, wie es nur Ärzten mit langjähriger Praxis richtig gut steht. Der Anzug war neu und teuer und offensichtlich maßgeschneidert.

»Du hast dich ziemlich gemacht«, sagte ich.

»Auf meinem Konto war mehr Geld, als ich dachte.«

»Wie ist der neue Wagen?«

»Eine echte Prachtkarosse, hätten wir früher gesagt.«

»Keine Schwierigkeiten?«

Er schüttelte den Kopf. »Du hat recht gehabt. Die Papiere sind jetzt vollkommen in Ordnung, und niemand wollte irgend etwas über meine Vergangenheit wissen. Ich glaube, Florida ist ein ziemlich guter Ort für einen Arzt.«

»Na, du hast sicher jede Menge Patienten im Rentenalter.«

»Wie ist es dir gesundheitlich ergangen?«

»Es hat ein bißchen Rummel gegeben, aber ich habe mich nicht totgearbeitet. Niemand hat mir in die Rippen getreten und niemand hat versucht, mich umzubringen.«

»Weißt du, Mike«, sagte er mit einem strengen Ton in der Stimme, »du sollst eigentlich überhaupt keine Aufregung haben.«

»Das sagst du mir aber früh.«

»Deine Rückkehr nach New York kann dich immer noch das Leben kosten, mein Freund. Und darüber wäre ich gar nicht glücklich.«

Aus der Ecke war Veldas Stimme zu hören: »Ich auch nicht.«

»Ich meine damit Sie genauso wie die harten Burschen, mit denen er sich herumtreibt, junge Frau«, wandte sich Dr. Morgan an sie. »Manchmal gerät auch die zärtliche Pflege einer Geliebten außer Kontrolle.«

»Immer noch besser als in die Luft gesprengt zu werden«, erwiderte Velda scharf.

»Was?«

»Jemand hat den Motor seines Wagens scharf gemacht. Einmal den Zündschlüssel gedreht, und das wär's mit uns gewesen«, erklärte sie.

Er schaute mich fragend an, und ich nickte. »Ich habe den Wagen nicht angelassen, Doc – wir leben noch.«

Seine Augen zogen sich ein kleines bißchen zusammen. »Hatte das etwas zu tun mit dieser … Ponti-Sache?«

»Ich glaube nicht, daß der alte Herr dahintersteckt.«

»Dann eben Ugo?«

»Woher kennst du ihn?«

»Ich habe alles gelesen, was ich über den Vorfall im Hafen finden konnte. Dabei habe ich mich auch mit Ereignissen befaßt, die ziemlich weit zurückliegen. Ich habe sogar ein paar Kollegen des Paten im Metro Health Club kennengelernt. Ich war dort Mitglied.«

»Was für ein Fitneßclub war das?«

»Die meisten Mitglieder waren Ärzte und Rechtsanwälte, die sich bei leichtem Training und lockerer Unterhaltung von der Arbeit erholen wollten. Gelegentlich haben die Anwälte Klienten mitgebracht, und dabei wurden wir einander vorgestellt.«

»Kannst du dich erinnern, wer es war?«

»Das spielt keine Rolle mehr«, sagte er. »Sie sind heute alle tot. Sie waren die treibende Kraft in ihren Familien, aber allesamt schon ziemlich alt. Wahrscheinlich war Harris der Jüngste, und er war schon fast achtzig, als er umgebracht wurde.«

Velda stellte die entscheidende Frage. »Hatte Harris auch einen Spitznamen?«

»Ach ja, sie haben Leistenbruch oder so etwas zu ihm gesagt.«

»Vielleicht Bandscheiben-Harris?«

Morgan zog anerkennend eine Augenbraue hoch. »Da haben Sie recht, junge Frau. Genau so wurde er genannt. Es hat ihm aber anscheinend nichts ausgemacht.«

»Was wissen Sie über ihn?« setzte Velda nach.

»Er hatte Geld, so viel war klar. Nicht gerade sehr vornehm, eher ein derber Typ. Aber wahrscheinlich kommt man als Schnapshändler mit guten Manieren in New York nicht weit.« Er blickte zu mir herüber. »Kennst du diesen Mann?«

»Ich habe nur von ihm gehört, Doc. Was weißt du über ihn?«

»Eins steht fest, er hatte immer verdammt guten Whiskey, nur beste kanadische Ware. Den hat er zu unglaublich niedrigen Preisen an ausgewählte Lokale in der Stadt verkauft. Man hat allgemein angenommen, daß er im großen Stil Whiskeytransporte ausraubt, aber es gab nie Hinweise auf solche Diebstähle.«

»Wie lange hat er das Geschäft betrieben?«

»Wann er damit angefangen hat, weiß ich nicht, aber ungefähr sechs Monate, nachdem er aufgehört hatte, ist er gestorben.«

»Weißt du, für einen Arzt hast du dich auch mit ganz schön komischen Burschen herumgetrieben«, sagte ich.

»Ärzte lernen nie normale Menschen kennen. Alle sind immer krank.«

»Harris auch?«

»Nein, der nicht. Er sah verwegen aus, wettergegerbte Haut, gebrochene Nase, so ein Typ, der viel draußen ist. Er ist sogar immer in solchen Hinterwäldler-Klamotten herumgelaufen. Als ich ihn kennenlernte, hat er ein kariertes Wollhemd und Kordhosen angehabt. Niemand schien sich daran zu stören. Er hatte genausoviel Geld wie alle anderen.«

»Waren er und Ponti gut befreundet?«

»Keine Ahnung, Mike. Ich hatte so das Gefühl, daß Ponti ihn in die Mafiakreise eingeführt hat. Aber das ist nur etwas, was ich gehört habe.« Er blinzelte mir zu und fragte nach: »Warum?«

»Weil Bandscheiben-Harris sich mit meinem alten

Kumpel zusammengetan hatte. Der, den sie erschossen haben.«

»Und was stört dich daran?«

»So eine Freundschaft kommt mir unwahrscheinlich vor. Marcos Dooley hätte sich nicht mit Verbrechern angefreundet.«

»Mike ... es war früher nicht so, daß ein waschechter Whiskeyschmuggler automatisch ein Verbrecher war. Oft waren das nur freundliche Männer aus der Nachbarschaft, die Dinge verkauften, die die Regierung ihren Bürgern vorenthielt.«

Ich grinste ihn an. Aus dem Mund einer alten Schnapsdrossel hörte sich das besonders hübsch an.

In diesem Moment beugte sich Velda auf dem Stuhl vor. Ihr entschlossener Gesichtsausdruck verriet mir, daß ihr etwas keine Ruhe ließ. Ich starrte sie stumm an, und sie meinte: »Was hältst du davon, wenn ich noch ein paar Nachforschungen mache, Mike?«

»Sei vorsichtig.«

»Das sagt der Richtige. Schaust du später noch im Büro vorbei?«

»Wahrscheinlich. Wenn nicht, dann schreib mir auf, was du herausgekriegt hast.«

Sie verabschiedete sich und ging.

Als sie weg war, sagte Morgan: »Zieh dein Hemd aus, Mike.«

»Komm schon, Doc. Mir geht's gut. Alles, was ich brauche, sind die Tabletten.«

»Du weißt genau, daß das nicht stimmt. Laß mich dich untersuchen.«

Ich weigerte mich nicht mehr, sondern sagte nur: »Oben im Hotelzimmer.«

Wir gingen hoch, und ich machte, was er wollte, zog mich aus und ließ ihn an der häßlichen, schmerzenden

Stelle herumdrücken, soviel er wollte. Die Wunde war immer noch entzündet und sah schrecklich aus. Er kümmerte sich darum und legte mir danach einen neuen Verband an. Dabei brummte er vor sich hin, und es war offensichtlich, daß der Heilungsprozeß sich nicht optimal entwikkelte.

»Du hättest in Florida bleiben sollen, Mike.«

»Ich hatte keine Wahl, Doc.«

»Wenn du tot bist, dann hast du keine Wahl mehr. Ich hab es dir gesagt ... für dich ist absolute Ruhe lebensnotwendig. Dein Zustand ist schon wieder so bedenklich, daß es dich das Leben kosten kann.«

»Kumpel«, sagte ich, »du führst dich immer noch total daneben am Krankenbett auf.«

»Deine Einstellung hat sich auch nicht gerade verbessert.«

»Ich schone mich. Das hab' ich dir doch gesagt.«

»Kein bißchen schonst du dich. Die Wunde öffnet sich wieder. Mit den Antibiotika kann die Entzündung eingedämmt werden, aber du wirst dich entscheiden müssen, wie es weitergehen soll. Beim Militär würdest du ins Krankenhaus eingewiesen und im Bett festgebunden. Ich kann dir nur gute Ratschläge geben, an die du dich doch nicht hältst.«

»Ist es so schlimm?«

Er verzog das Gesicht. Mehr mußte er mir nicht sagen. Schließlich meinte er: »Wenn du dieses Mädchen wirklich heiraten willst, dann nimm das, was ich dir hier sage, besser verdammt ernst.« Er holte einen Rezeptblock aus der Tasche, füllte zwei Rezepte aus und gab sie mir. Wenigstens konnte ich seine Handschrift lesen. »Das ist für den Fall, daß dir die Pillen ausgehen.« Damit reichte er mir zwei Fläschchen mit meinen üblichen Medikamenten.

»Was ist, wenn *wirklich* etwas passiert, Doc ... wenn die

Wunde aufgerissen wird oder jemand mir eine reindonnert?«

»Hast du deine berühmte 45er dabei?«

»Immer griffbereit.«

»Spar die letzte Kugel für dich.«

»Junge«, sagte ich, »du hast wirklich eine Art, einen so richtig aufzubauen.«

Ich war kaum eine Minute in meinem Büro, als Pat mich vom Auto aus anrief. Er war auf dem Weg zur Detektei und meinte, wir müßten unbedingt miteinander reden. Seine Stimme klang gedrückt. Während ich auf ihn wartete, machte ich mir ein paar kurze Notizen, damit ich die Einzelheiten nicht durcheinanderbrachte. Ich hatte gerade den vierten Bogen Papier vollgeschrieben, als ich hörte, wie die Eingangstür aufging.

Pat betrat mit einem harten Zug um den Mund mein Büro. Allerdings war es sein Begleiter, der mich ein wenig nervös machte. Ich nickte Pat zu und sagte zu Homer Watson: »Schön, Sie wiederzusehen.« Ich deutete auf die Sessel, und sie ließen sich nieder. Keiner der beiden packte einen Notizblock oder sonst etwas zu schreiben aus, und ich fragte: »Wird diese Unterhaltung aufgenommen?«

Watson lächelte milde und klopfte auf seine Jackentasche.

Ich öffnete die Schreibtischschublade, nahm mein Miniaufnahmegerät von Sony heraus, legte es vor mich auf den Tisch und drückte den Aufnahmeknopf. Dann nannte ich das Datum und den Anlaß des Gesprächs und fragte sie zum Schluß: »Dann werden Sie ja sicher nichts dagegen haben, wenn ich das auch mache.« Keiner der beiden antwortete.

Schließlich fing Pat an. »Weißt du eigentlich, auf was du dich eingelassen hast, Mike?«

»Wenn mir niemand auf die Sprünge hilft, muß ich passen. Aber kommen wir doch gleich zum Kern der Sache. Du und Homer hier, ihr habt wegen irgend etwas Lunte gerochen und meint, ich weiß mehr darüber. Irgendwie scheint sich alles um Marcos Dooley zu drehen, aber ich war nicht mal in der Stadt, als er erschossen wurde. Ich bin nach New York zurückgekommen und wollte ihn vor seinem Tod noch einmal sehen, weil wir zusammen in der Army waren.«

»Und ihr habt euch ziemlich lange unterhalten, bevor er gestorben ist«, erinnerte mich Pat.

»Stimmt. Du hast das selbst in die Wege geleitet, Kumpel, warum beschwerst du dich dann?«

»Weil wir gerne wüßten, worum es in Ihrer Unterhaltung mit Dooley gegangen ist«, sagte Homer leise.

»Das haben wir doch schon alles durchgekaut.«

»Nein, wir haben es nur oberflächlich gestreift.«

Ich hielt die Hand hoch und unterbrach ihn. »Wißt ihr, damals in den Achtzigern, als die Regierung das Gesetz zur Bekämpfung von Korruption und Schieberei verabschiedet hat, da wolltet ihr die Mafia drankriegen und habt den schwerbewachten Privatwohnsitz von Paul Castellano abgehört und Wanzen in Tony Corallos Jaguar gepflanzt. Ihr hattet Super-Weitsichtgeräte und Parabol-Mikrophone, mit denen ihr alle und jeden rund um die Uhr überwacht habt. Und jetzt könnt ihr nicht mal mehr einen zusammengeschossenen Veteranen in einem städtischen Krankenhauszimmer abhören? Kommt schon, sehe ich etwa aus wie ein Superagent?«

»Sie sehen aus wie jemand, der zufällig in etwas hineingeraten ist.«

»Und ihr wollt wissen, in was?«

Einen kurzen Moment herrschte Schweigen, dann sagte Watson: »Genau.«

»Eine Hand wäscht die andere«, erwiderte ich. »Zuerst will ich hören, was Sie denken.«

Die Bewegung war kaum zu sehen, aber er nickte. »In den Mafia-Familien wird offensichtlich gerade Revision gemacht. Einige sehr angesehene Kanzleien und Bankhäuser führen Überprüfungen wegen illegaler Vermögenstransfers durch.«

Ich grinste ihn an und sagte: »Und Sie kriegen einfach nicht heraus, wohin das Geld verschwunden ist.«

Knapp sagte er: »Nein.« Ich wartete einen Augenblick, dann fügte er hinzu: »Anscheinend wurden ungefähr seit 1986 Gelder abgezweigt.«

»Das ist ziemlich vage.«

»Unsere Insider-Quellen konnten keine genaueren Informationen kriegen.« Ich wollte etwas fragen, aber er schnitt mir mit einem Lächeln das Wort ab. »Man hat mich geschickt. Meine Vorgesetzten halten mich offenbar für einen hartnäckigen Terrier mit einem unheimlichen Riecher für Geld.«

»Und?«

»Seit Gotti den Abgang gemacht hat, tobt der Kampf um seine Nachfolge. Nicht nur um seine Position, sondern um die Macht über die ganze Organisation. Die neuen Leute sind anders. Sie sind schlauer und haben andere Ideale. Sie waren anscheinend ziemlich sauer, als sie herausgefunden haben, daß die Geldtruhen leer sind.«

»Was habe ich mit der ganzen Sache zu tun, Homer? Und Dooley?«

»Ihr Freund hat ein paar bestimmte Spuren hinterlassen. Lorenzo Ponti hatte sich oft und lange mit ihm privat unterhalten, anscheinend über nichts Besonderes. Und bei vielen Anlässen waren auch andere Paten da, die sich genauso freundschaftlich zu Dooley verhielten wie Ponti.«

»Dooley war nicht in der Mafia«, brachte ich mühsam heraus. »Das sollten Sie inzwischen kapiert haben.«

»Das habe ich. Aber was ich nicht kapiere, ist, *was war er dann?*«

»Er hat Pontis Grundstücke verwaltet, zum Teufel noch mal. Er wurde ganz normal für seine Arbeit bezahlt. Sonst war er nichts. Verdammt, ihr Kerle habt ihn doch überprüft, oder?«

»Ja.«

»Und was ist dabei herausgekommen?«

»Nichts.« Er beugte sich vor und legte die Hände auf die Knie. »Nach Regierungsschätzungen hat die Wirtschaft in den letzten paar Jahren viele Milliarden Dollar verloren, die bei denen gelandet sind, die das organisierte Verbrechen kontrollieren. Diese Leute konnten höchstens einen Bruchteil der Summe ausgeben, aber irgendwie ist das gesamte Geld verschwunden. Schon seit langem haben wir Agenten darauf angesetzt, die alle üblichen Anlagemöglichkeiten überprüfen. Wir kooperieren mit der Polizei und den Banken, aber gefunden haben wir nichts.«

»Und jetzt hat man Sie ganz allein in den Kampf geschickt?«

»Nein, aber ich bin beauftragt, mich speziell um Sie zu kümmern.«

»Wie sind Sie auf Pat gekommen?«

»Er hat sich auch für Dooley interessiert. Und dann sind Sie aufgetaucht.«

»Homer«, fragte ich ihn, »waren Sie beim Militär?«

»Nein.«

»Wenn man im Krieg jemanden kennenlernt, dann wird daraus oft eine sehr enge Freundschaft.«

»Das habe ich gehört.«

»Dooley, Pat und ich waren ein Team. Selbst wenn Dooley Fort Knox ausgeraubt hätte, wäre mir das in dem

Moment, als er starb, vollkommen egal gewesen. Selbst wenn es mein Gold gewesen wäre, ich hätte es ihm nicht übelgenommen. Wir waren Kameraden, verstehen Sie?«

Er starrte mich ein paar Augenblicke lang an, dann nickte er bedächtig. »Was bedeutet das für Sie?«

»Ich will herauskriegen, wer ihn umgebracht hat.«

Homer Watson stand langsam auf. Mit einer Hand griff er in die Jackentasche und schaltete das Aufnahmegerät ab. Er winkte Pat mit einem Finger zu und ging zur Tür. Er hatte die Hand schon am Türknauf, da drehte er sich um, schaute mich an und fragte: »Und was machen Sie dann mit ihm, Mr. Hammer?«

Ich warf ihm ein breites Grinsen zu, bei dem meine Zähne gut zur Geltung kamen.

Die Tür fiel hinter ihm ins Schloß, und Pats Gesichtszüge entspannten sich. »Mit achtzig Milliarden Dollar kannst du wahrscheinlich Ford und General Motors zusammen aufkaufen.«

»Du hast ein gutes Gedächtnis, Pat.«

»Wenn Watson nicht aufgetaucht wäre, dann hätte ich gedacht, du saugst dir das alles nur aus den Fingern. Aber ich habe ihn überprüfen lassen. Er weiß aus einem Zeitungsartikel, daß wir zusammenarbeiten. Und ich habe mich im Hauptquartier nach seinem Ruf erkundigt. Er gilt als sehr kompetenter Finanzermittler. Keiner von der harten Sorte, aber nicht unfähig.«

»Ich vermute mal, daß ich ab jetzt beschattet werde.«

»Da liegst du richtig, Kumpel.«

»Ist das NYPD mit von der Partie?«

»Niemand hat bis jetzt eine Beschwerde über dich eingereicht.«

»Was ist mit unserer Bezirksstaatsanwältin?«

»Bis jetzt verhält sie sich ziemlich ruhig. Aber sieh dich vor, sie brütet oft etwas im stillen aus«, erinnerte er mich.

»Gut. Und wo stehst du bei der Sache, alter Freund?«

Pat stieß ein kurzes Lachen aus, das wie ein Husten klang. »Ich werde dir bei deiner Arbeit zusehen, Mike. In diesem Fall ist ein Niemand für Milliarden von Dollar gestorben, die in keinen Büchern auftauchen und vielleicht gar nicht existieren. Und du bringst dich deswegen um und wirst noch nicht einmal dafür bezahlt.«

»Das klingt nicht so, als stehst du hinter mir.«

»Dann überzeug mich von deiner Version.«

»Bist du fürs erste mit einem warmen Pastrami-Sandwich und einem kalten Bier zufrieden? Ich bestell' mir einen Kaffee dazu.«

Velda kam erst gegen acht in mein Apartment. Wo immer sie sich herumgetrieben hatte, ihre Schuhe waren zerkratzt, und sie war total verschwitzt. Sie begrüßte mich nicht, sondern warf einfach die Handtasche auf einen Sessel und sagte: »Ich muß duschen.«

Schönen Frauen in so einem Zustand stellt man keine Fragen. Ich deutete in Richtung Badezimmer, trat zum Schrank und holte ihr den Frotteebademantel, den sie mir gekauft hatte. Ich hörte, wie sie das Wasser aufdrehte und die Tür der Duschkabine zuzog. Mir ging nur noch ein Gedanke durch den Kopf: Wie zum Teufel kam ich aus dieser kompromittierenden Situation raus? Hier waren wir, ohne Verlobungsringe, aber einander versprochen. Sie würde mich so lange wie eine Fliege im Spinnennetz einwickeln, bis ich meine zurückhaltende Einstellung zu vorehelichem Sex in den Wind schlug.

Unten im Haus war eine Reinigung mit ziemlich seltsamen Öffnungszeiten. Ich rief an. Der Besitzer meldete sich mit kratziger Stimme. Er meinte, es sei kein Problem, einen eiligen Reinigungsauftrag in einer Stunde zu erledigen, und er würde gleich einen Jungen hochschicken, um die Kleider abzuholen. Keine fünf Minuten später übergab ich ihm die Kleider, dann setzte ich mich auf die Couch und sah mir die Nachrichten an. Frauen bleiben gerne lange unter der Dusche. Und wenn sie richtig schmutzig sind, dann duschen sie noch ausgiebiger. Ich sah mir einen Beitrag auf einem Lokalsender an. Der Junge brachte die gereinigten Kleider zurück, und ich brühte mir eine Tasse Kaffee auf. Dann kam etwas Interessantes im Discovery-Kanal. Nach den ersten zwanzig Minuten hörte ich, wie das Wasser abgedreht wurde. Die Tür zur Duschkabine wurde geöffnet, und ich wartete ein paar Minuten, damit sie sich abtrocknen konnte. Dann ging ich zum Badezimmer, machte die Tür auf und reichte ihr den Bademantel hinein. Ich hörte ein leises »Verdammt«, dann zog sie die Tür wieder zu. Ich wußte genau, was sie vorgehabt hatte. Sie wäre splitternackt ins Wohnzimmer getreten, mit nichts am Leib als einem geschickt drapierten Handtuch, das sie im passenden Moment einfach hätte fallen lassen können.

»Spielverderber«, sagte sie, als sie herauskam.

Ich deutete auf ihre Kleider, die ordentlich an einem Bügel an der Lehne der Couch hingen. Velda kapierte sofort, was ich gemacht hatte. »Klugscheißer«, sagte sie, aber sie lächelte dabei. »Ich muß mich trotzdem irgendwo anziehen.«

»Wenn du soweit bist, verziehe ich mich in die Küche«, sagte ich.

»Wirst du dich immer so aufführen?«

»Nur bis wir verheiratet sind. Vergiß nicht, daß du mit dem Ganzen angefangen hast.«

»Mike«, sagte sie mit zuckersüßer Stimme, »ich glaube, ich werde noch ziemlich viel Spaß mit dir haben.« Sie nahm ihre Handtasche weg und ließ sich im Sessel nieder, wobei sie dieses Ding mit den übergeschlagenen Beinen machte, das Frauen so gut können. Mit den Fingern der einen Hand schob sie den Bademantel am Kragen ein wenig auseinander und fuhr sich dabei absichtlich mit der Zunge über die Lippen.

»Was hast du für mich?« fragte ich sie.

Sie lächelte mich kurz stumm an, dann sagte sie: »Ein paar Leute waren mir noch einen Gefallen schuldig. Die Telephonrechnung wird ein bißchen teurer, aber dafür habe ich einige interessante Informationen gekriegt. Dieser Landsitz von Ponti in den Adirondacks ist auf den Namen seiner Frau eingetragen. Das Grundstück ist vollkommen unbelastet, keinerlei Hypotheken oder Steuerschulden. Der Wert liegt ungefähr bei zweihunderttausend Dollar. Das Gelände ist landschaftlich sehr schön, aber für Landwirtschaft ungeeignet. Es liegt am Fuß eines Berges, der auf einem Schieferbett sitzt, und ist wahrscheinlich kein guter Platz für irgendwelche Erschließungsprojekte. Das Haus ist schön, aber keine Prachtvilla.«

Ich sah ihr direkt ins Gesicht und sagte: »Noch irgendwas Neues?«

»Harris und Ponti waren anscheinend irgendwie befreundet, also habe ich mich nach den umliegenden Grundstücken erkundigt. Direkt angrenzend an Pontis Landsitz ist nichts, aber ungefähr fünf Meilen entfernt am Fuß eines anderen Berges hat Harris ein eigenes Grundstück. Nichts Besonderes ... nur eine geräumige alte Blockhütte aus den Zwanzigern, ein offener Schuppen und eine ziemlich große Scheune.«

»Kein Plumpsklo?«

»Es wurden sanitäre Einrichtungen in die Hütte eingebaut.«

»Wer wohnt dort?«

»Irgendein alter Kerl. Wahrscheinlich eine Art Verwalter. Der Besitz gehört Harris Tochter. Sie wohnt im nächsten Dorf.«

»Wenn es einen Verwalter gibt, dann muß das Grundstück auch Gewinn abwerfen.«

»Nach Auskunft meines Informanten wurde in der Gegend früher Schiefer abgebaut. Angeblich wird die Schieferindustrie heutzutage wieder angekurbelt, weil die Japaner fast die gesamte Fördermenge aufkaufen. Es gibt ein großes Abbaugebiet ganz in der Nähe von Granville.«

»Noch eine Frage. Wer ist dein Informant?«

»Ein alter Bewunderer, der beim Staat New York angestellt ist. Ich habe ihn auf einer Party kennengelernt. Nein, wir haben uns nie geküßt. Nein, wir haben nicht mal Händchen gehalten.«

»Gut so«, sagte ich im Spaß.

Sie warf mir einen Handkuß zu. »Was wissen wir jetzt?«

Ich beugte mich vor und schaltete den Fernseher aus. Dann lehnte ich mich zurück. »Sehen wir mal, was wir haben. Einen Mord und einen Skandal, der zum Himmel stinkt. Dooley war eine harmlose Randfigur, er ist sicher nicht umgebracht worden, weil er direkt etwas mit der Sache zu tun hatte. Allerdings läuft das nicht erst seit gestern. Man brennt nicht einfach so über Nacht mit Milliardenbeträgen durch. Jemand hat diesen Plan ganz genau ausgetüftelt. Es hat angefangen, als die Paten noch am Leben waren und die Mafiahierarchie ganz anders als heute aufgebaut war. Außer Lorenzo Ponti haben inzwischen alle Familien neue Oberhäupter. Sie sind jünger und cleverer, aber die Regierung und die neuen Gesetze sind auch schwieriger zu umgehen. Und das Vermögen, ihre größte Machtbasis, ist nicht mehr da. Die Familien stecken in Schwierigkeiten.«

»Wo könnte das Geld sein, Mike?«

»Es ist nicht vernichtet worden, Süße.«

»Und niemand hat es ausgegeben.«

»Aber es wurde gestohlen.«

»Nehmen wir mal an, es wäre wirklich gestohlen worden: Wer ist so mächtig, daß er einen solchen Raub durchführen könnte?«

»Die Regierung könnte so was«, sagte ich.

»Welche Regierung?«

Ich nahm noch einen Schluck von dem Kaffee. Er war kalt geworden und schmeckte scheußlich. »Es kommt nur eine sehr mächtige Regierung in Frage. Und eine verdammt abgebrühte. Wer so einen Schachzug macht, der braucht das Geld so dringend, daß er seine völlige Vernichtung in Kauf nimmt, falls die Sache auffliegt.«

Velda saß da und berührte mit den Fingerspitzen ihre Lippen. »Was denkst du, Mike?«

»Sie sind aufgeflogen, aber lange nach dem Diebstahl. Sie wurden umgebracht, weil die Mörder sich ihrer Sache nicht sicher waren.«

»Und warum ist Ponti noch am Leben?«

»Der alte Pate ist cleverer als sie. Sie müssen jemanden am Leben lassen, der ihnen zeigt, wo's langgeht. Er wird sich des Lebens erfreuen, bis sie sich das Vermögen wiedergeholt haben.«

»Und dann wird er umgebracht?«

»Höchstwahrscheinlich. Der Junge, Ugo, ist ein schießwütiger Muskelprotz. Er wird den alten Mann ohne mit der Wimper zu zucken abknallen, wenn er dadurch an sein Erbe kommt. Gut möglich, daß er derjenige war, der die Sache genau untersucht hat. Vielleicht ist ihm dabei klar geworden, welche Rolle Dooley gespielt hat, und er selbst hat den Auftrag gegeben, seinen Vater in einem vorgetäuschten Bandenkrieg zu ermorden. Das hat nicht geklappt, und er hat Dooley erledigt, bevor der es sich anders überlegte und sich den Behörden anvertraute.«

»Welche Rolle hat Dooley denn gespielt?«

»Er hat zwischen den Fronten gesteckt. Er hat seine Sache immer gut gemacht. Aber er war niemand, den man nicht hätte ersetzen können, falls er plötzlich durch einen tödlichen Unfall oder so etwas ausgefallen wäre.« Das schrille Klingeln des Telephons unterbrach mich, und wir zuckten beide zusammen.

»Wer weiß, daß du hier bist?« fragte Velda.

Ich schüttelte den Kopf und nahm ab. Eine seltsame Stimme fragte: »Mr. Hammer?« Ich meldete mich.

»Hier spricht Marshall Brotorrio, Mr. Hammer.«

In diesem Moment erinnerte ich mich an ihn. Er war der Leiter der Urnenhalle, wo ich Dooleys Asche hingebracht hatte.

»Entschuldigen Sie, daß ich noch so spät bei Ihnen anrufe.«

»Kein Problem. Was ist los?«

»Der Nachtwächter hat heute auf seinem üblichen Rundgang die Urne, die Sie hier aufbewahren, gefunden. Sie war aus der Nische herausgezogen und auf dem Boden ausgeschüttet worden. Der Täter hat dem Behälter einen Tritt verpaßt und dabei eine große Delle verursacht.«

»Was ist mit der Asche?«

»Die ist über den ganzen Boden verstreut, als ob jemand darin herumgetreten wäre.«

»Gibt es Anzeichen für einen Einbruch?«

»Aber ja. Ein Fenster ist kaputt. Die Scheibe ist eingeschlagen und das Fenster aufgedrückt worden. Große Schwierigkeiten hat der Einbrecher damit sicher nicht gehabt. Es muß gleich am Anfang der Schicht passiert sein. Der Wächter hat auf der anderen Seite des Gebäudes seine Brote gegessen. Er hat überhaupt nichts gehört.«

»Haben Sie es schon der Polizei gemeldet?«

»Nein, noch nicht. Es ist eine so persönliche Sache … außer Ihrer Urne ist nichts berührt worden … ich dachte, Sie sollten als erster davon erfahren. Was soll ich jetzt machen?«

»Ich sage Ihnen was, Marshall, kehren Sie einfach die Asche zusammen, füllen Sie sie zurück in die Urne und stellen sie sie wieder an ihren Platz.«

»Es könnte Schmutz oder ...«

»Dooley macht das sicher nichts aus.«

»Soll ich die Polizei rufen?«

»Damit handeln Sie sich nur Negativwerbung für Ihr Geschäft ein. Oder wollen Sie, daß Ihre Kunden denken, die Überreste ihrer geliebten Verstorbenen sind bei Ihnen nicht vor Grabschändern sicher?«

»Natürlich nicht!«

»Dann lassen Sie einfach das Fenster reparieren, Marshall, und wir vergessen die Sache.«

Velda wartete gespannt, und ich erzählte ihr, was passiert war. Sie sagte: »Jemand dachte, du hättest etwas in der Urne versteckt.«

»Sie sind ganz schön sauer geworden, als sie kapiert haben, daß da nichts ist.«

»Wer weiß, wo du die Urne hingegeben hast?«

»Marvin Dooley weiß es, aber ich kann mir nicht vorstellen, daß er denkt, ich hätte irgend etwas darin versteckt. Nein, es muß jemand gewesen sein, der wußte, um was es hier geht. Ich tippe auf Ugo. Er war auf der Trauerfeier im Beerdigungsinstitut und hätte mitkriegen können, wie Richmond mich zur Seite nahm und mit mir geredet hat. Vielleicht ist er mir gar nicht selber gefolgt, sondern jemand von seinen Leuten.«

»Glaubst du, er war der Einbrecher?«

»Es ist auf jeden Fall ziemlich wahrscheinlich. Er hat nichts gefunden, und die schlechte Nachricht ist, daß er weitersuchen wird.«

»Mike ...«, setzte sie an.

»Was?«

»Hast du die Urne jemals geöffnet?«

»Nein, warum?«

»Vielleicht hat er etwas gefunden und den leeren Behälter nur in der Gegend herumgeschmissen, um uns auf eine falsche Spur zu führen.«

Ich überlegte es mir, dann sagte ich: »Denk positiv, okay?«

»Boß, ich bin nicht Peter Pan.« Sie grinste und erhob sich, wobei sie mit einer schwingenden Bewegung den Bademantel um sich zog. Ihr zuzusehen war wirklich etwas ganz Besonderes. Ich sagte mir in Gedanken, daß das alles eines Tages mir gehören würde, diese hochgewachsene, duftende Schönheit von einer Frau. Ich mußte nur am Leben bleiben. »Also, was hast du jetzt für mich geplant?«

»Du hast die Wahl, Kleines. Ich werde meiner Wunde eine ruhige, erholsame Nacht im weichen Bett gönnen. Das heißt … du kannst dich entweder anziehen und nach Hause gehen oder auf der Couch übernachten. Allein.«

»Du legst es wirklich darauf an, deinen Ruf vollkommen zu ruinieren, was?« So, wie sie es sagte, war es keine Frage, sondern eine Tatsache. Daß sie es trotzdem nicht ganz ernst meinte, verriet mir ihr Lächeln.

Siebtes Kapitel

Am Morgen füllte ich Wasser in die Kaffeemaschine und schaltete sie ein, dann zog ich mich an. Von Velda auf der Couch waren nur leise Schlafgeräusche zu hören. Ich putzte die Zähne, rasierte mich und trank im Stehen eine frischgebrühte Tasse der Spezialmischung von *Dunkin'*

Donuts. Ich schrieb Velda eine Nachricht und legte sie auf den Sofatisch, wo sie sie nicht übersehen konnte.

Der Blick aus dem Fenster war nicht gerade ermutigend. Ich zog mir den Regenmantel über und ging hinunter ins Foyer. Bill Raabes Schicht war noch nicht zu Ende, und er winkte mich in den winzigen Raum, in dem er Pakete sortierte.

Ich wünschte ihm einen guten Morgen, und er sagte: »Mike, hast du gerade was am Laufen?«

»Was denn zum Beispiel, Billy?«

»Du weißt schon. Schwierigkeiten.«

»Warum fragst du das?«

»Ich bin um Mitternacht zum Dienst gekommen. Seither observieren zwei Wagen die ganze Zeit das Gebäude.«

»Bullen?«

»Auf keinen Fall. Es sind beides Buick-Limousinen. Zivilbullen können sich so teure Dienstfahrzeuge gar nicht leisten. In jedem Wagen sitzen ein paar Kerle.«

»Kennst du sie?«

»Ich konnte sie nicht richtig erkennen. Ein paarmal hat einer für fünfzehn oder zwanzig Minuten auf der anderen Straßenseite geparkt. Ich habe das Glimmen von Zigaretten gesehen, also waren sie drin.«

Er grinste mich kurz an. »Aber ich habe die ersten drei Ziffern vom Nummernschild der einen Karre. Das Kennzeichen fängt mit 411 an.«

»Das könnte mir weiterhelfen«, sagte ich.

»Was ist, wenn sie gestohlen sind?«

»Dann bringen die Ziffern gar nichts«, sagte ich.

»Vielleicht hast du ja Glück.«

Ich schaute auf die Armbanduhr. Zwei Minuten nach sieben. »Wann sind sie das letzte Mal vorbeigefahren?«

»Kurz bevor du runtergekommen bist. Hör mal, geh doch durch den Keller und zur Hintertür raus. Jackie lädt gerade den Laster mit den Paketen, die zum Flughafen müssen. Er kann dich von hier wegbringen, ohne daß dich jemand sieht.«

»Klasse Idee, Kumpel.«

»Übrigens«, setzte er nach, »hat deine Sekretärin mir erzählt, daß jemand dich mit einer Autobombe hochgehen lassen wollte. Wir haben jetzt in der Garage ein paar neue Überwachungskameras installiert.«

»Weißt du, mir wird noch mal der Mietvertrag gekündigt«, sagte ich.

Bill sagte Jackie über das Haustelefon Bescheid, und nachdem ich dem Fahrer mit ein paar Paketen geholfen hatte, nahm er mich bis zur Third Avenue mit. Dort stieg ich aus und wartete. Mir war niemand gefolgt. Ein Taxi sah mich an der Ecke stehen, drehte um und hielt an.

Gerade noch rechtzeitig. Es fing an zu regnen. So früh am Morgen war die Luft noch sauber, und ich konnte durch die großen Tropfen, die das Fenster küßten, nach draußen sehen.

Eine Straße von der hiesigen Polizeiwache entfernt war an der Ecke ein Restaurant, das seit Beginn des Jahrhunderts von derselben Familie geführt wurde. Es gab eine Bar und einen Holzkohlegrill, und das Essen war großartig, wenn man nicht gerade die französische Küche bevorzugte. Immer zum Schichtende kamen eine Menge Uniformierter und genehmigten sich ein paar schnelle Drinks, bevor sie mit der U-Bahn nach Hause fuhren. Aber die Stammkunden waren die Alten, die Pensionäre, die sich nicht vom Polizeidienst trennen konnten. Neunzig Prozent von ihnen waren geschieden oder verwitwet. Sie waren grau und voller Falten, aber früher waren sie einmal wer gewesen, bevor die Pensionierung sie in den Ruhestand gezwungen hatte.

Ich hatte Peppy Marlow schon seit Ewigkeiten nicht

mehr gesehen. Das letzte Mal hatte er eine Melone und einen Mantel mit Samtkragen getragen. Er war ein Bulle, der immer mit drei Schießeisen am Körper herumlief. Zwei Kanonen hatte er im Gürtel an den Hüften, dazu eine kleine in einem Knöchelholster, die man schnell loswerden konnte. Die jungen Bullen nannten ihn immer *Cowboy*, aber niemals hätte ihm das jemand ins Gesicht gesagt. Er hatte früher das Kommando über die Einheiten geführt, die die Prohibition durchsetzen sollten, und war bis zu seiner Pensionierung bei der Sitte geblieben.

Ich überlegte, ob er sich wohl an mich erinnerte, aber das war unnötig. Er grinste mich über den Rand seiner Kaffeetasse an und sagte: »Na, Mike Hammer, wenn das nicht der alte Revolverheld höchstpersönlich ist.«

»Hallo, Sarge.«

»Komm schon, Mike. Du schüchterst mir noch die Anfänger ein. Ich bin immer noch Peppy. Allmählich werde ich alt, aber ich bleib' trotzdem Peppy. Setz dich.«

Ich zog den Regenmantel aus, legte ihn über einen leeren Stuhl und ließ mich nieder.

»Hast du schon gefrühstückt, Mike?«

»Nur Kaffee.«

»Probier die Rühreier mexikanische Art. Ist was Neues, was sie sich ausgedacht haben.«

Eine mollige Kellnerin mit einem breiten Lächeln stand plötzlich neben mir. »Wie wär's mit einem Vollkorn-Müsli und H-Milch?« Sie sah mich ein bißchen erstaunt an, aber sie nahm die Bestellung auf.

»Was soll das denn, Mike?«

»Ärztliche Anweisung. Ich muß so eine verdammte Diät halten. Ich bin ziemlich übel zusammengeschossen worden.«

Er brummte: »Ach so«, als ob das ja nichts Neues wäre, aber er hatte mich genau verstanden.

Wir unterhielten uns ein paar Minuten über die alten Zeiten. Als unser Frühstück kam, sagte Peppy: »Laß mal sehen, das letzte Mal haben wir uns vor ungefähr zwölf Jahren getroffen. Damals wolltest du was von mir, und ich nehme an, heute willst du auch was.«

Ich nahm einen Schluck Kaffee und kaute ein paar Löffel voll Müsli. Dann sagte ich: »Wie gut erinnerst du dich eigentlich noch an die Prohibitionszeit?«

»Warum, willst du eine Biographie über mich schreiben?«

»Da wäre ich absolut der Falsche dafür. Weißt du irgendwas Genaueres über Bandscheiben-Harris?«

»Klar. Er ist schon seit Ewigkeiten tot.«

»Und als er noch gelebt hat?«

»War ein aalglatter Bursche. Ganz netter Kerl, aber ein unglaublich vorsichtiger Schmuggler.« Er schob sich eine Gabel voll Rührei in den Mund. »Was willst du wissen?«

»Seine Lieferungen. Wie hat er gearbeitet?«

Peppy zuckte mit den Achseln und überlegte. »Er war für hochwertige Ware zuständig. Die Kerle haben Wucherpreise für verwässerten Schnaps gezahlt, aber er hat trotzdem den besten kanadischen Whiskey geliefert, den man für Geld kriegen konnte. Sein Whiskey war teuer, aber Spitzenqualität.«

»Wo hatte er den Schnaps her?«

»Seine Laster sind aus Kanada gekommen, und er hat die Kolonne in einem alten Reo angeführt. Damals gab es die Autobahnen noch nicht, und er hatte seine Routen auf der ganzen Strecke immer perfekt durchgeplant. Der Kerl war ziemlich intelligent. Er ist nur zweimal ausgenommen worden, und bei beiden Überfällen haben sie Laster erwischt, die nicht voll beladen waren.«

»Und das FBI?« fragte ich ihn.

»Mann, er hat die Jungs vom FBI kirre gemacht. Sie

konnten ihm nie auch nur das Geringste nachweisen. Sie wußten, was seine Laster geladen hatten, und sie dachten, sie wüßten, welche Route er nehmen würde. Aber an ihren Straßensperren ist nie auch nur ein einziger verdammter Laster von Harris aufgetaucht.«

»Hatte er denn keinen Übergabeort?«

»Er muß einen gehabt haben«, sagte Peppy. »Er konnte ja schlecht mit den Lastern direkt in die Stadt fahren. Irgendwo hat er die Ware in Autos verladen, die dann die Auslieferung gemacht haben. Er ist nie abgefangen worden.«

»Der alte Harris muß doch ganz schön was verdient haben.«

»Darauf kannst du wetten. Und willst du noch was wissen? Wir haben nie rausgekriegt, wie er es gemacht hat, aber insgeheim waren wir alle froh darüber. Diese Idioten, die für das Volstead-Gesetz verantwortlich waren, hatten doch allesamt Stroh in der Birne mit ihrem moralischen Getue. Mit der Einführung der Prohibition haben sie doch die Ganoven erst auf den Plan gebracht.«

»Ja, aber Harris hat noch lange nach der Prohibition Läden in der ganzen Stadt mit seinem guten Whiskey beliefert. Da ist nie jemand dahintergekommen, was es mit diesem Geschäft auf sich hatte?«

»Mike, weißt du, was richtig komisch dabei war?«

»Was?«

»Der Alkoholhandel ist damals sehr stark kontrolliert worden, von den Brennereien bis zu den Verkaufsstellen. Aber bei keinem eingetragenen Whiskeyhersteller sind gefälschte Abrechnungen aufgetaucht. Es gab keine Diebstähle in diesen Mengen und nicht den kleinsten Hinweis darauf, daß sich jemand heimlich mit Harris abgesprochen hätte. Dann ist er gestorben, und die Lieferungen hörten auf. Es hat nicht mal jemand versucht, in seine Fußstapfen zu treten.«

Ein paar Minuten saßen wir schweigend da. Die Kellnerin schenkte mir zum zweiten Mal Kaffee nach, und ich sagte: »Über was denkst du nach, Peppy?«

»Über gar nichts. Ich frage mich nur, was dich an den alten Schwarzmarkt-Zeiten so interessiert?«

»Erinnerst du dich an Marcos Dooley, Peppy?«

»Klar. Er ist vor kurzem erschossen worden.«

»Irgendwas hatte er mit dieser Geschichte zu tun.«

»Quatsch. Er war so alt wie du, zu jung für die Scheiße damals.«

»Was ist mit Lorenzo Ponti?«

Peppy nickte und grinste. »Na, der war voll dabei im Schwarzmarktgeschäft. Damit ist er groß rausgekommen. Er steht immer noch ganz oben im Kreis der Familie, obwohl ich gehört habe, daß die jungen Hähne ihn nach und nach rausdrängen wollen. Man könnte doch meinen, diese alten Mafiaclans wären heutzutage verschwunden. Aber sie mischen immer noch mit. Bessere Manieren, mehr Bildung und mit teuren Rechtsanwälten, aber immer noch dabei.«

»Hast du irgend etwas gehört, Peppy?«

»Ich krieg' eine ganze Menge mit, Mike, aber ich werde dir auf keinen Fall etwas sagen, was die Ermittlungen der Jungs gefährden könnte. Das weißt du genau.«

»Kein Problem. Nur noch eine Frage. Was glaubst du, wo hat Harris seine Whiskeylaster entladen?«

»Irgendwo nördlich von New York«, sagte er. »Die Küste hat er überhaupt nicht beliefert. Seine Transporte sind immer per Laster aus Kanada gekommen.« Er schwieg einen Moment, dann fuhr er fort: »Ich kann dir sagen, was einer der Jungs vom FBI sich zusammengereimt hat. Das FBI hat immer nach einer Wagenkolonne Ausschau gehalten, aber die Laster sind einzeln gefahren und haben so kaum Aufmerksamkeit auf sich gezogen. Jeder hatte eine andere Route, die zu einem gemeinsamen Treffpunkt geführt hat. Dort hat Harris sie mit dem Reo in Empfang genommen und zu der Stelle gebracht, wo sie entladen wurden.«

Es könnte eine Erklärung sein. Ich trank den Kaffee aus und zahlte für uns beide. Als ich mich gerade bei Peppy für die Auskünfte bedankte, kamen zwei alte Freunde von ihm und setzten sich an den Tisch. Sie hatten den gleichen Ausdruck wie er im Gesicht, und ich fragte mich kurz, ob die drei immer noch Bullen spielten. Wenn man mal dabeigewesen war, konnte man sich das nur schwer wieder abgewöhnen.

Pat hatte seinen freien Tag, und ich traf ihn vor dem Apartmentgebäude, in dem er wohnte. Er begrüßte mich mit den Worten: »Hat das Büro des Bezirksstaatsanwalts dich inzwischen erreicht?«

Ich schüttelte den Kopf. »Warum sollten sie?«

»Weil jemand gemeldet hat, daß Dooleys Asche in der ganzen Urnenhalle verteilt wurde, wo du das Ding hingegeben hast. Hast du davon gehört?«

»Sicher.«

Er warf mir seinen typischen angewiderten Blick zu. »Warum hast du mir nicht Bescheid gesagt?«

»Weswegen denn? Marshall Brotorrio hat mich angerufen und mir gesagt, was passiert ist. Ich habe ihm geraten, er soll die Asche zurück in die Urne kehren und das Ganze vergessen. Wer hat es denn gemeldet?«

»Anscheinend der Mann vom Wachschutz, der den Einbruch entdeckt hat.«

»Und was geht das den Bezirksstaatsanwalt an?«

»In der Mordsache Dooley wird immer noch ermittelt, und aus irgendeinem Grund interessiert sich Florence Lake sehr für den Fall.«

»Hat der Grund vielleicht mit neunundachtzig Milliarden Dollar zu tun, Pat?« Der Ton meiner Stimme war plötzlich ernst geworden.

Er drehte langsam den Kopf um und starrte mich durchdringend an. »Das ist kein Witz, oder?«

Ich nickte. »Wer hat dir die Summe bestätigt, Pat?«

»Offiziell niemand.« Ich sagte nichts, und er fügte hinzu: »Homer Watson hat so ganz nebenbei eine ähnlich hohe Zahl fallen lassen.«

»Du kannst mich mal mit deinem ›so ganz nebenbei‹«, sagte ich.

»Na gut, er wollte mich aushorchen, aber ich hatte ihm nichts zu sagen. Dein komisches Rechenspiel mit den Kisten hatte ich längst vergessen.«

Ich grinste ihn an und lachte kurz. »Nein, das hast du nicht, Pat. Du hast es dir für später gemerkt. Teufel, du vergißt doch nie etwas.«

»Mit soviel Kohle kann man sich ein ganz schön großes Auto kaufen«, sagte Pat ruhig. »Verrätst du mir jetzt, um was es bei der Sache geht?«

Ein Taxi fuhr vorbei, und ich hielt es an. Wir stiegen ein, und ich nannte dem Fahrer eine Adresse in Brooklyn, dann lehnte ich mich in die Polster zurück. »Wenn ich nur selbst wüßte, um was es hier geht, Pat. Vielleicht entdecken wir in Dooleys Wohnung einen Hinweis.«

Wir mußten keine Türen eintreten. Ich klingelte, und Marvin Dooley machte uns auf. »Sie sind aber schnell hier eingezogen«, sagte ich.

»Es gab keine Schwierigkeiten«, erwiderte er. »Ich habe einen ziemlich guten Anwalt.« Er schaute Pat an und merkte sofort, daß er es mit einem Bullen zu tun hatte. »Was wollen Sie denn hier?«

»Wir würden uns gerne mal das Haus anschauen.«

»Und was, wenn ich Sie nicht reinlasse?«

»Kein Problem, wenn du gerne eins in die Fresse willst«, meinte ich.

Er dachte einen Augenblick nach, dann hielt er uns die Tür auf. »Ach, kommen Sie schon rein. Hier werden Sie sowieso nichts finden. Ich habe die Bude schon durchsucht, zumindest das, was noch davon übrig ist.«

»Wie?«

»Es ist schon jemand vor Ihnen hier gewesen. Teufel, der Kerl hat sogar Löcher in die Wände geschlagen, sämtliche Möbel zusammengehauen und die Matratzen aufgeschlitzt ... Mann, das war vielleicht eine Sauerei.«

Ein kurzer Rundgang bestätigte, was er gesagt hatte. Jemand hatte die Wohnung gründlich durchsucht, aber es war kein Profi am Werk gewesen. Pat sagte: »Er hatte alle Zeit der Welt, soviel ist sicher.« Ein schweres Gerät hatte Spuren im Holz hinterlassen, die Bretter waren damit losgerissen worden. Mit einer scharfen Klinge waren alle Polster und Kissen aufgeschnitten worden.

Nachdem wir alles genau untersucht hatten, fragte Pat: »Was verrät *dir* das, Mike?«

»Er hat nichts gefunden, soviel steht fest. Er hat nirgends mit der Suche aufgehört.«

»Ja. Und er ist sehr systematisch vorgegangen. Wenigstens hat er keinen Lärm gemacht. Nichts ist umgeworfen. Er hat alles hochgehoben, inspiziert und durchwühlt. Wenn er auf etwas gestoßen wäre, dann hätte er danach nicht mehr weitergesucht.«

Ich stimmte ihm zu, und wir gingen zurück ins Wohnzimmer. Dort sammelte Marvin gerade die Überreste der Couch zusammen. »Schrott«, meinte er, »das ist alles nur noch Schrott.« Er schaute uns an, und sein Blick schoß von Pat zu mir und zurück.

»Seit wann sind Sie hier?« fragte ich ihn.

»Seit ungefähr einer Stunde.« Als ich nichts darauf erwiderte, meinte er: »Ich wollte hier einziehen. Das habe ich Ihnen ja gesagt. Teufel, das Haus gehört jetzt mir.«

»Ich glaube nicht, daß Sie sich in dem Chaos besonders wohl fühlen werden«, sagte Pat. »Haben Sie schon mit den Nachbarn gesprochen?«

Marvin nickte heftig. »Die ganze Runde hab' ich schon gemacht. Außer einem kleinen Jungen von gegenüber hat niemand etwas gesehen! Zumindest erinnert sich der Junge an einen Mann. Anscheinend war er zweimal hier und ist wieder gegangen, als niemand aufgemacht hat. Später ist er dann noch mal gekommen und hat eine Weile vor der Tür gewartet, dann ist er ins Haus rein. Der Junge sagt, er hätte gedacht, jemand hätte ihm aufgemacht. Teufel, jedes Kind hätte dieses alte Schloß aufgekriegt. Er hat einfach die Tür aufgebrochen.«

»Konnte der Junge den Mann beschreiben?«

»Nein. Für den Jungen war das nur ein komischer Kerl.« Er unterbrach sich und fuhr sich mit der Hand übers Gesicht. »Aber seine Mutter hat vom Fenster aus alles beobachtet. Sie hat den Mann erkannt.«

Offenbar rechnete er damit, daß wir groß auf die Neuigkeiten reagieren würden. Als wir nichts sagten, fuhr er fort: »Er ist früher schon ein paarmal hier gewesen. Damals ist er mit dem Auto vorgefahren. Ein großer Schlitten, brandneu.« Immer noch schauten wir ihn schweigend an. »Mein Vater ist zweimal zu dem Kerl in den Wagen gestiegen und mit ihm davongefahren. Die Frau meinte, daß mein Alter für ihn gearbeitet hat.«

Das stimmt nicht, dachte ich. *Dooley hat für seinen Vater gearbeitet. Aber es war Ugo, der hier in Dooleys Wohnung nach einem Hinweis gesucht hat, mit dem er das Rätsel lösen kann.*

Marvin machte einen enttäuschten Eindruck, als wir uns bei ihm bedankten und dann verabschiedeten. Auf der

Straße gingen wir schweigend bis zur Ecke, dann sagte ich zu Pat: »Ugo zieht alle Register, Kumpel. Erst die Urne und dann Dooleys Haus. Aber bis jetzt hat er noch nichts gefunden.«

»Das habe ich mir auch gerade überlegt. Du weißt, wer jetzt an der Reihe ist, oder?«

»Sicher. Jetzt wird er sich mich vorknöpfen.«

»Wie sieht dein Plan aus, Kleiner?«

»Ich treffe mich mit ihm zu meinen Konditionen. Er wird allerdings denken, daß er die Fäden in der Hand hält.«

»Und ich nehme an, du rechnest mit polizeilicher Unterstützung?«

»Komm schon, ich bin ein Bürger dieser Stadt. Ich erwarte, daß die Polizei mich schützt.« Ich bemerkte die Falte, die auf seiner Stirn erschien, und kapierte plötzlich, was ihm Sorgen machte. »Du kannst die Sache vergessen, wenn du willst, Pat.«

»Nein, ich kann die Sache nicht vergessen. Ich war auch mit Dooley befreundet. Ich will nur nicht, daß persönliche Gefühle uns die Sache vermasseln. Dooley war ein zu kleiner Fisch, deshalb hat sein Tod auch keine Schlagzeilen gemacht. Aber wenn du wirklich hinter diesen Milliarden herjagst, dann sieht mir dieses Spektakel verdammt nach einer Riesen-Razzia aus.«

»Dann laß die Finger davon.«

»Mike ... du weißt, daß ich das nicht kann. Jetzt nicht mehr. Du hast mir klargemacht, daß Dooleys Tod mehr als ein gewöhnlicher Mord war. Er hat den Köder ausgelegt, und du hast ihn geschluckt.« Seine Augen zogen sich zusammen. »Und jetzt bin ich auch dabei.«

»Willst du einen offiziellen Fall daraus machen?«

»Ich sehe es schon genau vor mir, wie sie versuchen, auch nur ein Wort aus dir herauszukriegen«, sagte er. »Es gibt absolut nichts, mit dem sie dich belasten könnten, und freiwillig wirst du mit nichts rausrücken, stimmt's?«

»Dooley hat die Sache mir anvertraut, Pat, hast du das schon vergessen? Unsere Unterhaltung ist nicht abgehört worden, aber er hat mir nur einen Joker gegeben und gesagt, damit hätte ich einen Royal Flush in der Hand.«

An der Ecke blieb Pat stehen und hielt Ausschau nach einem Taxi. »Du legt dich mit dem FBI und dem Büro des Bezirksstaatsanwalts an. Und das ist nur der Anfang, Mike. Beide Teams sind berüchtigt für ihre Schlagkraft, und sie verfügen über einen großen Stab, der sie nach allen Seiten absichert. Weißt du, auf was du dich da einläßt?«

»Das fragst du mich dauernd, Pat. Die Antwort bleibt dieselbe. Nein, ich weiß es nicht, aber ich denke, ich werde es ziemlich bald herausfinden.«

Er brummte und winkte uns ein Taxi her. »Wenigstens ist dir das klar.«

Das Taxi hielt an, und wir stiegen ein. Pat nannte dem Fahrer seine Adresse mitten in der Stadt. Ich sagte ihm, er solle mich an der vierunddreißigsten Straße rauslassen. Wir schwiegen, bis ich ausstieg. Pats Taxi fuhr davon, und ich nahm mir ein anderes und ließ mich zu Bud Langstons Büro fahren. Er begrüßte mich mit den Worten: »Das war eine ziemlich kurze Woche, Mike.«

»Vielleicht will ich nur mal schnell hallo sagen«, sagte ich.

»Vielleicht aber auch nicht, stimmt's?«

»Stimmt. Es braut sich was zusammen.«

»Und ich nehme an, du willst eine kugelsichere Weste, um deine müden alten Knochen zu schützen.«

»Vor allem will ich dieses Material mal sehen. Wenn es was taugt, dann wirft das ein ganz neues Licht auf den Fall, an dem ich gerade dran bin.«

»Na, es taugt schon was, keine Frage. Und wir haben

Glück. Coulter und ich hatten zusammen einen Spind in dem Club, wo wir unser Spielzeug im Pool ausprobiert haben. Er hat mal erwähnt, daß er dort einen Karton mit diesem neuen Material aufbewahrt.«

»Und?«

Bud stand auf, ging zum Schrank und kam mit etwas zurück, das auf einem Kleiderbügel aus Draht hing und wie ein langärmliges schwarzes Unterhemd aussah. »Trägst du immer noch Größe XL?«

»Gut geschätzt.«

Er hielt mir den Kleiderbügel hin, und ich nahm das Ding. Ein paar Sekunden lang befühlte ich den Stoff, der sich wie Satin anfühlte. Das Kleidungsstück ging bis über die Hüfte, aber es wog höchstens hundert Gramm. »Und das soll eine Kugel abhalten?«

»Wie ich gesagt habe ... alles, was kleiner als zwanzig Millimeter ist.«

»Das kann man sich fast nicht vorstellen.«

»Es stimmt aber, Mike. Ich war dabei, als es getestet wurde.«

»Wie funktioniert es?«

Bud warf mir einen bedauernden Blick zu und sagte: »Warum ist ein einziger Faden eines Spinnennetzes stärker als ein Stahldraht von derselben Stärke?«

»Keine Ahnung«, erwiderte ich.

»Dann hör auf, mir blöde Fragen zu stellen. Ich habe das Material so verarbeitet, daß du es tragen kannst. Das Problem bei vielen Schutzwesten ist, daß die Arme frei bleiben und Schußwunden ausgesetzt sind. Dieses Ding hier ist wie ein Unterhemd. Die Lasche wird zwischen den Beinen durchgezogen und vorne mit Velcro befestigt. Nicht schlecht, was?«

»Ich hab' nicht gewußt, daß du nähen kannst«, sagte ich. »Darf ich es behalten?«

Mir kam es so vor, als würde sich sein Blick ein bißchen eintrüben. Er kannte mich schon zu lange. »Solange, bis du es nicht mehr brauchst, Mike.«

Ich nickte, bedankte mich und ging. Draußen nahm ich mir ein Taxi, das mich zurück zum Büro brachte.

Es regnete wieder. Jetzt wusch der Regen den Schmutz aus der Luft und hatte einen komischen Geruch. Die Tropfen waren kleiner als heute morgen. Mutter Natur erlaubte sich noch einen kleinen Scherz, dann überschwemmte sie die Stadt mit einem Wolkenbruch. Ich war froh, daß ich den Regenmantel dabeihatte. Der Gürtel schnitt in meine Seite, und ich lockerte ihn. Die Schmerztabletten hätte ich schon vor einer halben Stunde nehmen müssen. Ich lehnte mich zurück und verzog das Gesicht, bis ich im Büro war.

Als ich hereinkam, meinte Velda, daß ich ziemlich bleich aussehe. Mir ging es ziemlich schlecht, bis die Pillen Wirkung zeigten. Meine Beine zitterten, und mir schwamm der Kopf. Ich wußte, daß ich atmete, aber es fühlte sich an, als würde keine Luft in die Lunge gelangen. Ich drehte mich auf dem Schreibtischstuhl und lehnte mich mit den Beinen auf dem Fensterbrett zurück. Velda hatte mich schon oft in dieser Position gesehen, und sie dachte, daß ich in Ordnung sei. Aber ich war total daneben. Das graue Tageslicht auf der anderen Seite der Glasscheibe wurde dunkler als normal, und ich hatte das Gefühl, als ob ich in einen tiefen Schlaf versank und in eine dunkle Gasse hineinging, die schwarz und leer war.

Mein zurücksinkender Kopf wurde nicht automatisch hochgerissen. Die Bewegung war sehr langsam und bedächtig. Draußen vor dem Fenster kehrten die Farben zurück, und ich spürte wieder, wie ich atmete. Ich hatte nur einen Gedanken: Daß das Leben wirklich viel Spaß machte, und daß ich alles, was es verlängern konnte, unbedingt tun sollte.

Dann kam Velda herein. Sie hielt die Schutzweste im Arm. »Was ist das, Mike?«

Ich hatte keine Lust auf lange Erklärungen. »Etwas, das Taucher unter Wasser tragen.«

»Was hast du damit vor?«

»Nach versunkenen Schätzen suchen, Süße.«

»Du?«

»Gönn mir doch auch mal meine Träume.«

Sie warf das Ding auf den Schreibtisch. »Du brauchst wirklich eine Frau, Mikey boy.«

»Aber sicher«, brummte ich zustimmend. »Und jetzt setz dich mal auf den Stuhl für die Auftraggeber. Ich brauche jemanden, der die Sache mit mir durchgeht. Ich kann das nicht mehr so wie früher. Mein Kopf ist voll von Einzelheiten, aber ich krieg' sie nicht mehr auf die Reihe. Azis 357er hat mich zwar in der Seite erwischt, aber sie hat mir den Verstand durcheinandergebracht.«

Mit einem verständnisvollen Blick ließ Velda sich nieder. Sie mußte sich keine Notizen machen. Sie gehörte zu den Leuten, die sich eine Vorlesung in Kriminologie anhören und sie nachher fast wörtlich wiedergeben können. Es war eine Fähigkeit, die sie einsetzte, wenn sie wollte, aber sonst nicht an die große Glocke hängte. Sogar die Art, wie sie dasaß, drückte ihre volle Absicht aus, jedes meiner Worte aufzunehmen. Ihr schräggestellter Kopf erinnerte mich an eine wilde Katze, die vor einem Mauseloch wartet.

Ich vermittelte ihr alles, was ich über die einzelnen Elemente des Falles wußte, und als ich fertig war, ging ich alles noch einmal durch, wobei ich Vermutungen einstreute, die meine Theorien stützten. Am Ende war mir nach einem kalten Bier, aber der dumpfe Schmerz in meiner Seite sagte nein.

»Was denkst du, Kleines?«

»Du bist der Detektiv«, erinnerte sie mich.

»Du hast auch eine Lizenz. Oder hast du vergessen, sie zu erneuern?«

»Wäre es nicht besser, wenn du das alles mit Pat besprichst?«

»Wenn Dooley das gewollt hätte, dann hätte er mit Pat geredet. Aber er hat die Sache mir in den Schoß gelegt. Früher oder später werde ich Pat in alles einweihen, aber für jetzt ist sein Job, den Mörder von Dooley zu finden. Alle anderen spielen großes Rätselraten, und das Spielbrett haben sie mir aufs Kreuz genagelt. Und sie hassen mich, weil ich nicht lange genug stillhalte und sie mit ihren Pfeilen keinen Treffer landen können.«

»Es dreht sich alles um Geld, richtig, Mike?«

»Um neunundachtzig Milliarden Dollar. Es kommt mir beinahe unanständig vor, wenn ich das sage.«

»Und niemand weiß genau, wo es steckt.«

»Teufel, niemand kann beweisen, daß es überhaupt existiert. Wenn die Geschichte stimmt, dann ist es den alten Paten abgeluchst worden, aber alle außer Ponti sind tot. Die jungen Kerle in der Mafia wissen ziemlich genau, daß es noch irgendwo sein muß ... aber sie können es nicht finden. Witzigerweise ist es überhaupt nicht so, als würde man eine Nadel in einem Heuhaufen suchen. Es muß ein riesiger Haufen Kisten sein, alle vollgepackt mit Geldscheinen oder Wertgegenständen ... und keiner will ein Wort darüber verlieren.«

»Mike ... wie hat das Finanzamt davon Wind gekriegt?«

»Das sind Spürhunde, Süße. Sie können Geld riechen, und wenn sie einer Fährte folgen, dann hält sie nur der Tod auf. Es schert sie einen Dreck, wieviel Steuern der Öffentlichkeit ausgenommen werden, aber wehe dem, der ihnen nur einen Dollar vorenthält. Schau dir an, wie sie Capote geschnappt haben.«

Sie dachte eine Minute darüber nach, dann ging ein weiches Lächeln über ihr Gesicht. »Moderne Technik. Zu Capotes Zeiten hatten sie Rechenmaschinen, heute haben wir Computer. Sie werden dem Geld mit elektronischer Hilfe auf die Spur kommen. Die neuen Paten haben durch die Computer gemerkt, daß jemand Geld abgezogen hat. Und wir haben nicht einmal einen Laptop.«

»Wir brauchen keinen«, sagte ich. »So viel Geld wurde nicht elektronisch aus dem Verkehr gezogen. Es wurde gesammelt und versteckt, bevor uns das Computerzeitalter überrascht hat.«

Sie dachte dasselbe wie ich. Ich merkte es an der Art, wie sie die Lippen spitzte. »Wir sind immer noch hinter dem Geld her, oder?«

»Da hast du recht, Süße. Aber bevor wir uns daran setzen, sollten wir uns erst einmal diese großen Summen bestätigen lassen. *Time*, *Newsweek*, *U.S. News* und *World Report* ... alle diese Zeitschriften berichten über die Aktivitäten der Mafiafamilien. Stell ein paar Studenten ein, die das genau nachforschen sollen. Hol dir die Informationen, die du aus den Zeitschriften kriegen kannst, und halte dich nicht mit Einzelheiten auf. Sie werden sowieso nur mit Schätzungen aufwarten können. Wir wissen, wie hoch der Profit im Drogenhandel ist. Stell das alles in großen, runden Summen zusammen, dann werden wir sehen, auf wieviel wir kommen. Und übrigens, haben wir noch genug Geld, um diese Studenten zu bezahlen?«

»*Dafür* reicht es noch«, versicherte mir Velda.

»Gut, dann an die Arbeit.«

Seit meiner Zeit bei der Army bin ich nie nach sechs Uhr aufgestanden. Der Kaffee war fertig, ich war rasiert und fertig angezogen, als ein gebieterisches Klopfen an meiner Tür zu hören war. Ich wußte sofort, wer es war. Wenn man ihm nicht eine Dienstmarke vors Gesicht hielt und ihm offiziell befahl, den Besuch nicht anzukündigen, dann würde Bill Raabe nicht mal den Präsidenten hochlassen. Aber das hier war die amtliche Autorität mit der starken Faust, die höllisch zusammenzuckte, als ich die Tür aufriß und sagte: »Na, Miss Lake und Mr. Watson, Sie kommen gerade rechtzeitig zum Kaffee.« Ich schaute auf meine Armbanduhr. »Ihr Stadtmenschen kommt wirklich spät aus den Federn. Ich habe schon auf Sie gewartet.«

Florence Lake brachte ein schwaches Lächeln zustande. Homer brummte etwas und ließ mich die Tür hinter ihm zumachen. Ich führte sie ins Wohnzimmer, dann ging ich zurück und holte zwei Tassen von dem frischgebrühten Kaffee von *Dunkin' Donuts* für sie. Sie murmelten beide ein Dankeschön, aber ich hatte ihnen den Überraschungsbesuch ganz schön vermasselt. Es gibt Leute, die völlig aus der Fassung geraten, wenn sie so früh am Morgen offiziellen Besuch bekommen.

Ich bot ihnen die Sessel an. Schließlich sagte Florence Lake: »Wir haben ausgiebige Nachforschungen über das Leben von Mr. Dooley angestellt. Es wurden viele Arbeitsstunden in diesen Fall gesteckt, und wir haben ein paar interessante Dinge herausgefunden.«

»Das ist schön für Sie«, erwiderte ich. »Erzählen Sie mir, was Sie wissen?«

»Vielleicht.«

Ich nahm einen Schluck Kaffee und stellte die Tasse ab. »Hören Sie, Miss Lake, es ist mir scheißegal, ob Sie es mir erzählen oder nicht. Wenn ich es unbedingt wissen muß, dann kriege ich es auch selbst heraus. Lassen wir also die Spielchen. Was haben Sie?«

Die zwei schauten sich an, dann zog sie ein paar Papiere aus ihrer Jackentasche und legte sie auf den Wohnzimmertisch. Es waren Quittungen, sechs von einer Spedition namens Gerrity Company, die jeweils eine Vermietung von einem Laster für ein paar Wochen auswiesen, und vier unterschiedliche Bestellungen bei einer Firma, die wasserdichte Kisten herstellte, die Watertight Carton Company. Das Datum auf den Quittungen lag Jahre zurück.

Ich schaute sie mir an, zuckte mit den Schultern und sagte: »Was soll das bedeuten?«

»Ihr Freund hat diese Laster gemietet und diese Kartons in seinem Namen gekauft.«

»Wenn schon. Er hat für Ponti gearbeitet, und der Pate hatte ihm freie Hand bei der Bewirtschaftung der Grundstücke gegeben. Warum fragen Sie nicht Lorenzo selbst?«

»Sie wissen genau, daß Ponti uns nichts sagen würde«, sagte Homer.

»Ja, er ist kein so netter Kerl wie ich.«

»Mr. Hammer«, setzte Homer nach, »haben Sie irgendeine Ahnung, was Ihr Freund mit diesen Lastern transportiert haben könnte?«

»Natürlich«, erwiderte ich.

Sie rutschten beide vor auf die Sesselkante.

»Wenn Sie das Datum vergleichen, dann werden Sie merken, daß der alte Ponti zu dieser Zeit oben in den Bergen gebaut hat. Dooley hat die Einrichtung für das Haus in Kisten verpackt und mit den Lastern hochgefahren.« Ihre Gesichter gefroren schlagartig. »Warum, haben Sie etwa gedacht, er würde damit Geld irgendwohin karren?«

Sie waren miserable Pokerspieler. Genau das hatten sie gedacht. Ich vermutete nur, daß Ponti ungefähr zu dieser Zeit den Entschluß gefaßt hatte, aufs Land zu ziehen, aber es klang ziemlich wahrscheinlich. Wenn der Pate derjenige gewesen war, der den großen Haufen Kohle verstecken sollte, dann brauchte er eine gute Geschichte, und der Umzug aufs Land war eine logische Erklärung.

Sie wollten beide keinen Kaffee mehr, und ich ließ sie gehen und rief Pat im Büro an. Er lachte in sich hinein, als ich ihm erzählte, was passiert war. Dann fragte er mich, ob ich zum Mittagessen schon etwas vorhätte. An seinem Tonfall merkte ich, daß etwas los war, und verabredete mich mit ihm um zwölf Uhr in seiner Lieblings-Pizzeria.

Ich aß ein einziges Stück mit Kaffee. Pat verspeiste den Rest der Pizza und spülte sie mit einem kalten Miller High-Life hinunter. Schließlich lehnte er sich satt und zufrieden zurück. »Dooley hat die Dinge wirklich ins Rollen gebracht. Dieser Streit innerhalb der Familien ist nichts Neues. Unsere Jungs wissen, daß da etwas am Kochen war, aber es hat selten interne Schießereien gegeben, und die auch nicht gerade mit schöner Regelmäßigkeit ...«

»Was ist mit der Schießerei im Hafen?« sagte ich scharf.

»Das hat uns vollkommen überrascht. Wir hatten keine Ahnung. Unsere einzige Erklärung war eine plötzlich aufflammende Feindseligkeit zwischen den Familien, oder etwas, das die Jungen angezettelt hatten. Aber niemand hat einen richtigen Grund gefunden, und Ponti hat uns natürlich auch keinen geliefert. Alles, was er dazu zu sagen hatten, war: ›Sie wissen, wie es ist.‹«

»Pat, dir brennt doch irgendwas auf der Seele«, sagte ich.

Er bestellte noch eine Tasse Kaffee. Ich schüttelte den Kopf.

»In den vergangenen zwei Jahren haben sich die jungen Mafiatypen zusammengetan. Es ist nicht so, daß sie einander um den Hals fallen, aber es gibt da was, was sie zusammenschweißt.«

»Klar, das einzige, was sie interessiert, ist Geld.«

»Sie haben spezielle Talente angestellt, die irgendwelche Sachen für sie machen. Viele von diesen Kids haben eine sehr gute Ausbildung genossen, und sie wissen, wie man an Fachkräfte kommt.«

»Aber du kannst ihnen nichts Illegales anhängen«, konstatierte ich.

»Genau.«

Der Kaffee kam, und er riß ein paar Tütchen Süßstoff auf und kippte den Inhalt in die Tasse.

»Aber wir wissen, daß sie ein Büro haben, das bis zur Decke mit modernster Computerausrüstung vollgestopft ist. Wir lassen den Ort seit drei Monaten überwachen und kennen insgesamt siebenundzwanzig hochrangige Mafiosi, die sich dort aufgehalten haben. Wir wissen nicht, was sie dort machen, aber es gibt genügend Verdachtsmomente, und eine freundliche Richterin hat uns einen Durchsuchungsbefehl unterschrieben.«

»Pat, das darfst du mir doch gar nicht sagen.«

»Ich weiß, Kumpel, aber du, ich und Dooley haben früher immer zusammengehalten, und egal, wie du in den Fall verwickelt bist, jetzt bist du mit von der Partie.«

»Wann nehmt ihr euch diesen Laden vor?«

»Keine Chance, daß du da mitkommst, Mike.«

»Wie soll ich dann mit von der Partie sein?«

»Als moralische Unterstützung, Kumpel. Du kannst nachher alles in der Zeitung lesen.«

»Ist das FBI auch dabei?«

»Ich kann sie nicht raushalten.«

»Aber du hast den Durchsuchungsbefehl.«

»Klar, und ich war ihnen noch einen Gefallen schuldig.«

Ich sagte: »Wann erfahre ich genau, was ihr gefunden habt, Pat?«

»Sobald die Informationen freigegeben werden.« Er nahm die Tasse und trank den Kaffee aus. »Wunderst du dich nicht, warum ich dir überhaupt soviel erzähle?«

Ich nickte. »Ehrlich gesagt, das tue ich.«

Pat wischte sich den Mund ab und stand auf. »Ich bin neugierig, was du damit anfängst.«

Ich sagte: »So«, bezahlte und verabschiedete mich von ihm draußen vor der Pizzeria.

Willie, der Schauspieler, war ein kleiner magerer Kerl mit einer komischen Kinderstimme, einer tiefen Zuneigung zu allem Alkoholischen und ständig in Geldnot. Ich hatte einen ziemlich einfachen Job für ihn, mit dem er sich eine ganze Woche in einer Bar verdienen konnte, wenn er das Geld vernünftig einteilte. Es dauerte einen ganzen Morgen, bis wir die Szene anständig geprobt hatten, und als ich mir sicher war, daß er es konnte, nahmen wir ein Taxi, fuhren zu der mir bekannten Adresse und riefen mit dem Handy dort an.

Er wußte nicht, wen er an der Leitung hatte, aber er redete schnell und deutlich und klang exakt wie ein zwölfjähriger, total aufgeregter Straßenjunge, der etwas außer Atem war. Er wartete nicht einmal, bis sich die Person am Telephon meldete. Er sagte: »Ugo ... Ugo ... bist du's? Das Büro, wo ihr euch immer trefft? Irgend so ein Kerl beobachtet das Haus. Ich wollte es dir nur sagen. Wir wohnen ja beide fast in derselben Straße. Du kommst besser mal her, Ugo.« Er schwieg einen Moment, und ich hörte, wie jemand in den Hörer brüllte. Dann sagte er: »Scheiße, er schaut zu mir rüber. Ich hau' ab.«

Er unterbrach die Verbindung, und ich gab ihm das Geld. Dann brachte ich ihn zur nächsten Ecke, wo er verschwand, und ging zurück zu meinem Taxi. Wir mußten nicht sehr lange warten. Ugo Ponti kam in seinem nachtblauen Buick aus der Parkgarage unter dem Gebäude und zischte mit quietschenden Reifen ab. Mein Fahrer hatte keine Probleme, ihm zu folgen. In New York fahren überall in der Stadt Taxen herum, die alle gleich aussehen. Zweimal fuhren wir direkt neben ihm, und ich konnte das finstere Gesicht vom Prinzen der lokalen Mafiafamilie deutlich sehen.

Bald waren wir in Greenwich Village. Die historische Gegend war saniert worden, und neue Geschäfte siedelten sich an, die neues Leben in den Stadtteil brachten. An der Straßenseite war eine Parklücke, und Ponti stellte den Wagen dort ab und sprang heraus. Ein Stück weiter zahlte ich den Taxifahrer und sah, wie Ponti sich flüchtig in der Straße umschaute und dann in einer engen Gasse zwischen zwei Gebäuden verschwand. Dort war ein Eingang, eine schwere, hölzerne Tür, die aus einem anderen Jahrhundert übriggeblieben war. Das alte Schloß war durch ein modernes ersetzt worden, aber es war ein Model, das ich knacken konnte. Ich zog mich zurück und wartete im Foyer eines Verlages, bis Ugo wieder herauskam. Er sah sauer und wütend aus, und sein Gesicht war vor Ärger ganz angespannt. Er schaute sich um, schüttelte den Kopf und ging zu seinem Wagen. Innerlich verfluchte er wahrscheinlich den »Jungen«, der ihn erkannt und ihm den schlechten Tip gegeben hatte.

Das Schloß war wie erwartet leicht zu knacken. Ich zog die Tür hinter mir zu und schloß wieder ab. Ich befand mich in einem Treppenhaus mit breiten, altmodischen Läufern und einem kunstvoll geschnitzten Geländer, das in die oberen Stockwerke führte. Schon im zweiten Stock wußte ich, daß ich richtig war. Leere Kisten und allerhand Schrott versperrten den Weg, und ich machte mich mit meinem Werkzeug an das Schloß zu meiner Linken. Durch das große runde Fenster kam genug Licht für das, was ich tat, und in zwei Minuten war ich drin.

Hier mußte ich das Licht anmachen. Die Fenster war total geschlossen worden, was hier drin vor sich ging, war ein Geheimnis. Die Tische bestanden aus Spanholzplatten, die auf Holzböcken lagen, es standen billige Stühle und Getränkekisten herum, die als Sitzgelegenheiten verwendet wurden. Alles Papier, das von den Computern ausgedruckt und von den Kopierern an der Seite des Raums ausgespuckt wurde, war in Kartons gesammelt. Ein Vermögen an elektronischen Geräten und seltsamen Maschinen war in jeden Winkel des Raums gestopft worden. Nach der Menge an Papier zu urteilen, die herumlag, waren die Geräte in ständigem Gebrauch.

Hier gab es nichts, was mir etwas sagte. Ich nahm zwei Meter Papier, wickelte sie zusammen und steckte sie in meine Tasche. Vielleicht wurde jemand anderes schlau aus den Zahlen. Ich hatte es auf die Unterlagen abgesehen, die sie für ihre Berechnungen benutzten. Es gab zwei Aktenschränke. In dem einen lagerten Druckerbänder und Kopierpapier, im anderen ein Werkzeugkasten und ein paar Ersatzteile. Ich ging zweimal durch den ganzen Raum und durchsuchte alles, was nur entfernt danach aussah, als könne man Unterlagen darin aufbewahren. Nichts. Schließlich bemerkte ich, daß neben jedem Computer ein Telephon stand. Da fiel der Groschen. Sie gingen kein Risiko ein. Sie riefen einfach irgendwo an, von wo sie die Daten bekamen. So konnte man ihnen nur schwer auf die Schliche kommen.

Ich wollte gerade gehen, als draußen die Treppenstufen knarrten. Ich machte das Licht aus und quetschte mich gerade noch rechtzeitig hinter einen hohen Aktenschrank. In diesem Moment wurde ein Schlüssel ins Schloß gesteckt, und die Tür ging auf. Zuerst kam die 357er, Ugo direkt dahinter und dann Howie Drago, der ihm mit einer Automatic in der Faust Rückendeckung gab.

Howie machte die Tür wieder zu, trat dann ein Stück vor Ugo und überprüfte den Raum Zentimeter um Zentimeter. Mein Versteck war in einer dunklen Ecke, und ich bewegte mich nicht. Sein Blick glitt über die Schränke weg. Anderthalb Meter neben ihm schaute sich Ugo genauso konzentriert um. Er war offensichtlich enttäuscht, daß sie niemanden überrascht hatten.

Schließlich sagte Howie: »Glaubst du wirklich, daß der Tip koscher war?«

»Er kam von einem Jungen, und solche Geschichten erfinden Kinder einfach nicht.«

»Du bist also so eine Art Held für ihn, was?«

»Warum denn nicht? Die Kids wissen alle, wer ich bin.«

Howie klang absolut nicht überzeugt. »Was zum Teufel hat ein kleiner Junge hier in der Gegend verloren?«

Dafür handelte er sich ein angewidert höhnisches Grinsen von Ugo ein. »Die Kids folgen mir überallhin, das kannst du mir ruhig glauben. Die wissen, wo ich esse, die Kneipen, in denen ich rumhänge –«

»Boss, das hier ist keine Kneipe zum Rumhängen.«

»Trotzdem überrascht es mich nicht. Aber ich werde den Anruf überprüfen.«

»Sag mir eins, warum sollte irgend jemand in das Büro einbrechen? Hier gibt es nichts, mit dem jemand was anfangen kann. Die Jungs nehmen die Bücher alle mit nach Hause, wenn sie gehen.«

»Vielleicht hat jemand gesehen, wie die Geräte angeliefert wurden«, sagte Ugo, »und mitgekriegt, daß der Laden die meiste Zeit leer steht. Für einen Junkie ist das hier eine Goldgrube. Sogar die Telephone könnten die noch verscherbeln.«

»Ich dachte, ihr wolltet das Zeug sowieso abholen lassen.«

»Wir sind dabei. Patterson kümmert sich jetzt darum. Er hat für diese Woche einen Laster bestellt. Sie haben nachgewiesen, daß das Geld fehlt, aber sie wissen immer noch nicht, wohin es verschwunden ist. Wir haben eine ganze Menge Idioten für nichts bezahlt.«

Während dieser Unterhaltung gingen die beiden die ganze Zeit im Raum umher, schauten vorsichtig unter die Tische und traten in Stapel von weggeworfenen Kartons. Ugo war mir am nächsten. Er war frustriert und wurde mit jedem Schritt nervöser. Er wollte hundertprozentig sichergehen, daß sich niemand außer ihnen im Raum befand. Ich konnte sehen, wie er bemerkte, daß der Aktenschrank relativ weit von der Wand entfernt stand und sich jemand gut dahinter verbergen könnte.

Ich versuchte, mich überhaupt nicht zu bewegen. Ugo kam immer näher. Ich hörte seine Schritte, den dumpfen Schlag, als er mit dem Schuh etwas zur Seite stieß, dann war er direkt vor dem Schrank und blieb abrupt stehen. Er sah die Möglichkeit, kapierte, daß hier der einzige Winkel im Zimmer war, wo sich ein Mensch verstecken konnte, und hätte beinahe wieder einmal beweisen können, wie clever er war.

Leider war er Rechtshänder. Wenn er die 357er zur anderen Hand gewechselt und dann um die Ecke gekommen wäre, hätte er mich gehabt. Aber er ging mit ausgestrecktem rechtem Arm vorwärts, und ich hatte ihm die Knarre aus den Fingern gedreht, bevor er wußte, wie ihm geschah. Ich warf ihn herum und drückte ihm die Mündung seiner eigenen Waffe an den Hals. Es verschlug ihm die Sprache, er brachte keinen Ton heraus, aber ich konnte die Angst riechen, die ihm aus den Poren drang, und wußte gleich, daß er sich die Hosen vollgepißt hatte.

Plötzlich bemerkte Howie, daß Ugo mit angstverzerrtem Gesicht und einem Arm um den Hals dastand, und für einen Moment erstarrte er. Dann sah er, wie sich der Revolver von Ugos Kopf löste und direkt auf sein Gesicht zielte. Und es war kein kleiner Revolver. Es war der größte Revolver, den Smith & Wesson herstellten, und mit der Nickellegierung wirkte die Waffe noch beeindruckender.

Ich sagte: »Laß die Waffe fallen, Howie.« Meine Stimme klang freundlich und distanziert.

Die Automatik fiel krachend zu Boden. Er stieß sie weg, ohne daß ich ihn dazu auffordern mußte. Er hatte mein

Gesicht noch nicht gesehen und wußte nicht, mit wem er es zu tun hatte.

Ich sagte: »Dreh dich um.« Er bewegte sich kaum. Mit dem Daumen spannte ich den Hahn der 357er, und sein Gesicht wurde weiß, als er das Klicken hörte. Jetzt drehte er sich um. »Geh rückwärts auf mich zu.« Er kam mit winzig kleinen Schritten auf mich zu, als ob er seine Füße zwingen müßte, in die falsche Richtung zu gehen. Ich ließ ihn anhalten, als er die Stelle erreicht hatte, an der ich ihn haben wollte. Dann drückte ich mit dem Arm Ugos Hals zu, so daß er sich nicht mehr bewegen konnte, und knallte die Waffe seitlich an Howies Schädel. Er brach zusammen wie eine Marionette, der man die Fäden abgeschnitten hat, und Ugos Knie wurden so weich, daß er ihm fast freiwillig zu Boden folgte. Ich richtete die Waffe wieder auf seinen Kopf und spürte, wie sein Körper anfing zu zucken. Ugo Ponti tat einen Blick in seine eigene dunkle Gasse.

Es war gar nicht nötig, daß ich den Tonfall meiner Stimme änderte. Ich redete nur schneller und lauter. »Dein Erbe ist also futsch, Kleiner. Selbst die kleinen Computer-Genies wissen nicht, wo es ist. Keine Überweisungen, keine Einzahlungen ... nur ein großes Nichts.« Ich wartete, bis meine Worte bei ihm ankamen, gab ihm Zeit, damit er kapierte, wie ernst es mir war. »Aber ich werde es finden, Ugo-Baby. Und vorher wirst du mir noch etwas verraten.«

Sein Kopf fiel gegen meinen Arm, und ich löste die Umklammerung ein bißchen, damit er sprechen konnte. Direkt vor seinen Füßen sickerte Blut aus Howie Dragos Schädel, und es war schwer zu sagen, ob er tot war oder lebendig.

Ugo wartete darauf, daß ich ihn fragte, was ich wissen wollte. Offenbar hoffte er darauf, daß er mich mit seiner Antwort zufriedenstellen konnte. Ich sagte: »Wer hat den

Anschlag auf deinen alten Herrn letzten Februar im Hafen in Auftrag gegeben?«

Er erschrak so, daß er wieder zu zucken anfing. Es war eine Frage, die er nicht erwartet hatte, und er suchte nach Worten. »Es war ... Azi.«

»Azi ist tot, Kleiner. Wer hat ihm geholfen?«

»Reevo ... Andy Reevo. Er kommt aus der Familie in Jersey.«

»Der ist auch tot, Ugo.«

Jetzt bekam Ugo es mit der Angst zu tun, und er brachte die Worte kaum heraus. »Ich ... kann nichts dafür. Die zwei ... sie haben es geplant ...«

»Wie hast du davon erfahren?«

»Ich ... ich hab' gehört, wie sie darüber redeten.«

»Du hättest den Paten warnen können, Kleiner.« Ich gab ihm einen Knuff mit der 357er, und er erstarrte.

»Der Alte ... hätte mir niemals geglaubt.«

Da hatte er recht. Azi war sein kleiner Liebling gewesen, aber der alte Pate hatte gespürt, daß er sich von ihm entfernte, und hatte Vorkehrungen getroffen für den Fall, daß er ermordet werden sollte. Daß es dazu kommen würde, hätte er sich sogar von vornherein denken können. Das Verschwinden des Geldes mußte alle möglichen Dinge in den Familienbeziehungen auslösen.

Ich löste die Waffe von Ugos Haut, drückte ihm die Mündung gegen die Wirbelsäule und fuhr seinen Rücken hinunter. Er überlegte, ob er den Schuß wohl spüren würde und verfluchte sich, daß er die kugelsichere Weste nicht angezogen hatte. Er wußte nicht, ob er auf einen schnellen Tod hoffen sollte, aber eines wußte er genau: Wenn er einen Schuß in die Wirbelsäule abkriegte, dann war er für eine sehr lange Zeit an den Rollstuhl gefesselt. Keine Parties mehr, keine Weiber, kein Schnaps, und gut möglich, daß plötzlich jemand, dem er übel mitgespielt hatte, vor ihm stand und ihm eine Kugel direkt ins Gesicht feuerte, ohne daß er etwas dagegen tun konnte.

Bevor er mir ohnmächtig wurde, verpaßte ich ihm mit seiner eigenen Waffe einen Schlag gegen den Schädel und ließ ihn direkt auf Howie fallen. Das Blut aus dem Riß über seiner Schläfe tropfte in die Lache, die sich auf dem Boden angesammelt hatte. Morgen früh würde den beiden ziemlich der Schädel brummen. Ich hob die Automatik auf und steckte sie zusammen mit Ugos 357er in meinen Gürtel.

Pat konnte die beiden Waffen von der Ballistik uberprüfen lassen. Vielleicht brachte es ihm ein paar Pluspunkte ein, wenn sie früher an einem Verbrechen beteiligt waren.

Ugos Wagen parkte wieder am Straßenrand, und ich schaute mir das Nummernschild an. Die ersten drei Ziffern waren 411.

Achtes Kapitel

Es waren keine Schüsse gefallen, aber die Aufregung, daß Ugo und Howie mich fast geschnappt hätten, war mir auf den Magen geschlagen. Dazu spürte ich kleine schmerzhafte Nadelstiche an empfindlichen Stellen in meinem Inneren, und ich wußte, daß sich diese Nadeln bald in große rotglühende Eisenstacheln verwandeln würden. Wenn ich so weitermachte, würden sie mich umbringen. Ich nahm zwei der Tabletten, die Dr. Morgan mir gegeben hatte, legte mich auf die Couch und streckte mich aus. In den nächsten zehn Minuten breitete sich der Schmerz aus und wurde stärker, dann ließ er allmählich wieder nach, bis nur noch die Wunde an meiner Seite weh tat. Ich zog das Hemd hoch und starrte auf den Verband. Ein bläßlicher roter Fleck hatte sich auf ihm gebildet.

Mit unendlich langsamen Bewegungen holte ich das Telephon zu mir her und wählte die Nummer von Morgans Hotel. Er war da, und ich erzählte ihm, was geschehen war. Sein Umgang mit Patienten hatte sich ein bißchen verbessert, und er machte mir überhaupt keine Vorwürfe mehr. Dann rief ich Bill Raabe unten im Foyer an und bat ihn, hochzukommen und für mich den Doktor hereinzulassen. Mir ging es den Umständen entsprechend gut, aber ich wollte noch nicht aufstehen. Ich wußte nicht , ob Dr. Morgan mir etwas zum Schlafen geben würde, deshalb rief ich noch Pat an und informierte ihn über die konfiszierten Waffen. Er sagte, er würde sie später bei mir abholen. Weil es mir so beschissen ging, vereinbarten wir, daß Bill sie ihm unten am Empfangstisch übergeben würde.

Der Doktor brauchte dreißig Minuten zu meiner Wohnung. Morgan schaute mich kurz an, schüttelte den Kopf und zog mir das Hemd aus. Er ließ sich von Bill heißes Wasser und Handtücher bringen, dann gab er mir eine Spritze in den Arm. Mit dem Zeug spürte ich überhaupt nichts, als er mir den Verband abnahm. Er reinigte und desinfizierte die Wunde und gab Bill die verbrauchten Verbände zum Wegwerfen. Ich schaute ihm ins Gesicht und merkte, daß ihm allmählich klar wurde, mit welcher Art von Geschäft ich mein Geld verdiente. Er wischte sich den Schweiß ab, der sich über seiner Lippe gebildet hatte. Dann nahm er die Knarren, die ich in Zeitungspapier eingewickelt hatte, und ging wieder nach unten.

Dr. Morgan sagte: »Noch ein paar solcher Zusammenstöße wirst du nicht aushalten, ist dir das klar?«

Ich zwinkerte einmal, und er grinste mich an.

»Wie lange dauert es noch, Mike?«

Jetzt zwinkerte ich nicht. Ich zuckte nur mit den Schultern.

»Ist wenigstens bald ein Ende in Sicht?«

Ich zwinkerte zweimal. *Nein.*

»Ist es ... gefährlich?«

Ich nickte.

Er nickte ebenfalls. »Du kannst mich immer anrufen. Ich gehe nirgends hin.« Er schwieg einen Moment und zog mein Hemd über den frischen Verband. »Du kennst das Sprichwort von der Katze, die neun Leben hat, oder, Mike?«

Ich zwinkerte wieder. *Ja.*

»Nun, wenn du eine Katze wärst, dann würde ich sagen, du hast schon sieben von deinen Leben aufgebraucht.« Sein Blick bohrte sich in meine Augen. »Haben wir uns verstanden?«

Ich zwinkerte einmal, und meine Augenlider blieben einfach zu. Das Mittel, das er mir gespritzt hatte, zeigte seine volle Wirkung.

Ich hörte noch, wie er aufstand, und das Klicken der Tür, die hinter ihm ins Schloß fiel.

Auf meiner Stirn lag etwas Kühles, und neben mir spürte ich eine seltsame Wärme. Ich öffnete langsam die Augen und blinzelte in das gedämpfte Licht, das vom Fenster kam. Ein sanftes Pochen in meiner Seite erinnerte mich, daß die Schmerzen schon viel schlimmer gewesen waren, und ein Gefühl der Erleichterung machte sich in mir breit, das mich vollends aufweckte.

Ich hob den Kopf und faßte mir an die Stirn, dann nahm ich das feuchte Tuch weg. Die Wärme neben mir bewegte sich und sagte: »Wird auch Zeit, daß du endlich aufwachst.«

Velda lag unter einer Decke, aber sie war vollständig

bekleidet. Ihr Make-up war verschmiert und ihre Frisur durcheinander, aber sie sah wunderschön aus. »Du machst wohl alles, damit du mit mir ins Bett kommst«, sagte ich.

»Wenn es sein muß, heirate ich dich sogar.«

»Jetzt bleibt dir keine andere Wahl. Hab' ich geschnarcht?«

»Nein, aber du hast im Schlaf geredet wie ein Wasserfall. Es war alles ziemlich verworren, außer, daß du hoch in die Berge fahren willst. Das spukt dir schon seit Freitag durch den Kopf.«

»Freitag? Was für ein Tag ist heute?«

»Sonntag morgen. Der Doktor und ich haben dich in den letzten anderthalb Tagen umsorgt wie in Baby. Hoffentlich hast du keine Schnitte im Gesicht, ich habe dich nämlich rasiert.«

Ich bewegte die Wangen, aber mir tat nichts weh. Sie hatte es gut gemacht. »Und meine anderen ... körperlichen Bedürfnisse?«

»Da muß ich passen. Ich bin immer rausgegangen, wenn der Doktor sich darum gekümmert hat. Ich hätte ihm gern geholfen, aber es kam mir nicht richtig vor.« Dann fügte sie hinzu: »Noch nicht.«

»Hat Morgan dir irgendwelche Anweisungen gegeben?«

»Nichts, was du hören willst. Er hat gesagt, er hätte dir das Nötige gesagt. Jetzt liegt es an dir, welche Entscheidungen du triffst.« Sie beugte sich zu mir herüber und biß mir mit den Zähnen ins Ohrläppchen.

»Ich bringe dir jetzt Kaffee und deine Pillen, dann dusche ich und ziehe mich um.«

»Du hast deine Kleider hier?«

»Ich hab' mir welche zum Wechseln geholt, als der Doktor hier war.«

In der nächsten halben Stunde brachten mich ein Roggentoast und eine Tasse Kaffee in den Normalzustand zurück. Ich aß und trank langsam und gemütlich. Nach der zweiten Tasse legte ich die Beine über die Bettkante und stand vorsichtig auf. Mein Körper fühlte sich an wie nach einer Schlägerei in einer Bar, obwohl es in Ugos Büro ja überhaupt nicht zu Handgreiflichkeiten gekommen war. Zum Teufel, ich war schon früher angeschossen worden. Es tat weh, und ich mußte mich für ein paar Tage ins Bett legen, bis der Heilungsprozeß einsetzte, aber ich hatte nie solche Nachwirkungen gespürt. Ich berührte die alten Narben, die sich wie eingekerbte Markierungen anfühlten. Dann fiel mir plötzlich ein, daß bei diesen Verwundungen nur Muskelfleisch getroffen worden war und nicht die lebenswichtigen, inneren Weichteile der menschlichen Anatomie.

Das letzte Mal konnte ich nach fünf Tagen wieder raus auf die Straße. Nach zwei Wochen joggte ich wieder. Zwei Halbstarke verwechselten mich mit einem Betrunkenen und wollten mich ausrauben. Sie lagen auf dem Rücken, kaum hatte der erste versucht, mich mit einem Schlag ins Gesicht aus der Reserve zu locken. Ich verprügelte sie nach Strich und Faden, dann ließ ich sie liegen. Keine Spur von irgendwelchen Nachwirkungen.

Aber dieses Mal mußte ich langsam aufstehen und durfte nicht zu schnell gehen. Dieses Mal war ich mir selbst der größte Feind. Velda kam aus dem Badezimmer und erriet sofort meine Gedanken. »Es geht vorbei, Mike. Der Doktor sagt, in einem Monat hast du deine alte Beweglichkeit wieder.«

Ich brummte etwas vor mich hin.

»Willst du jetzt duschen?« fragte sie.

Ich nickte.

»Dr. Morgan hat einen Plastikschutz dagelassen, den du dir über den Verband kleben sollst, damit er nicht naß wird. Soll ich ihn für dich dranmachen?«

Sie war schnell und geschickt. Als sie fertig war, drehte sie mich in Richtung Dusche. »Ich glaube, den Rest schaffst du allein.«

»Ganz reizend von dir«, sagte ich.

»Die guten Sachen heben wir uns für später auf«, meinte sie.

Als ich später sauber und zufrieden am Küchentisch saß, in Hosen direkt aus der Reinigung und einem frisch gebügelten Hemd, fühlte ich mich wie ein neuer Mensch. Ich sah gut aus, aber ich war noch nicht einsatzfähig. Velda hatte eine neue Kanne Kaffee aufgebrüht. Sie schenkte uns ein, dann setzte sie sich mir gegenüber und schlug ein spiralgebundenes Heft auf, das voller Notizen war.

»Diese Studenten haben ihre Sache ziemlich gut gemacht. Soll ich dir die Zahlen vorlesen?«

»Nein, nur die Schätzungen. Ich will nur wissen, wie es im großen und ganzen aussieht.«

»In Ordnung. Es geht nur um die Jahre, die du ausgesucht hast. Insgesamt wurden von der Polizei illegale Drogen im Wert von zweihundert Millionen beschlagnahmt. Schätzungen zufolge war auf der Straße fünfzigmal soviel im Umlauf. Diese Zahl hat sich seit neun Jahren nicht geändert, deshalb könnte sie auch noch höher liegen. Es wird sowieso angenommen, daß die Lieferanten den Rauschgiftdezernaten mehr und mehr den Rang ablaufen. Die Gesamtsummen gehen in die Milliarden.«

»Wie viele?«

»Zehn bis dreißig. Genauer ist das nicht zu sagen. Allein durch Geldwäsche kommen noch zehn Milliarden dazu. Wenn man sich dann bei den Gewerkschaften umhört, wieviel die Mafia bei den Betrieben an Schutzgeldern eintreibt, dann hast du noch ein paar. Soll ich weitermachen?«

»Was hältst du davon, Kleines?«

»Die Summe von neunundachtzig Milliarden, die du genannt hast, kommt mit Leichtigkeit zusammen. Aber weißt du, was das große Problem daran ist, Mike?«

»Ja. Wohin damit, wenn man es aus dem Umlauf nimmt?«

»Womit wir wieder bei deinem Freund Dooley sind.«

»Er hat diese Laster sicher nicht umsonst gemietet«, sagte ich.

»Pat hat das nachgeforscht, während du geschlafen hast.«

»Ach?«

»Die Laster sind zweifellos in und um Pontis Landsitz gesehen worden. Er hat etliche Fuhren voller Einrichtungsgegenstände in das Haus seines Bosses umgezogen. Dann hat er Erde und Baumstämme damit transportiert. Es sieht anscheinend alles ziemlich normal aus.«

»Was heißt das schon? Der Schein trügt oft. Diese ganzen Arbeiten sind vielleicht nur ein guter Vorwand für den eigentlichen Transport gewesen.«

Sie wußte genau, was ich vorhatte. »Packst du es?« fragte sie mich.

»Wenn ich's jetzt nicht packe, dann kann ich's gleich lassen«, sagte ich.

Niemand war an meinem Wagen gewesen, seit ich ihn geparkt hatte. Die Fallen, die ich aufgestellt hatte, waren alle noch intakt, und niemand war in die feine Kohlenstaub-Schicht getreten, die ich um den Wagen herum auf den Boden gestreut hatte. Ich legte unsere Taschen in den Kofferraum, stieß rückwärts aus dem Parkplatz und fuhr hoch zur Straße.

Ich machte mir nicht die Mühe, nach einem Verfolger Ausschau zu halten. Wenn Homer Watson wirklich so gut war, wie man mir gesagt hatte, dann hatte er sicher eine hübsche Kompaktbeschattung für mich organisiert. Mit einer Autojagd, in der ich den einzigen Verfolger abschütteln konnte, durfte ich nicht rechnen. Er hatte einen ziemlich hohen Rang und konnte über die Polizeikräfte verfügen, wie er sie brauchte. Er konnte Zivilbullen die Drecksarbeit machen lassen, während er die Beschattung im Hintergrund leitete und über Funk mit den Leuten in Verbindung blieb.

Aber das Kaninchen hat immer ein Schlupfloch, durch das es dem Fuchs entwischt.

Bill Raabe wartete an der Einfahrt zur Tiefgarage. Als er den grünen *Milos*-Laster die Straße entlangfahren sah, winkte er mich heraus und ich bog genau vor ihm auf die Straße. Der Laster bremste ab und hielt den Verkehr auf. In der Zwischenzeit war ich schon an der Kreuzung, bog nach Norden ab, fuhr bis zur nächsten Kreuzung, bog links ab, dann wieder links, und ich war wieder in meiner Straße und bog in die Einfahrt meiner Parkgarage ein. »Wie ist es gelaufen?« schrie ich aus dem Fenster.

»Mike, das war wirklich zum Brüllen. So ein dicker Kerl im blauen Anzug ist total explodiert. Ohne Witz. Ich hab' schon gedacht, er kriegt einen Herzinfarkt. Er hat in ein Walkie-Talkie gebrüllt, bis der Laster weitergefahren ist. Der Kerl ist in seine Karre gesprungen, und dann ist er echt noch mal von einem Wagen geschnitten worden, der vor ihm aus einer Garage vorn an der Straße rausgefahren kam.«

Velda schaute mit ernster Miene zu mir herüber. »Glaubst du, wir haben sie abgehängt, Mike?«

Ich sagte: »Der andere Verfolger hat wahrscheinlich zwei Straßen weiter gewartet. Aber wir sind gleich an der ersten Kreuzung abgebogen. Ich habe kein Auto gesehen, das uns danach gefolgt ist. Wahrscheinlich überlegen sie sich gerade, was eigentlich passiert ist.«

»Wie sieht dein Plan aus?« fragte mich Bill.

»Ich fahre direkt durch die Stadt und dann den Highway hoch zur Brücke.«

»Hört sich gut an, Kumpel. Viel Glück.«

Ich fädelte mich in den Verkehr ein, ordnete mich hinter ein paar Taxis ein und fuhr genau so, wie ich gesagt hatte. Velda und ich hielten ein scharfes Augenmerk auf das, was hinter uns passierte. Als wir endlich auf dem Highway waren, atmeten wir beide erleichtert auf.

Auf der anderen Seite der George Washington Bridge fuhr ich auf die Route 9W und nahm die Ausflugsstrecke am Hudson River entlang. Hinter Newburgh schaute ich mir die Karte an und suchte die Anlagestelle, wo Marcos Dooley früher sein Boot angedockt hatte. Es gab sie immer noch. Sie war verfallen und von Unkraut überwuchert, aber der Landungssteg stand noch und bot Anlegemöglichkeiten für ein halbes Dutzend Boote. Zwei alte Segelschiffe lagen dort gerade auf der Helling.

Außen an dem kleinen Bootshaus hing ein Schild. »James Bledsoe, Eig.« stand darauf. Anscheinend wurde die Veranda als Büro und das Haus als Privatwohnung genutzt. Ich klopfte und hörte jemanden sagen, daß er gleich da sei. Wir warteten geduldig, bis ein alter Mann herausgehumpelt kam. Seine knochigen Knie ragten unter den khakifarbenen kurzen Hosen hervor, und er knabberte an einem Apfel. »Ihr seht nicht aus wie Bootsfahrer«, meinte er.

»Sind wir auch nicht.«

Das überraschte ihn überhaupt nicht. Er ließ sich auf einer Kiste nieder, die hinter einem Tisch stand, und verschränkte die Hände hinter dem Kopf. »Ihr wollt auch kein Boot mieten, oder?«

»Heute nicht.«

»Hab' ich mir gedacht.«

»Mr. Bledsoe ... kennen Sie Marcos Dooley?«

Seine Augen leuchteten auf, und er nahm die Hände herunter und stemmte sich auf den Knien auf. »Klar hab' ich den gekannt. Wir hatte 'ne gute Zeit zusammen, wir beide. Hab' ihn schon seit ein paar Jahren nicht mehr gesehen.«

»Er ist tot, Mr. Bledsoe.«

»Scheiße.« Er runzelte die Stirn. »Was ist passiert?«

»Er wurde ermordet. Das ist schon eine ganze Weile her. Wenn ich richtig informiert bin, dann hatte er ein Boot hier. Eine Woolsey«, beschrieb ich es ihm.

»Sie meinen eine Wheeler. Woolsey und Wheeler, das war früher mal ein Komikerpaar. Na ja, das Boot ist noch hier«, sagte er. »Es ist vollkommen ausgetrocknet und es muß einiges daran repariert werden, aber wenn Sie ein paar Monate Zeit und ein bißchen Geld haben, dann kann man es wieder fit machen.«

»Ich möchte es nur gerne mal sehen.«

»Es ist ziemlich schmutzig da draußen.«

»Das macht nichts.«

Er hatte recht. In dem alten Schuppen standen drei altmodische Boote. Zwischen den Planken waren breite Ritzen, das Glas war aus den Rahmen der Bullaugen und der Fenster gefallen und Rostflecken breiteten sich überall dort aus, wo Metallteile ungeschützt waren. Dooleys Boot wurde mit Klampen aufrecht gehalten, und mit den herunterhängenden Spinnweben und der Staubschicht, die über allem lag, sah es aus wie der Fliegende Holländer. Die Luke stand offen und Papiere von Schokoriegeln lagen überall herum.

»Kinder«, erklärte Bledsoe. »Sie kommen hier herein und spielen. Ich kann sie nicht daran hindern. Wenigstens rauchen sie nicht und machen nicht mit Mädchen rum.«

Ich deutete auf eine Leiter, die an der Seite des Boots lehnte. »Haben Sie etwas dagegen, wenn ich mich mal umschaue?«

»Ganz und gar nicht.«

Die Leiter war selbst gezimmert, aber ziemlich stabil. Ich kletterte langsam hoch, warf ein Bein über die Reling und zog mich an Deck. Als erstes mußte ich mir die Spinnweben aus dem Gesicht wischen.

Offensichtlich war der alte Mann schon lange nicht mehr hier oben gewesen. Wie es schien, hatten die Kinder mit viel Vergnügen ausprobiert, was sie alles kaputtmachen konnten. Sie waren in die kleine Kajüte eingedrungen und hatten alles herausgerissen, was nicht niet- und nagelfest war. Die Glühbirnen waren zerbrochen, und getrocknete Scheiße war in die Keramikfassungen geschmiert. Das Lenkrad am Kapitänsstand war intakt, wahrscheinlich, weil es sich gut zum Spielen eignete. Dahinter, wo früher die Instrumente am Mahagoniholz festgeschraubt gewesen waren, bestand die Wand nur noch aus Löchern. Der metallene Kasten eines altmodischen Fishfinders war eingeschlagen und zerbeult, das Loran daneben war vollkommen auseinandergenommen. Der alte Dooley würde sich im Grab herumdrehen, wenn er sein Boot in diesem Zustand sehen müßte.

Ich schüttelte angewidert den Kopf und schaute mir das Armaturenbrett aus Mahagoni genauer an. Auch hier hatten die Kinder ihre Namen hineingekratzt. Ich wollte schon woanders suchen, als ich sah, daß da auch noch etwas anderes stand. Es war kein Graffiti und auch nicht gekratzt. Die sechs Ziffern waren sorgfältig mit einer Ahle eingeritzt worden, so daß sie nicht einfach entfernt werden konnten.

Es waren dieselben sechs Ziffern, die Dooley in seine Urne hatte eingravieren lassen, seine angebliche Dienstnummer beim Militär! Verdammt, das war keine Ausweisnummer, es waren Breiten- und Längengrade, die eine Stelle markierten. Sie waren ein Hinweis, den Dooley für den Fall hinterlassen hatte, daß er außer Gefecht gesetzt wurde.

Ich kletterte wieder hinunter und klopfte mich ab. Bledsoe sagte ich, daß wir nicht viel mit dem Boot anfangen könnten, aber wir uns melden würden, falls wir es doch noch wollten.

»Was soll ich solange damit machen?« wollte er wissen.

»Dooley hatte einen Sohn ...«

»Ja, ich erinnere mich an den Kleinen.«

»Er wird es sich vielleicht anschauen wollen. Er muß entscheiden, was damit geschieht.«

Der alte Mann machte saugende Geräusche mit seiner Zahnprothese und wackelte mit dem Kopf. »Soll mir recht sein. Mir tut's wirklich leid, daß Dooley tot ist. Was meinen Sie, erwischen sie den, der ihn umgebracht hat?«

Ich grinste. Ich schaute ihn dabei nicht an, aber was er sah, genügte ihm vollauf. Ich merkte, daß meine Zähne zu sehen waren und spürte die angespannten Linien in meinem Gesicht. Ich bewegte die Augen und starrte ihn an, und er machte beinahe einen Satz zurück. »Sie werden ihn erwischen«, sagte ich.

Velda nahm mich am Arm und zog mich weg. Wir gingen langsam durch das Gras hoch zur Straße, wo wir den Wagen geparkt hatten. Sie sagte kein Wort. Ihr hatte der Ausdruck in meinem Gesicht genausowenig gefallen wie dem alten Bootsvermieter. Bevor ich mich wieder ans Steuer setzte, zog ich die Jacke aus und legte sie auf den Rücksitz. Ich knöpfte mein Hemd auf und lockerte den Kragen. Velda sagte: »Was ist denn das für Unterwäsche?«

Ich öffnete noch einen Knopf, damit sie erkennen konnte, was ich am Leib hatte. »Es ist kugelsicher, Süße. Das Hemd geht bis über meine Hüften und bedeckt das Loch in meiner Seite. Ich will nicht riskieren, daß mich beim Einkaufen jemand anrempelt.«

»Halt dich bloß fern von den Dingen, gegen die es dich eigentlich schützen soll«, warnte sie mich.

»Verstanden, Kleines.«

In Albany hielt ich bei zwei Läden an, die sich auf Bootszubehör spezialisiert hatten. Beide verkauften Loran-Ausrüstungen, aber sie konnten nicht feststellen, wo sich die Koordinaten befanden, die ich ihnen nannte. Auf hoher See hätten sie damit kein Problem, aber hier mit den Bergen wußten sie nicht weiter. In dem zweiten Laden sagte der Verkäufer: »Versuchen Sie es doch einmal bei einem Landvermesser. Die müssen doch immer Grundstücke auspflocken.«

»Gute Idee. Kennen Sie ein Büro, das ich anrufen könnte?«

Er nannte mir ein Büro namens McClain & Leeds, wählte die Nummer und reichte mir den Hörer.

Der Mann war jung und freundlich und meinte, ich solle doch einfach rüberkommen, dann könne er mir gleich eine Karte von der Gegend geben. Ein herzerfrischend fröhlicher Kerl. Man merkte gleich, daß man nicht mehr in der Großstadt war. Ich bedankte mich bei dem Verkäufer und ging zum Wagen zurück.

Johnny Leeds empfing uns an der Tür und war glücklich, daß jemand aus New York ihm einen Besuch abstattete. Wir mußten ihm erzählen, was am Broadway Neues lief, welche Restaurants und Clubs zur Zeit in waren und wieviel eine Wohnung an einer anständigen Adresse kostete. Ich meinte, daß er das nicht wirklich wissen wolle und er doch hier bei den Bäumen und dem Gras glücklich sein solle. Schließlich stimmte er mir zu, und wir kamen zu meinem Problem.

Ich zeigte ihm die Ziffern, und er machte eine Miene, als kämen sie ihm bekannt vor. Er schaute etwas in einem

Buch nach, dann winkte er uns zu einer Karte, die an der Wand hing. »Das war nicht schwer«, sagte er.

»Kennen Sie die Stelle?«

»Klar. Den Ort kennt hier jeder. Da hat mal ein alter Whiskeyschmuggler gewohnt, Harris hieß der ...«

»Bandscheiben-Harris«, ergänzte Velda.

»Genau, das ist er. Während der Prohibition hat er von dem Grundstück aus Alkoholschmuggel im großen Stil betrieben. Viel ist da oben nicht mehr zu sehen. Das Haupthaus ist schon lange zusammengefallen, es lebt nur noch der alte Verwalter in einem Nebengebäude. Er läßt dort immer wieder mal erstklassigen Schiefer abbauen. Wollen Sie das Grundstück kaufen?«

»Schon möglich.«

Leeds lächelte uns beiden schicken Stadtmenschen mitleidig an und warnte uns: »Das ist ein ziemlich totes Gebiet, um dort ein Geschäft zu gründen.«

»Und wenn man eine Familie gründen will?« Ich grinste zurück. Velda verpaßte mir eine auf den Arm, und obwohl sie nur sanft zuschlug, war es gut zu spüren.

Er schaute Velda bewundernd an und sagte: »Das ist natürlich etwas ganz anderes.« Er drehte sich zu einem Ständer mit Straßenkarten um und zog eine heraus, auf der er uns den Weg von hier bis zu Harris' Grundstück zeigte.

Es war keine einfache Strecke. Wo die Regierung keine Straßen mehr baute, sprang der Bundesstaat ein. Er gab das Okay, wenn die örtliche Verwaltung eine Strecke instandhalten wollte, aber wenn eine Straße nur noch von einem alten Einsiedler benutzt wurde, dann kümmerte sich auch die örtliche Verwaltung nicht mehr darum. Nachdem wir viermal falsch abgebogen waren, fanden wir endlich einen schmalen, einspurigen Schotterweg, der sich kurvenreich unter den Bäumen hindurch die Appalachen hochwand, an denen wir uns orientierten.

Das Wrack eines alten Lasters lag eingekeilt im Straßengraben. Offenbar war er vor langer Zeit von der Straße abgekommen. Zwei kräftige Kiefern verhinderten, das er weiter den Abhang hinunterrutschte. Velda sagte: »Hast du das gesehen?«

Ich nickte. »Das war ein alter Mack-Truck mit Kettenantrieb.«

»Wozu hat man den hier oben wohl gebraucht?«

»Diese Laster waren früher mal richtige Arbeitstiere. Sie waren nicht schnell, aber mit ihnen konnte man problemlos die schwersten Lasten transportieren. Hier in der Gegend wird Schiefer abgebaut. Um das Zeug wegzubringen, braucht man einen Mack.«

»Mit so einem Truck hätte man auch Schnaps transportieren können, oder?«

Wo sie recht hatte, hatte sie recht. »Stimmt«, sagte ich.

Das alte Grundstück von Bandscheiben-Harris tauchte vor uns auf wie ein plötzlicher Sonnenaufgang. Wir fuhren um eine Kurve, und die Bäume waren verschwunden. An der Seite eines alles überragenden Bergmassivs war nur ein großes, leeres Feld mit drei alten Gebäuden, die im Schatten lagen. Auf dem Ackerland lagen Anhäufungen aus grauer Schlacke, kleine Hügel, die von aufdringlichen purpurfarbenen Disteln überzogen waren. Die einspurige Straße teilte sich in fünf verschiedene Wege, aber alle bis auf einen waren in so schlechtem Zustand, daß ich auf dem einzig befahrbaren blieb. Er brachte mich zu einem verwitterten Haus, dessen Dach offenbar immer wieder ausgebessert worden war, aber das noch bewohnbar aussah. An der einen Seite führte ein gemauerter Kamin hoch. Rauch war nicht zu sehen, aber gegen die Wolken war das Schimmern heißer Luft über dem Kamin zu erkennen. Es mußte jemand da sein.

Ich wollte nicht riskieren, daß wir einen grantigen alten

Bergbewohner aufscheuchten, der uns mit seiner Schrotflinte in Empfang nahm. Deshalb hupte ich erst einmal und wartete. Bei der Tür war das Fliegengitter so dick mit Farbe bestrichen, daß man nicht mehr hindurchsehen konnte. Sie klappte auf, und da war der Bergbewohner. Er war wirklich alt, aber er lächelte und kam mir nicht im geringsten grantig vor. »Steigt doch aus und kommt herein«, brüllte er. Seine Stimme war schrill, aber er klang glücklich. »Schön, mal wieder Besuch zu kriegen. Ich habe euch schon gesehen, da wart ihr noch 'n Kilometer weit weg. Hab' schon mal Kaffee aufgesetzt.«

Velda stieg aus und stellte sich vor. »Sie sehen wirklich klasse aus«, meinte der alte Mann. »Mich nennen sie nur Slateman. Einen richtigen Namen habe ich auch, aber niemand nennt mich so.« Er reichte auch mir die Hand, schüttelte sie und schaute aus halbgeschlossenen Augen zu mir hoch. »Kennen wir uns?«

»Nicht, daß ich wüßte, Slateman. Ich bin zum ersten Mal hier oben.«

»Sind Sie Schauspieler? Ich habe nämlich einen Fernseher.«

»Nein.«

»Mann, nur Schauspieler kriegen so gutaussehende Frauen wie Ihre hier ab. Was machen Sie denn?«

»Ich will vor allem den alten Betrieb von Bandscheiben-Harris sehen.«

»Ah ja«, sagte Slateman. »Ich weiß schon, Sie sind Schriftsteller. Ungefähr so alle zwei Jahre kommt einer von der Zeitung oder ein Bücherschreiber hoch und will wissen, wie das damals alles so war. Na, ich hab' mir schon gedacht, daß ich rauskriege, warum Sie hier sind. Die Dame, ist das Ihre ... na, Sie wissen schon?«

Ich stieß Velda mit dem Ellbogen in die Seite. »Ja, so ungefähr könnte man das ausdrücken«, sagte ich. Velda knuffte mich zurück und fuhr mir warnend mit den Fingernägeln über den Arm.

Das Wohnzimmer war sauber und ordentlich, aber die Einrichtung hätte jedem Innenausstatter die Tränen in die Augen getrieben. Die Wände waren mit rosa Isoliermaterial verkleidet, das zwischen den Balken hervorquoll. Rohrkolben und getrocknete Blätter steckten in alten Flaschen und schmückten die Regale aus rohen Brettern. Ich zeigte auf einen großen, knallbunten Strauß in einer Kaffeekanne und fragte: »Was ist das denn?«

Velda antwortete statt seiner. »Wilde Karotte, getrocknet und gefärbt. Als Kinder haben wir das immer mit Lebensmittelfarben gemacht. So etwas habe ich schon ewig nicht mehr gesehen.«

Slateman strahlte sie an. Offenbar war Velda die erste, die seine Kunstfertigkeit zu schätzen wußte. »Das habe ich ganz alleine gemacht«, meinte er stolz. »Ist eigentlich ganz einfach. Mir gefallen die Rohrkolben am besten. Manchmal zünde ich sie an, der Rauch vertreibt die Schnaken. Alles ist zu etwas gut, wißt ihr.« Er nahm den Kessel vom Holzofen und goß Kaffee in drei zusammengewürfelte Tassen, die auf dem Tisch standen. »Es gibt leider nur Zucker. Eine Kuh hab' ich nicht, und der nächste Laden ist zu weit weg. Ich könnte sowieso keine Kuh melken.«

Während wir Kaffee tranken, unterhielten wir uns über das Leben auf dem Land. Dann stand Slateman auf und sagte: »Ihr wollt also sehen, wo der alte Bandscheiben-Harris das Zeug versteckt hatte, stimmt's?«

»Genau.«

»Dann holt mal euern Photoapparat.«

Eine ganze Weile saß ich blöd da, dann zwinkerte Velda mir zu und ging nach draußen zum Wagen. Sie kam mit einer kleinen 35-mm-Minolta zurück, die sogar einen Blitz hatte, und ging mit ihr um wie ein Profi. Slateman holte eine riesige Taschenlampe mit Schulterriemen und hängte sie sich um. Dann führte er uns durch das Haus zur Hintertür ins Freie.

Er konnte über alles etwas erzählen, das Alter der Farm, die Geschichte der großen Scheune, wo Harris die Laster untergestellt hatte, der alte Brunnen, der über achtzehn Meter tief war und noch immer von einem unterirdischen Fluß mit klarem, kalten Wasser gefüllt wurde. Velda wollte wissen, wie sie ihn gegraben hatten, und Slateman erklärte ihr zehn Minuten lang jede Einzelheit des Unterfangens.

Danach folgten wir einem Pfad, der uns zu einer Hecke aus Gestrüpp brachte. Dahinter erhob sich ein Hügel, der aussah wie eine umgedrehte Teetasse. Weiter entfernt ging er in das eigentliche Bergmassiv über. Wahrscheinlich wären wir daran vorbeigelaufen, wenn wir uns hier alleine umgeschaut hätten. Aber als Slateman uns auslachte und darauf zeigte, sahen auch wir die Spalte in der Seite des Hügels. Er zog ein paar Zweige weg und legte eine Öffnung frei, durch die ein Mensch auf einem Pferd hindurchreiten konnte. »Hier war ein großes Scheunentor«, erklärte Slateman. »Das hat man natürlich nicht gesehen. Es war immer mit echtem Gestrüpp überwachsen. Ein Laster konnte hier leicht rein- und rausfahren.«

Er schaltete die Taschenlampe an und ging voran, wir hielten uns dicht hinter ihm. Es war eine geräumige Höhle, die kühl und trocken war. Die Erde unter unseren Füßen war festgetreten und der Raum so groß, daß wir nur links von uns die Wand erkennen konnten.

Veldas Stimme zitterte ein bißchen. »Gibt es hier Fledermäuse?«

»Keine Fledermäuse«, versicherte ihr Slateman. »In manchen Höhlen gibt's welche, aber nicht in der hier. Ich weiß nicht, woran das liegt.«

Wir gingen durch die Höhle, bis wir am anderen Ende angelangt waren, dann schritten wir die Wände ab. Sogar nach all den Jahren konnte man noch erkennen, was hier einmal gelagert worden war. Damals hatte man Whiskey in hölzernen Kisten verschickt, und ein paar davon standen noch hier. Altes Werkzeug und die Überreste eines Fahrersitzes aus einem Laster wirkten wie Ausstellungsstücke in einem Antiquitätengeschäft. An der hinteren Wand mußten wir einen Haufen alter Felsbrocken umrunden. Slateman erzählte, daß sie vor Jahren von der Decke gefallen wären. Er richtete die Taschenlampe nach oben und vergewisserte sich, daß nicht noch einmal etwas herunterkam. Felsbrocken machten Velda überhaupt nicht aus. Sie störte nur der Gedanke an Fledermäuse. Sie bat Slateman, die ganze Höhle mit der Lampe abzuleuchten, erst dann war sie wirklich beruhigt. Sie machte von allem Aufnahmen, bis der Film verschossen war. Dann waren wir auch am Ende unserer Tour und wieder am Eingang.

»Wieviel hatte er hier gelagert, Slateman?«

»Ganz schön viel, würde ich sagen«, meinte der alte Mann. »Ganz am Anfang war ich noch nicht hier, aber man hat mir erzählt, daß die Höhle voll bis unter die Decke war. Wißt ihr, ich hab' schließlich herausgekriegt, wie er es gemacht hat.«

»Wie denn?«

»Der alte Harris hatte seinen ganzen Vorrat hier oben gelagert. Er hat nicht nur die Bestellungen aus der Stadt erledigt. Nein, zum Teufel, er hat auf eigene Rechnung Schnaps eingekauft und gelagert, und wenn dann eine Bestellung kam, hat er aus seinem eigenen Whiskey hier geliefert. Er hat gewartet, bis die Straßen die Küste hinunter frei waren, dann ist er mit den Lastern losgefahren.« Im Ton seiner Stimme klang Bewunderung. »Die Regierung ist ihm nie auf die Schliche gekommen.«

»Wirklich schade, daß Prohibition aus der Mode gekommen ist«, bemerkte ich.

Slateman lachte in sich hinein. »Na, nicht für ihn. Er hat sich seinen Vorrat nicht abschwatzen lassen und hat den Whiskey später nach und nach in New York verkauft. Er hat damit schwer für Furore gesorgt, wißt ihr. Er hat das Zeug früher ja viel billiger eingekauft. Keine Steuer drauf gezahlt, nichts. Er hat noch 'ne ganze Stange verdient, bis er gestorben ist. Es ist alles weg.«

Velda und ich schauten uns an. Es war alles so einfach. Wenigstens für Harris. Für uns war hier nur eine riesige, leere Höhle voller Staub und Erinnerungen und ein kleiner, alter Mann, der froh war, daß ihm ein paar Städter einen Besuch abstatteten. Velda legte einen neuen Film in die Kamera und machte noch ein paar Aufnahmen von dem Grundstück, bevor die Sonne unterging. Dann packte sie den Apparat weg. Wir verabschiedeten uns von Slateman, stiegen wieder in den Wagen und fuhren auf der einspurigen Straße zurück.

Auf der Hauptstraße bogen wir Richtung Süden ab und hielten am ersten Restaurant, an dem wir vorbeikamen. Wir gingen hinein, bestellten Würstchen und Buchweizenpfannkuchen mit einer Riesenportion echtem Ahornsirup und dazu zwei Becher dampfend heißen Kaffee. Diesmal trank ich ihn mit Süßstoff.

Als sie die Hälfte der Pfannkuchen verdrückt hatte, fragte Velda: »Was haben wir übersehen, Mike?«

Ich schüttelte genervt den Kopf. »Dooley hat ziemlich viel Mühe auf diesen Hinweis mit den Ziffern verwendet. Er wollte, daß ich sie entdecke und die Stelle, die sie bezeichnen, finde. In Ordnung, das habe ich beides gemacht, aber das bringt uns nicht weiter.«

»Ist es möglich, daß schon jemand vor uns da war?«

»Wie sollte das zu schaffen sein? Dooley ist noch nicht so lange tot.«

»Er muß damit gerechnet haben, daß er umgebracht wird, so viel steht fest. Er hat diese Ziffern schon lange vor seinem Tod in das Boot geritzt, als Teil eines Plans, den er sich für den Ernstfall ausgedacht hatte.«

»Na, dieser ›Ernstfall‹ ist ja nun wirklich eingetroffen.« Ich spülte den letzten Bissen vom Abendessen hinunter und winkte der Bedienung, daß ich noch einen Kaffee wollte. »Weißt du, was mir nicht in den Kopf will ... ich dachte, daß diese Längen- und Breitengrade genau auf Pontis Besitz liegen würden. Dort hat Dooley die ganze Zeit gearbeitet. Was soll also diese Geschichte mit Bandscheiben-Harris?«

»Waren die beiden nicht eng befreundet?«

»Das behauptet Dooleys Junge, aber wir haben das nie genauer überprüft.«

»Warum eigentlich nicht?«

»Weil uns alles auf einem goldenen Tablett serviert wurde. Wir wissen genau, was am Ende dabei herauskommt, aber haben keine Ahnung, wie alles angefangen hat. Neunundachtzig Milliarden Dollar warten in ihrem Versteck darauf, daß sie gefunden werden, und die Regierung und die Mafia sind auf der Suche danach. Schließlich ist jemand darauf gekommen, daß Don Ponti sich die Kohle unter den Nagel gerissen hat. Sein eigener Sohn hat es geschnallt und will ihn umbringen lassen. Gut, Azi Ponti hat sich mit einer 45er im Schädel verabschiedet, und wir müssen uns mit Ugo begnügen. Der kleine Idiot hat immer noch einiges an Gewicht innerhalb der Familie, aber nicht annähernd soviel wie der Pate.«

Velda saß ungefähr eine Minute lang nur nachdenklich da und tippte sich mit dem Daumennagel an die Zähne. »Mike ... Don Ponti war immer schon ein ziemlich hitzköpfiger Kerl, oder?«

»Ja, in seiner Jugend.«

»Vor zwei Jahren gab es Probleme mit Streiks an einem Bauprojekt. Er war auf der Baustelle und hätte den Leuten die Köpfe eingeschlagen, wenn seine eigenen Männer ihn nicht zurückgehalten hätten.«

»Es hat nie eine Anzeige gegeben, Velda.«

»Aber er ist ziemlich wütend geworden. Er konnte noch gut mit einem Baseballschläger zuschlagen. Glaubst du, er hat sich inzwischen geändert?«

Ich sagte: »Das bezweifle ich.«

»Warum hält er sich dann so zurück? Warum schickt er dir niemanden auf den Hals, der dich umlegen soll? Schließlich hast du seine Leute vorgeführt. Und außerdem hast du Ugo und Patterson und Drago herausgefordert … er weiß von deiner Freundschaft zu Dooley … und trotzdem läßt er dich in Ruhe.«

»Verdammt, Velda, du redest schon wie ein Bulle.«

»Ich trage auch eine Waffe. Und jetzt erklär es mir mal, Mike.«

»Er will sehen, wie weit ich komme.«

»Und?«

»Wenn der Hinweis von Dooley etwas taugt und ich an der Sache dran bin, dann läßt er uns von seinen Leuten erschießen und übernimmt das Ruder.«

»Nein … er kann das Ruder nicht so einfach übernehmen. Die Beute ist zu groß. Ich meine das ganz wörtlich. Wenn er dich auslöscht, dann kriegt er alles ab. Im Moment ist er ein bißchen beunruhigt, weil dir auch noch die Männer vom Finanzamt an den Fersen kleben, und er will vermeiden, daß die auf ihn aufmerksam werden. Und er will auch nicht, daß Pat ihn aufstöbert. Nein, er wartet darauf, daß du den ersten Zug machst.«

Sie hatte so ziemlich den Nagel auf den Kopf getroffen. »Wenn ich jetzt bei Pontis Grundstück vorbeischaue um zu sehen, welche Rolle Dooley dort eigentlich gespielt hat, und Ponti würde dort auf mich warten, dann könnte das mich das Leben kosten. Aus Versehen erschossen, ein Eindringling, den er für einen Einbrecher gehalten hat. Oder so etwas.«

»Er würde sich sicher etwas Hübsches einfallen lassen.«

»Ponti wohnt hier ziemlich in der Nähe«, erinnerte ich sie. »Er und Harris waren befreundet, und sie waren im selben Geschäft.«

»Möchtest du ihm noch einen Besuch abstatten?«

»Was hältst du davon, Süße?«

»Ich finde, wir sollten mal drüber schlafen.«

Der Mann am Empfang des Cinnamon Motels hatte mir einen komischen Blick zugeworfen, als ich nach zwei Einzelzimmern fragte. Ich konnte es ihm nicht verdenken. Die Nummernschilder der parkenden Wagen ließen darauf schließen, daß das Motel in der Gegend ein ziemlich beliebter Ort für Liebespaare war, und er konnte nicht begreifen, warum ich Velda in einem separaten Zimmer unterbrachte.

Um halb acht war ich wach und hungrig und hämmerte an ihre Tür. Sie machte auf, als ich gerade zum dritten Mal anklopfen wollte, und tat so, als sei sie sauer. Sie trug einen Hosenanzug aus einem schwarzen Material, in das etwas grün Schimmerndes eingewoben war. Bei den meisten Frauen hätte es wie ein normales Kleidungsstück zum Wandern ausgesehen, aber bei ihr wirkte es wie aufgemalt.

Sie sagte: »Zeit, daß du endlich heimkommst. Du solltest dich schämen, die ganze Nacht wegzubleiben –«

»Willst du etwa so mitkommen?« unterbrach ich sie.

Ihre Augenbrauen schossen in die Höhe. »Mike ...«, ihre Stimme klang verärgert, »so sehe ich eben aus. Bei mir ist nichts künstlich, keine Implantate, nichts geliftet. Es tut mir leid, aber ...«

Ich mußte laut lachen. »Das braucht dir nicht leid zu tun, Süße. Müssen eben alle anderen vor Neid platzen.«

Für diese Bemerkung warf sie mir einen Handkuß zu, nahm eine kleine Handtasche und schloß die Tür ab.

Neuntes Kapitel

Es war wie damals in der Army, als wir das Gelände von Pontis Grundstück auskundschafteten. Wir hatten knapp zwei Kilometer entfernt geparkt und uns durch das Unterholz und Baumgruppen vorwärtsbewegt, bis wir zu einer Erhöhung kamen, von der man das Wochenendhaus des Paten sehen konnte. Das Grundstück hatte nichts Protziges an sich. Es bot Platz für eine große Familie und hatte viel offene Fläche für ein paar Football-Felder, auf denen wie in einem Stadion Scheinwerfer angebracht waren, so daß man, wenn man wollte, nachts Softball spielen konnte. Ein tödliches Terrain für einen sich nähernden Feind, der die erleuchtete Fläche überqueren mußte, wenn er eine Attacke auf das Haus machen wollte.

Rund um das Gebäude befanden sich an strategisch wichtigen Punkten geschickt angelegte Blumenbeete. Sie waren fast einen Meter hoch, mit Felsbrocken in der Mitte, die ein gutes Versteck für einen Schützen boten. Gleichzeitig machten sie es jemandem, der auf das Haus zukam, unmöglich, das Grundstück genau zu erkennen. Die Eingangstür war eindrucksvoll, sowohl was ihre Größe als auch was ihre Konstruktion betraf. Die Angeln waren riesig, und die Gestaltung der Oberfläche vereinte Ästhetik mit Nützlichkeit.

Velda reichte mir das Fernglas. »Ich kann nichts Auffälliges entdecken«, sagte sie.

»Du bist eben ein Mädchen aus der Stadt.« Wir bewegten uns ein wenig nach rechts, und ich richtete die Gläser auf einen Schatten zwischen einem der Hügel und dem Haus. Dann gab ich ihr das Fernglas zurück und erklärte ihr, auf was sie achten sollte.

Nach einer Weile kapierte sie es. »Ich sehe den Schatten ... wenn du das meinst?«

»Ja, genau den meine ich. Nun, woher kommt er?«

Sie überprüfte den Stand der Sonne und den Schatten der Bäume und schüttelte den Kopf. »Nirgendwoher.«

»Genau. Dieser Schatten ist ein flacher Graben. Er führt zu einem Fenster im Erdgeschoß des Hauses. Schau es dir noch mal an.«

Sie blickte wieder durch das Fernglas, dann meinte sie: »Du hättest bei der Belagerung von Alamo dabeisein sollen. Wir hätten gewonnen.«

»Kleines, ich wäre aus dieser Kirche draußen gewesen, lange bevor Santa Anna dort aufgekreuzt ist. Okay, schau es dir noch mal an, da sind vier von diesen Vertiefungen. Darüber kann man ungesehen aus dem Hauptgebäude heraus- oder hineinkommen.«

»Ich kann rechts eine erkennen.«

»Siehst du die Fenster?«

»Nur die Rahmen. Die Scheiben wurden herausgenommen.«

»Und sie sind sicher von innen verbarrikadiert. Wenn du jetzt direkt unterhalb der Dachrinne hoch schaust, dann siehst du da solche Verzierungen aus Holz mit ein paar Schlitzen. Richte mal das Fernglas darauf, solange es noch hell genug ist.«

Nach einer Weile entdeckte sie, was ich meinte, und schaute sich die Schlitze genau an. Dann gab sie mir das

Fernglas zurück. Zwischen ihren Augen hatte sich eine tiefe Falte gebildet. »Boß, du überraschst mich«, sagte sie. »Für jemanden, der direkt aus New York ...«

»Ich hab' nie behauptet, ich sei dort aufgewachsen, Kleines.«

»In Ordnung, was sind das für Dinger? Ich kann mir nicht erklären, für was die gut sein sollen.«

»Der Pate hat sich ein Haus bauen lassen, wie aus der Kolonialzeit. Er hat hier ein verdammtes Fort, und bisher haben wir nur die Vorderseite gesehen. Diese geschlitzten Dinger sind Schießscharten. Man öffnet die Luken und kann von oben auf den Feind zielen. Er muß ziemlich weitreichende Waffen einsetzen.«

»Und du willst sie angreifen?« Ihr Stimme verriet, daß sie es nicht glauben konnte.

»Das habe ich überhaupt nicht gesagt.« Ich grinste sie kurz an. »Außerdem wäre ich nicht überrascht, wenn der ganze Boden voll von ferngesteuerten Tretminen ist.«

»Warum ferngesteuert?«

»Damit sie nicht aus Versehen losgehen.«

»Wer wird denn überhaupt da draußen herumlaufen?«

»Auf jeden Fall niemand, der im Haus wohnt.«

Ich gab ihr das Fernglas, und sie ließ es wieder in den Tiefen ihrer Handtasche verschwinden. »Weißt du, Mike«, sagte sie, »ich glaube, mir gefällt die Art von Ermittlung in der Stadt besser. Man bleibt nicht an stachligen Büschen und Dornen hängen und wird auch nicht von Fichtennadeln gestochen.« Sie schob einen Ast von ihrem Gesicht weg und sagte leise: »Verdammt!«

»Hör auf zu jammern«, erwiderte ich.

»Und in der Stadt gibt es auch keine Fledermäuse.«

»Hier gibt es auch keine Fledermäuse«, erinnerte ich sie.

»Warum leben wohl keine in der Höhle auf Harris'

Grundstück? Im Fernsehen kommen sie immer bei Sonnenuntergang aus alten Höhlen herausgeflogen.«

»Hör mal, wenn du Fledermäuse willst, dann suche ich welche für dich. Du weißt, daß ...«

»... sie sich nicht in langen Haaren verheddern«, beendete sie meinen Satz. »Ja, ich weiß, daß sie mit einem natürlichen Radarsystem fliegen und nichts mit Vampiren zu tun haben und die Insektenpopulation unter Kontrolle halten, aber die verdammten Viecher machen mir Angst, und laß mir bitte ein paar meiner Macken.«

»Ist schon recht. Aber hier im Unterholz solltest du lieber auf Schlangen aufpassen. Mokassinschlangen lieben diese Vegetation.«

Sie blieb wie vom Donner gerührt stehen und starrte mich an. »Mußtest du das sagen? Ich kann Schlangen nicht leiden. Willst du mich nicht lieber tragen ...«

»Süße ...«, versuchte ich sie zu beruhigen, »... ich kenne mich doch auch nicht aus. Ich bin hier schließlich nicht aufgewachsen.«

Eine ganze Weile sagte sie gar nichts mehr. »Mike, weißt du eigentlich, wie man eine Schlange tötet?«

»Klar. Man hetzt einen Mungo auf die Schlange.«

»Das hab' ich mir gedacht«, sagte sie finster. »Du läufst jetzt besser einfach weiter und hältst den Mund.«

Es dauerte fast eine Stunde, bis wir das Haus des Paten von allen Seiten erkundet hatten. Jemand hatte sich viele Gedanken über die Konstruktion des Hauses gemacht, und selbst die Plazierung der Nebengebäude war wohlüberlegt. Es war gut möglich, daß sie durch Tunnel mit dem Haupthaus verbunden waren. In den frühen Dreißigern war so ein Grundstück der perfekte Feriensitz für das Oberhaupt einer Familie. Oder sogar ein gutes Hauptquartier für die Mafia. Wahrscheinlich wurde das Haus vollkommen autonom versorgt, Wasser und Nahrung waren auf dem Gelände vorhanden, die Abfälle wurden kompostiert oder vergraben. Die Mafiosi konnten in ihrem behaglichen Fort sitzen, und niemand kam an sie heran. Zumindest nicht bei lebendigem Leibe.

Aber auch Babylon war einmal eine solche Festung gewesen. Die Stadt war von hohen Steinmauern umgeben, ein Fluß ging mitten hindurch. Doch in der Nacht, als die Armeen der Meder und Perser den Wasserfluß des Euphrat stauten, feierten die Babylonier ein großes Fest, und Tausende bewaffneter Männer gelangten durch die große Öffnung in der Mauer und schlachteten die Betrunkenen ab.

Wir hatten gerade den Schutz der Bäume erreicht, als eine schwarze Limousine um die Ecke kam und vor zum Haupteingang fuhr. Ich schnippte mit den Fingern, und Velda reichte mir das Fernglas. Ich sah, daß Patterson auf der Fahrerseite ausstieg, dann die hintere Tür öffnete und Don Ponti beim Aussteigen half. Heute war der alte Mann in zünftige Outdoor-Klamotten gekleidet: Armeehosen, die hochgeschlagen waren, Lederstiefel und ein kariertes Hemd mit einer Cowboyweste darüber. Über dem Arm hatte er eine Art Schaffelljacke gegen die Kälte in den Bergen. Die Eingangstür ging auf, und ein glatzköpfiger, beleibter Mann mittleren Alters trat heraus, der den Paten mit vielen Dienern und Verbeugungen begrüßte, die Taschen aus dem Kofferraum holte und ihn zum Haus führte. An der Tür trat er zur Seite, damit der Pate seinen großen Auftritt zelebrieren konnte. Patterson ging zurück zur Limousine und fuhr um das Haus herum zu den Garagen. Er kam nicht wieder, also hatte er das Haus wohl durch einen anderen Eingang betreten.

»Was hältst du davon?« fragte Velda.

»Er bleibt für länger als nur über Nacht. In diesen Taschen sind wahrscheinlich persönliche Gegenstände, die er gerne um sich hat. Kleider und alles, was er sonst braucht, ist sicher immer da.«

»Würde er nicht mehr von seinen Männern mitbringen?«

»Warte nur, Kleines. Die kommen schon noch.«

Zwei Männer mit Gewehren traten aus dem Wald und gingen jeweils an der Seite die Auffahrt entlang. Eine Minute später kamen noch zwei Limousinen, und wir konnten ihre weißen Gesichter hinter dem Glas erkennen. In dem Moment, als die Wagen am Haus vorfuhren, kamen noch zwei Männer die Auffahrt hoch. Sie hatten jedoch keine Schrotflinten. Die beiden hielten Sturmgewehre im Arm, und ihre Blicke überprüften jede Stelle, wo sich ein Feind verstecken könnte. Sie gingen nicht ins Haus. Sie traten einfach in den Schatten, und dann konnten wir sie überhaupt nicht mehr sehen.

Mit äußerster Vorsicht gingen wir die Strecke zurück, auf der wir gekommen waren. Ich fragte mich, warum sie keine Wachhunde hatten, aber vielleicht fühlten sie sich auch so sicher. In einer Stunde waren wir wieder am Auto, und ich nahm die Straße, die uns zurück zum Motel brachte. Irgendwie hatte Velda sich die Knoten aus dem Haar gekämmt und den Schmutz aus der Kleidung geklopft, so daß sie wieder vorzeigbar war. Aber so, wie der Hosenanzug ihre Figur betonte, drehten sich im Cinnamon Motel sowieso alle Köpfe nach ihr um.

Und ich war froh, daß sie die Blicke wie ein Magnet auf sich zog. Denn ein Augenpaar gehörte Howie Drago und ein anderes einem der Männer des Paten. Sie hatte die beiden offenbar im selben Moment bemerkt wie ich, denn ohne sie anzusprechen, ging sie zur Rezeption. Ich wußte, daß sie das Büro durch die Hintertür verlassen würde. Frauen lassen nicht gerne ihre Lieblingssachen zurück. Sie würde in ihr Zimmer gehen, ihr Zeug schnell zusammenpacken und damit rechnen, daß ich sie ohne großes Aufsehen vor ihrer Tür abholen würde. Als sei ich nur der Fahrer, fuhr ich weiter und zur Ausfahrt des Motelgeländes hinaus auf die Straße. Ich bog nach links ab und fuhr wieder zum Eingang hinein, vorbei an der Gruppe von Pontis Leuten. Sie merkten nicht mal, daß derselbe Wagen zweimal an ihnen vorbeifuhr. Ich öffnete von innen die Tür des Beifahrersitzes, und Velda trat aus ihrem Zimmer, stieg mit ihrer Leinentasche ein und warf sie, als ich zurück zur Straße fuhr, beiläufig auf den Rücksitz.

»Ich habe dem Mann am Empfang gesagt, daß wir auschecken und ihm sechzig Dollar für die Nacht gegeben. Für eine Quittung hat die Zeit nicht mehr gereicht.«

»Verbuch es einfach unter Büroausgaben.«

»Keine Sorge, das mache ich«, sagte sie. »Was hatten diese Kerle da zu suchen?«

»Es ist das einzige Motel in der Gegend.«

»Ich kann die Wahrheit schon verkraften, Mike. Sie hätten doch wie die anderen bei Ponti schlafen können.«

»Gut, das ist seine Rückendeckung. Er hat genug Männer in seiner Privatarmee. Wenn er es befiehlt, können die überall hier die Straßen dichtmachen.«

»Mike ... woher soll er denn wissen, daß wir hier sind?«

Der Highway war direkt vor uns. Bis jetzt hatte niemand versucht uns anzuhalten. Ich sagte: »Der Pate ist nicht auf den Kopf gefallen. Hier hat die ganze Sache angefangen, und es sieht so aus, als ob sie auch hier zu Ende kommt. Ponti braucht keine Straßenkarten. Er muß nur warten. Er glaubt, daß ich als einziger weiß, wo die neunundachtzig Milliarden Eier versteckt sind. Und du weißt es von mir.«

»Aber wir haben doch keine Ahnung!«

»Aber es bringt uns einen Vorteil, wenn er das glaubt«, erklärte ich ihr.

Wir fuhren Richtung Süden den Highway entlang, und

sie starrte aus dem Fenster. »Wie willst du in das Haus hineinkommen?«

»Ponti wird mich zu sich einladen.«

»Mike ...«

»Du wirst nicht mitkommen, Süße. Ich brauche draußen auch jemanden.«

»Und wenn du erschossen wirst ... aus Versehen ...« deutete Velda an. Sie mußte nicht mehr sagen.

Ich stellte den Tempomat ein und hielt den Wagen auf der vorgeschriebenen Höchstgeschwindigkeit. Nach und nach zeigten sich immer mehr Anzeichen von Zivilisation, und bei der dritten Ausfahrt fuhr ich ab und folgte der Straße zum Hawthorn Motel, das schon vor einer Weile auf einer Werbetafel angekündigt worden war.

Hier war der Empfangschef eine sechzigjährige Dame mit einem netten Gesicht. Als ich sie nach zwei Zimmern fragte, schaute sie mich erschrocken an und sagte: »Warum?«

»Weil wir noch nicht verheiratet sind.«

Ihre Augenbrauen gingen hoch, und sie trat ein bißchen zurück. »Also, das gibt's doch nicht. Ist das ihre Idee?« Sie warf Velda einen mißbilligenden Blick zu.

»Nein«, sagte ich. »Es ist meine. Wir sind nur verlobt.«

»Guter Freund, dann stellen Sie sich am besten auf ein paar Übungsrunden ein. Ich habe noch ein Zimmer frei, und zwar nur ein Doppelzimmer.«

»Mit zwei Betten?«

»Ja, warum?«

»Haben Sie denn nie den Film *It happened one night* gesehen?«

Velda starrte mich finster an, als ich den Schlüssel entgegennahm. Allerdings konnte sie sich ein Lächeln nicht verkneifen, während ihre Blicke mich durchbohrten. Die Empfangsdame schüttelte nur den Kopf, sie kapierte nicht, was mit mir los war. Und ich fand allmählich Gefallen daran, den guten Jungen zu spielen.

Als wir in unserem Zimmer waren, sagte Velda: »War das dein Ernst mit den Mauern von Jericho?«

»Nicht, wenn du dich benimmst.«

Ich jagte sie in die Dusche, und wenig später kam sie wunderbar feucht und in ein schwarzes Nachthemd gehüllt wieder heraus. Es war ein Kleidungsstück für gewisse Stunden, aber ihr Gesichtsausdruck war undurchdringlich.

Als ich in einer frischen Pyjamahose mit geputzten Zähnen, geduscht und rasiert aus dem Bad kam, war das Licht der einzigen Nachttischlampe gedämpft, und sie winkte mich zu ihrer Seite. »Bekomme ich einen Gutenachtkuß?«

Ich griff nach ihren Handgelenken und umfaßte sie mit den Fingern. Veldas Haut fühlte sich an wie Seide, und sie ließ es zu, daß ich die Arme rechts und links von ihrem Kopf nach unten drückte. Allmählich verstand sie, wie das Spiel funktionierte. Mit der Zungenspitze befeuchtete sie ihre Lippen, und sie öffneten sich glänzend feucht, als ich mich über sie beugte. Sie war warm und reizvoll, und die Stellen, die ich von ihr berührte, brannten von der Leidenschaft, die in ihr steckte. Ich konnte sie fühlen, ich konnte sie schmecken. Widerwillig erhob ich mich, dann sagte ich leise: »Ich liebe dich, Süße.«

Ihr Blick sagte mir alles, was ich wissen wollte. Ich ging in mein eigenes Bett. Noch eine Sache, die ich der Army verdankte: Dort hatte ich gelernt, wie man in jeder Situation schlafen kann.

Beim Tanken ließ ich mir von dem Tankwart den Weg zu einer Autovermietung beschreiben, und dort reservierte ich einen Ford Mustang für Velda. Eine Straße weiter war ein Frühstückscafé. Nach dem Essen diskutierten wir noch einmal alles durch. Aber wir kamen auf keine neuen Antworten.

Dann kam zumindest eine Antwort zur Tür herein. Er tat so, als würde er sich erst umschauen und uns dabei zufällig entdecken. Dann kam er an unseren Tisch. Wir waren beide schon zu lange im Geschäft, als daß er uns überraschen konnte. Ich sagte nur: »Setzen Sie sich, Homer. Haben Sie schon gefrühstückt?«

Homer Watson schüttelte den Kopf. »Nein. Ich dachte, ich leiste Ihnen Gesellschaft.« Er winkte der Bedienung und bestellte das gleiche wie wir, dann lehnte er sich lächelnd auf dem Sitz zurück.

Ich ließ ihn gar nicht erst zu Wort kommen. »Hatten Sie Schwierigkeiten, uns zu finden?«

»Nur ein bißchen«, sagte er. »Der Arm der Regierung reicht bis in den hintersten Winkel von Amerika. Es war nicht schwer, Sie aufzuspüren.«

»Was Sie nicht sagen.«

Er verzog das Gesicht. »Wir können sofort mit jeder örtlichen Polizeibehörde Kontakt aufnehmen, wenn wir Leute brauchen, die nach gesuchten Personen Ausschau halten sollen. Die Suche war viel einfacher, weil wir ziemlich gut wußten, wohin Sie der Fall führen würde. Und natürlich war uns klar, daß Sie sich einen anderen Wagen zulegen würden. Wir haben bei allen Autovermietungen in der Gegend nachgefragt, und zack, nach einer Stunde wußten wir, wo Sie stecken.«

Velda legte die Fingerspitzen zusammen und beugte sich nach vorn. »Wollen Sie damit sagen, daß sämtliche Regierungsbehörden der USA zur Unterstützung der Ermittlungen in diesem Mordfall herangezogen werden?«

Die Frage brachte ihn aus seinem Konzept, und für einen Moment runzelte er fragend die Stirn.

»Marcos Dooley«, erinnerte ihn Velda. »Er war das Mordopfer.«

Falls er jetzt einen blöden Spruch brachte, riskierte er, daß er zuerst eine von mir in die Fresse bekam. Das wurde ihm gerade noch rechtzeitig klar, und er hielt sich zurück. Statt dessen sagte er: »Sie wissen genau, wonach ich suche.«

»Und wonach suchen wir, Homer?«

Er holte tief Luft und betrachtete uns mit betont gespielter Geduld, als hätte er zwei aufmüpfige Schüler vor sich. »Ihre Sekretärin hat interessante Nachforschungen betrieben über die Höhe der Profite des organisierten Verbrechens.«

»Das sind alles allgemein zugängliche Informationen, Mr. Watson«, sagte Velda. »Sie wurden in Zeitschriften veröffentlicht.«

»Zwei Quellen waren nicht ganz öffentlich. Mit dem Computer wurden Informationen abgefragt, die auf einer roten Liste stehen. Wir wurden sofort benachrichtigt.«

»Ziemlich clever, Homer«, sagte ich.

»Geht so. Um das rauszukriegen, war nur ein winziger Teil unserer Behörde eingeschaltet. Für das Finanzamt ist so etwas Kinderkram.«

»Warum haben Sie dann noch nicht gefunden, wonach Sie suchen?«

»Wir werden es schon finden.«

»Das werden Sie nicht«, sagte ich. »Teufel, Sie wissen nicht einmal genau, hinter was Sie eigentlich her sind.«

Seine Stimme klang gehetzt und scharf. »Es geht hier um bis zu hundert Milliarden Dollar ungemeldetes, unversteuertes Einkommen ...«

»Einigen wir uns auf ungefähr neunundachtzig Milliarden, Homer«, sagte ich leise.

Plötzlich kam Leben in seine Augen. »Verdammt, Hammer, Sie wissen, wo es ist.« Sein Tonfall war jetzt erregt und leise. Er war wie ein Jäger, der das Wild entdeckt hat und vorsichtig zum Todesschuß anlegt.

Ich erwiderte: »Ich weiß nichts außer ein paar Zahlen, Kumpel.«

»Ich kann Sie festnehmen lassen, wissen Sie.«

»Weswegen?«

»Zurückhalten von wichtigen Informationen.«

»Scheren Sie sich doch zum Teufel, Sie Witzfigur.«

Die Muskeln an seinem Hals spannten sich an, die Stränge waren unter dem Fett deutlich zu sehen. Er konnte es nicht ausstehen, so beleidigt zu werden. »Fordern Sie mich nicht heraus, Hammer. Mir fallen in null Komma nichts ein Dutzend Verstöße ein, wegen derer ich Sie für ein paar Tage in den Knast bringen kann.«

»Einen echten Grund, um mich einzulochen, haben Sie aber nicht, oder?«

»Wen interessiert das schon?« fragte er schnippisch.

Ich grinste und schaute Velda dabei an. »Hast du das alles auf Band?«

Sie nickte. »Jedes Wort.«

»Ich denke also nicht, daß Sie diese Drohung wahrmachen wollen, oder? Überhaupt, tragen Sie eigentlich auch eine Waffe?«

Er blickte auf meine Hand, die sich unterhalb des Kragens vor meinem geöffneten Jackett befand, dann in meine Augen. Was er da sah, gefiel ihm gar nicht. »Ohne Bewaffnung geht es nicht«, erklärte er mir.

»Beruhigend zu wissen.« Ich nahm meine Hand nicht herunter, bis seine beiden Hände flach auf dem Tisch lagen.

Die Kellnerin brachte sein Frühstück, und er benutzte die Ablenkung und machte sich darüber her. Ich nippte an dem Kaffee und beobachtete ihn aufmerksam. Ich wollte etwas über seinen Hintergrund und seine Einstellung herauskriegen, damit ich wußte, wo er stand. Es war allgemein bekannt, daß die Regierung große Anstrengungen unternommen hatte, um die Organisationsstrukturen der Mafia zu unterwandern. In gewisser Hinsicht war das Konzept auch aufgegangen. Die Bosse, die vom Ausland aus agierten, waren festgenommen und eingelocht worden. Hier im Land hatte es ebenfalls Festnahmen gegeben. Aber im Grunde war es egal, ob die Regierung sie festsetzte oder sie von ihren eigenen Leuten umgenietet wurden: Es fand sich immer ein Nachfolger, der den freigewordenen Posten ausfüllte, und schon war ein neuer Pate geboren. Einige kamen nur durch ihr brutales Auftreten hoch, andere hatten Verstand, und manche hatten beides. Am Ende mußten sie trotzdem alle verlieren.

Aber im Lauf der Zeit merkten ein paar, was gespielt wurde, und trafen Vorkehrungen für den Ernstfall.

Nichts zählte wirklich außer Geld. Leute kamen und gingen, aber Geld war die Konstante, um die sich das Geschäft drehte. Sie kämpften darum, töteten deswegen, aber wenn die Bosse es so verstecken konnten, daß nur sie rankamen, dann war ihr Altersruhestand gesichert und ihre Stellung in der Organisation auf Dauer unangefochten. Das Problem dabei war, daß die alten Paten alle bis auf Lorenzo Ponti tot waren. Er hätte das Geld eigentlich haben müssen, aber ein Hausmeister, ein Gärtner, den er angestellt hatte, damit er ihm die Kohle beiseite schaffte, hatte ihm einen gründlichen Strich durch die Rechnung gemacht.

»Watson«, sagte ich, »bei den Summen, um die es hier angeblich geht, warum schickt Ihre Abteilung Sie eigentlich ganz alleine hier raus?«

Ich hielt die Hand hoch, bevor er zu einer Antwort ansetzen konnten. »Lügen Sie mich nicht an, Kumpel. Ein Anruf bei Ihrem Vorgesetzten, und ich weiß, was Sache ist.

Und dabei kann ich ihm gleich noch erzählen, was Sie hier treiben.«

Er schluckte und fuhr mit einem Stück Toast über seinen Teller. Dann steckte er den Bissen in den Mund. Er spülte ihn mit einem Schluck Kaffee hinunter, wischte sich den Mund ab und sagte: »Ich arbeite schon seit zehn Jahren an dieser Sache. Mein damaliger Vorgesetzter hat mich darauf angesetzt.«

»Das ist eine ziemlich lange Zeit, Homer.«

»Bei diesem Projekt hat es nie eine zeitliche Begrenzung gegeben. Wir vermuten schon lange, was los ist. Aber erst, als die jungen Gockel sich plötzlich dafür interessiert haben, ist Schwung in die Ermittlungen gekommen.«

»Haben Sie stichhaltige Beweise?«

Er schwieg einen Moment, dann sagte er: »Nein.«

»Wie sind Sie auf Dooley gekommen?«

»Nur, weil er für Ponti gearbeitet hat. Er hat irgendwie nicht in das Raster gepaßt von jemandem, der sich mit einem bekannten Mafiaboß einläßt. Und Ponti hat nicht einfach irgend jemanden eingestellt, der so lange und so eng mit ihm gearbeitet hat.«

»Das alles haben Sie in Ihren Berichten geschrieben?«

»Natürlich.«

»Und Ihre jetzigen Vorgesetzten haben es als reine Spekulation vom Tisch gewischt.«

Er wollte es nicht zugeben, aber ich hatte recht.

»Na gut«, sagte er, »es war alles hypothetisch. Niemand hat mir abgenommen, daß es um so hohe Summen geht, obwohl sie es anhand ihrer eigenen Zahlen überprüfen konnten. Man wollte mir einfach nicht glauben, daß das organisierte Verbrechen soviel Geld anhäufen kann. Früher wurde der Profit immer gleich wieder investiert – in Spielhöllen, Geschäfte, Gewerkschaftskampagnen.«

»Sie arbeiten also die ganze Zeit auf eigene Faust?«

»Ich werde gut dafür bezahlt.«

»Und wie haben Sie schließlich rausgekriegt, worum es genau geht?«

»Durch Sie, Mr. Hammer.« Er lehnte sich zurück und schaute mich gelassen an. »Als Marcos Dooley angeschossen wurde, habe ich ein Memo bekommen, weil ich ihn in meinen Berichten erwähnt hatte. Wirklich aufmerksam hat mich dann gemacht, daß er speziell nach Ihnen gefragt hat. Ich wußte gleich, daß das einer dieser seltenen historischen Momente ist, wenn eine Tür aufgeht und man die Lösung eines Falles direkt vor sich sieht.«

»Sie meinen also, er hätte mir etwas verraten«, konstatierte ich.

»Ich weiß genau, daß er Ihnen etwas verraten hat. Sie wissen, wo die ... waren es neunundachtzig? ... Milliarden Dollar versteckt sind. Wir reden hier von *Milliarden*, Mr. Hammer. Das ist unglaublich viel Geld. Das ist so viel, daß man damit einen beträchtlichen Teil des nationalen Schuldenbergs tilgen könnte. Die Regierung kann damit –«

»Erzählen Sie das den Politikern, Homer. Ich bin hinter dem Mörder meines Freundes her.«

Ein verständnisloser Haß blitzte für einen Moment in seinen Augen auf. Er sagte: »Dann verraten Sie mir eins, Mr. Hammer. Sie können doch die Wahrheit sagen, oder?«

»Wenn es nötig ist.«

»Dann einigen wir uns darauf, daß es jetzt nötig ist.«

»Was, Homer?«

»Wissen Sie, *wo* das Geld ist?«

Ich starrte ihm volle drei Sekunden lang direkt in die Augen. Dann antwortete ich ihm mit klarer Stimme und ohne Umschweife, und er wußte, daß ich ihn nicht anlog.

»Nein«, sagte ich.

»Warum sind Sie dann hier?« Die Enttäuschung in seiner Stimme war unüberhörbar.

Wieder antwortete ich ihm wahrheitsgemäß. »Ich dachte, ich wüßte, wo ich suchen muß.«

»In der Höhle auf Lorenzo Pontis Grundstück werden seit mehr als dreißig Jahren Champignons angebaut«, sagte Watson.

Ich spürte, wie Veldas Knie neben meinem zuckte. Was er da sagte, überraschte uns beide. Ich ließ mir aber nichts anmerken und fragte: »Woher wollen Sie das wissen?«

»Weil die Höhle von Zeit zu Zeit kontrolliert wird. Er betreibt dort ein ziemlich einträgliches Geschäft, und bei solchen Dingen ist das Finanzamt sehr aufmerksam. Dort geschieht nichts, über das wir nicht informiert werden.«

»Wie groß ist die Höhle?«

Er lächelte gönnerhaft und sagte: »Die Höhle selbst ist knapp zwanzig Meter breit und sieben Meter hoch. Insgesamt ist sie vielleicht dreihundert Meter lang. Im Moment ist sie ganz mit der neuen Champignon-Ernte gefüllt. Man könnte darin viele Milliarden Dollar lagern, aber ich kann Ihnen versichern, es gibt dort nichts außer Pilzen. Eßbaren, natürlich.«

»Und er läßt die Leute von der Finanzbehörde so einfach auf sein Gelände?«

»Sie melden sich vorher vorschriftsmäßig an. Das Verfahren hat sich im Lauf der Jahre etabliert.«

Velda und ich schauten uns an. In unserem Blick lag nicht gerade Verzweiflung, eher eine Art mentales Schulterzucken, das Homer Watson sofort zur Kenntnis nahm.

»Es tut mir leid, wenn ich Ihre Erwartungen zerstören muß, Mr. Hammer. Mir wäre es auch viel lieber, wenn Sie wüßten, wo das Versteck ist, und es mir sagen könnten. Aber offen gesagt habe ich damit gerechnet, daß es so kommt. Es ist einfach unmöglich, daß ein Mensch wie Dooley die Finger mit im Spiel hatte bei Geldbewegungen von der Größenordnung, über die wir hier reden.«

»Wahrscheinlich haben Sie recht«, stimmte ich ihm zu.

»Und, was haben Sie jetzt vor?« fragte er.

»Ich besuche den Paten, Homer.«

Er kniff die Augen zusammen. »Warum?«

»Weil ich hinter einem Mörder her bin, und nicht hinter einem Vermögen.«

Homer stand auf und nahm auch unsere Rechnung mit, die auf dem Tisch gelegen hatte. Sollte er sie ruhig bezahlen. Es war ein Gefühl, als würde ich etwas von meinen Steuern zurückerstattet bekommen.

Als er weg war, sagte Velda: »Dieser Besuch bei Ponti ...«

»Ich gehe zu ihm, Kleines. Du bleibst draußen irgendwo in der Nähe eines Telephons. Ich rufe dich alle zehn Minuten an ...«

»Ich bleibe im Motelzimmer neben dem Apparat.«

»Gut. Wenn ich fertig bin, sag' ich dir Bescheid. Dann wartest du dreißig Minuten. Wenn ich bis dann nicht aufgetaucht bin, alarmierst du sofort die State Trooper. Nicht die örtliche Polizeiwache ... gleich die State Trooper. Dann rufst du Pat an und trommelst mit ihm alle Polizeikräfte zusammen, die ihr auftreiben könnt.«

»Glaubst du, daß es so schlimm wird?«

»Es kann immer was schieflaufen, wenn es um Milliarden geht.«

»Mike ...«

»Was?«

»Hast du eine Waffe dabei?«

»Nein. Ich hab' dem armen, alten Homer was vorgespielt.«

»Ponti wird auf so was nicht hereinfallen, Mike.«

»Ich weiß. Aber sie werden mich sowieso durchsuchen. Da kann ich gleich ohne Waffe gehen.«

Ich hatte das Fernlicht an und hielt die Hupe gedrückt. Ich hupte so lange, bis jemand ein Gewehr durch das offene Fenster steckte und mir beide Läufe gegen die Schläfe drückte. »Was zum Teufel soll das Gehupe?« fragte eine fordernde Stimme mit einem eindeutigen New Yorker Akzent.

»Ich will mit dem Paten sprechen, deshalb das Gehupe!« Ich konnte auch einen fordernden Ton in meine Stimme legen, und der Kerl mußte nachdenken, was ihm nicht gerade leichtfiel.

»Er ist für niemanden zu sprechen!«

»Für mich ist er zu sprechen, Freundchen, und wenn du ihm nicht meldest, daß ich hier bin, dann wird er dir den Schwanz abschneiden.«

Jetzt war der Kerl ziemlich durcheinander. »Wer bist du?«

»Hammer, Mike Hammer. Jetzt mach schon, daß du zum Paten kommst und ihm sagst, daß ich hier bin.«

Auf keinen Fall würde er zu Ponti gehen. Er brüllte laut nach einem Sammy, und als sein Kollege auftauchte, schrie er: »Dieser Penner hier will den Paten sprechen. Was sollen wir mit ihm machen?«

Sammy schaute durch das Fenster, starrte mich einen Moment lang an und blickte dann hoch zu seinem Partner. »Weißt du, wer der Kerl ist?«

»Er hat gesagt, er heißt Hammer.«

»Ja, so ein verdammter Privatschnüffler. Er hat Azi Ponti unten am Hafen niedergeknallt.«

»Weiß der Pate das?«

»Klar weiß er das.« Sammy griff in die Hosentasche und zog ein Funkgerät heraus. Er drückte auf Bereitschaft und erklärte jemandem, wen er hier hatte. Es dauerte eine ganze Minute, dann sagte eine andere Stimme mit städtischem Akzent, er solle mich reinschicken. Zu mir sagte Sammy: »Fahr langsam, laß die Scheinwerfer an und halt dich an das, was man dir befiehlt.«

Das Gewehr entfernte sich widerwillig von meinem Kopf, die beiden traten zurück, ich legte den Gang ein und fuhr langsam die Straße hoch. Immer wieder erfaßte der Schein einer Taschenlampe den Wagen und verharrte ein paar Momente auf meinem Gesicht. Endlich erreichte ich die letzte Kurve, und vor mir stand das Haus im Schein der Flutlichter. Aus der Dunkelheit neben mir traten Männer, die den Wagen bis direkt vor die Tür begleiteten. Mit gezogenen Knarren standen dort noch vier Kerle. Unter normalen Umständen hätte es mir geschmeichelt, wie mir hier mit geballter Feuerkraft Respekt gezollt wurde. Aber im Moment hatten sie alle Trümpfe in der Hand, und ich konnte die Sache nur mit vollkommener Gelassenheit angehen.

Ich machte den Motor aus, ließ den Schlüssel in der Hosentasche verschwinden und stieg aus. Die erste Durchsuchung war nur oberflächlich. Sie wollten sichergehen, daß ich keine Wumme dabeihatte, mit der ich sie niedermähen konnte. Beim zweiten Mal tasteten sie mich schon genauer ab. Jetzt suchten sie nach einem Messer oder einer versteckten Rasierklinge. Als sie sicher waren, daß ich unbewaffnet war, winkte mich einer zur Tür, drückte auf die Klingel, und die Tür öffnete sich. Dahinter stand Patterson mit einer kleinen Automatik in der Faust und einem fiesen Grinsen im Gesicht. Wäre der Pate nicht in diesem Moment aufgetaucht, wäre etwas passiert. Aber Ponti sagte: »Kommen Sie herein, Hammer.«

Es waren nur wir beide in dem Raum, aber draußen vor den verschlossenen Türen stand eine Armee. Irgendwo beobachteten uns Augenpaare durch versteckte Schlitze und vergewisserten sich, daß alles ruhig blieb.

»Etwas zu trinken?« bot mir Ponti an.

Ich hatte keinen Vorkoster dabei, deshalb sagte ich: »Dasselbe wie Sie.«

Don Ponti mixte zwei Canadian Club und Ginger Ale Highballs in hohen Gläsern mit viel Eis, reichte mir einen und winkte mir, ich solle Platz nehmen. Das Ganze wirkte wie nettes, freundliches Zusammentreffen, aber wir hatten beide schon heißgeschossene Knarren in der Hand gehalten und wußten zu gut, wie das Spiel gespielt wurde. Ich fragte den Don, ob ich das Telephon benutzen könne, und griff zum Hörer, noch bevor er zustimmend genickt hatte. Ich wählte Veldas Nummer, sagte ihr die Nummer, die auf dem Apparat stand und legte wieder auf.

»Sie wird zurückrufen«, meinte Ponti.

»Alle zehn Minuten.«

»Das gefällt mir, aber es ist nicht nötig.«

Ich zuckte mit den Schultern und nippte an dem Drink. »Warum ein Risiko eingehen?«

»Wissen Sie, für Sie wäre ein Platz in meiner Familie gewesen«, sagte er.

»Don Ponti, ich glaube nicht, daß ich die ständige Anspannung ausgehalten hätte.«

»Sie sind ganz allein hierhergekommen.«

»Ist das so?«

Mein Ton gefiel ihm nicht, und er runzelte die Stirn. Ich mußte grinsen, und die Sorgenfalten verschwanden, und er lächelte zurück. »Von Rechts wegen sollte ich Sie umbringen, Mike. Ich sollte Sie umbringen, weil Sie meinen Sohn auf dem Gewissen haben, auch wenn Azi eine miese Sache gedreht hat. Ich glaube Ihnen, daß Sie mich vor dem Verrat am Hafen warnen wollten, aber auf so einen Anschlag war ich vorbereitet. Denken Sie, ich hätte nicht gewußt, was für ein perfektes Ziel ich abgab, bei einer nächtlichen Ankunft in dieser Gegend? Man sollte doch meinen, wenn der Boß weggeht, bleibt alles beim alten. Aber jemand sitzt für kurze Zeit auf seinem Platz, und dann meint der plötzlich, daß dieser Platz eigentlich ihm zusteht.«

»Ich weiß Ihr Verständnis zu schätzen, Don«, sagte ich einfach.

»Ganz sicher kann ich Sie nicht umbringen, bevor Sie mir gesagt haben, wo das Geld ist.«

»Erinnern Sie sich noch an die alten Zeiten, Don Ponti? Sie konnten sich einen Kerl schnappen, ihm die Fingernägel ausreißen oder die Beine abhacken ... egal was, um ihn zum Reden zu bringen. Und bei Gott, er hat geredet. Meinen Sie, daß ich solche Folter aushalten könnte?«

Ponti schnaubte und nahm einen Schluck von dem Drink. »Nein, Sie könnten das nicht aushalten, Mike. Sie würden reden. Das Problem ist, daß Sie nicht wissen, was ich hören will.«

Ich schaute ihn über den Rand des Glases hinweg an.

»Dooley hat Ihnen etwas gesagt, Mike, aber Sie wissen noch nicht, was er damit gemeint hat. Habe ich recht?«

»Es stimmt.«

»Was wollen Sie dann hier?«

»Ich will wissen, wer den Auftrag zu Dooleys Ermordung gegeben hat.«

»Was kümmert Sie dieser Mann? Er war ein Niemand. Er hat nicht zu *uns* gehört, und jetzt ist er tot.« Er starrte einen Moment die Wand an, dann fuhr er fort. »Für mich ist es die Sache nicht wert, daß ich ihn jetzt hasse. Ich habe einen Fehler gemacht. Er war keiner von uns, deshalb habe ich ihm vertraut. Er war nicht hinter dem Geld her, kein bißchen. Ich habe ihm oft erklärt, wie er schnell viel Geld machen könnte, aber es hat ihn nicht interessiert. Darum habe ich ihm vertraut. Die anderen Familienhäupter haben sich meiner Logik angeschlossen.«

»Sie wollten das Geld in Ihrer Höhle aufbewahren, oder?«

»Das war der ursprüngliche Plan. Es sollte im hinteren Teil gelagert werden, dann wollten wir die Höhle so schließen, daß es ganz natürlich wirkt, und nur einen geheimen Eingang lassen.«

»Und die Champignon-Zucht führen Sie, um den eigentlichen Zweck der Höhle zu vertuschen.«

»Sie haben Ihre Hausaufgaben gemacht, Mr. Hammer.«

Teufel, wenn es Homer nicht herausgerutscht wäre, hätte ich überhaupt nichts davon gewußt. Wenigstens mußte ich die Höhle jetzt nicht selbst durchsuchen. Ponti log mich nicht an, aber er war auch noch nicht fertig mit mir. Ich schaute auf die Uhr, nahm den Hörer und rief Velda an. Ich sagte ihr, alles sei in Ordnung, und legte wieder auf.

»Was war mit Dooley, Don Ponti ... hat er einen Fehler gemacht, oder wie sind Sie ihm auf die Schliche gekommen?«

Ponti sah plötzlich verwirrt aus und ein wenig traurig. Die Härte, die sonst immer Teil seiner Persönlichkeit war, verschwand, diese ständige Aufmerksamkeit, mit der ihm nicht die geringste Bewegung seiner Feinde entging. Es war nicht so, daß die Härte ganz verschwand, sondern eher so, als ob er bestimmte Dinge besser akzeptieren konnte. Er war kein junger Mann mehr. Wahrscheinlich war er knapp über achtzig und der letzte eines Schlages, der eine Generation geprägt hatte und mit der nächsten schon wieder ausstarb.

»Ich hätte niemals vergessen dürfen, daß man niemandem trauen kann«, sagte er. »In den heutigen Zeiten gilt Freundschaft nichts mehr.«

»Nicht in dem Geschäft, in dem Sie sind.«

»Warum hat er mir das angetan? Er hätte wissen müssen, was passieren wird.«

»Ponti«, sagte ich, »Dooley hat Ihnen überhaupt nichts angetan. Er hat Ihnen nicht einmal Ihr Geld gestohlen. Er hat es nur aus dem Verkehr gezogen und irgendwohin gebracht, wo es *niemand* mehr findet. Er war es endlich leid geworden und wollte nicht mehr einfach nur zusehen, was mit der Welt passiert. Er hat in einem Krieg gekämpft, um die Welt zu retten, und dann mußte er erleben, wie sie vor die Hunde ging. Auch das internationale Verbrechen trägt Schuld daran. Mit dem, was Dooley getan hat, wollte er ein Zeichen setzen, aber bis jetzt hat niemand dieses Zeichen gehört. Es ist mit dem Geld begraben.«

Während ich redete, kehrte die Härte in sein Gesicht zurück. »Es war einfach zuviel Geld. Soviel kann niemand über einen längeren Zeitraum verstecken. Das wissen Sie, oder?«

»Ja, das weiß ich.«

»Es gibt auch keine Gebäude, wo man solche Mengen unauffällig lagern könnte.«

»Und?«

»Die Höhle war die ideale Lösung. Der Plan hätte funktioniert.« Seine Lippen verzogen sich zu einem angespannten Lächeln. »Ich habe gehört, Sie und Ihre Sekretärin haben sich auch die Höhle auf Harris' Grundstück angeschaut.«

»Sie haben ein gutes Informationsnetz.«

»Was halten Sie davon?«

»Sie ist leer, was sonst? Ein großartiges Lager für einen Whiskeyschmuggler. Es gibt dort nicht mal Fledermäuse. Wie halten Sie sie aus Ihrer Champignonhöhle raus?«

»Vielleicht zuviel Betrieb. Vielleicht das Zyankali, mit dem die Beete gesäubert werden.«

Die Unterhaltung führte nirgendwohin. Ich wechselte

abrupt das Thema und fragte Ponti: »Wie konnten Sie annehmen, daß Sie damit durchkommen?«

Sein Schulterzucken sagte alles. »Ich hatte nichts mit dem eigentlichen Transfer der Gelder zu tun. Ich habe noch nie ein Gefängnis von innen gesehen. Ich will nicht jetzt noch in den Knast. Wenn Dooley mich nicht reingelegt hätte, dann wäre das der Coup des Jahrhunderts geworden.« Er schaute mich plötzlich neugierig an. »Haben Sie sich nie gefragt, warum die Regierung mich eigentlich nie hat ausweisen lassen?«

Ich sagte nichts. Er kannte die Antwort.

»Ich bin amerikanischer Staatsbürger. Ich wurde an dem Tag geboren, als meine Mutter vom Schiff aus Sizilien kam. Sie hat mich auf einem Tisch in Ellis Island zur Welt gebracht. Meine Geburtsurkunde hat ein Arzt ausgestellt, der die Einwanderer untersucht hat. Deshalb kann man mich nicht ausweisen.«

»Wirklich schade, Lorenzo. Eine Ausweisung hätte Ihnen vielleicht das Leben gerettet.«

»Ich glaube, alle, die man zu meinen Feinden zählen könnte, sind schon seit langem tot. Die neuen Paten hören auf meine, hm, Vorschläge. Offensichtlich fehlt es ihnen an Erfahrung. So wie die Dinge stehen, wird es keinen Ältestenrat mehr geben. Ich denke, das wissen Sie ... die Geschäfte gehen ihren gewohnten Gang. Und so, wie die Welt sich entwickelt, werden unsere Geschäfte immer besser gehen.«

Er sagte das mit einer solchen Gelassenheit, daß es mir kalt den Rücken hinunterfuhr.

»Wenn dieses unglaubliche Vermögen einfach ... nicht wieder auftaucht ... wieviel wird es Ihnen ausmachen?«

Wieder ein Schulterzucken, ein sanftes, beredtes Schulterzucken, das man ihm fast abnehmen mußte. »Es wäre ein herber Verlust. Aber natürlich nichts, was man nicht woanders wieder eintreiben könnte. Heutzutage kommt man um einiges schneller auf so eine Summe.«

»Wie meinen Sie das?«

Er sagte: »Sehen Sie sich die Welt doch an, Mr. Hammer. In jeder Stadt regiert die Gewalt, jedes Land steht kurz vor einem Krieg. Die Menschen sind so sehr in ihren Sorgen gefangen, daß sie alles annehmen, mit dem wir sie beliefern wollen, solange die Drogen verhindern, daß sie von ihrem Hoch herunterkommen. Das wissen Sie so gut wie ich. Die Regierung muß selbst krumme Dinger drehen, damit ihr die eigenen Leute bei der Stange bleiben. Die Polizei und die Politiker werden korrupt, wenn sie zehnmal soviel an Schmiergeldern angeboten kriegen, wie ihnen ihr Arbeitgeber zahlen kann. Darüber kann man jeden Tag etwas in der Zeitung lesen. Ich erzähle Ihnen hier nichts Neues, oder?«

Ich schüttelte den Kopf. Alles, was er sagte, stimmte haargenau.

»Für mich bedeutet das einfach, daß unser Geschäft floriert, so meine ich das.«

»Nicht jeder wird so denken wie Sie, Lorenzo. Egal, was Sie sagen, irgendwo ist eine Menge Geld versteckt. Und in der Mafia gibt es eine Menge Hitzköpfe, die alles tun werden, um an die Kohle ranzukommen. Sie haben es da nicht gerade mit Intelligenzbestien zu tun, das wissen Sie verdammt genau. Sie und ihresgleichen haben diese Sache in Bewegung gesetzt, und jetzt werden sich nicht alle einfach beruhigen und zur Alltagsroutine zurückkehren.«

»Mike«, sagte er mit eisiger Stimme, »Sie sind hier der Hitzkopf mit der losen Knarre. Dooley hat Ihnen etwas gesagt und Sie dadurch mit in die Sache hineingezogen. Deshalb hat man es genauso auf Sie wie auf mich abgesehen. Aber Sie verfügen nicht über eine Armee, die Ihnen den Rücken freihält.«

Einen Moment lang überlegte ich, dann sagte ich: »An Sie kommt wohl niemand ran, Don?«

Ihm gefiel, wie ich seinen Titel betonte, und er lächelte gönnerhaft. »Nein«, erwiderte er. »Sie sehen selbst, wie vorsichtig ich bin. Meine Männer sind sehr gut ausgebildet und werden sehr gut bezahlt. Nach der Schießerei am Hafen sollten Sie das eigentlich wissen.«

»Wer hat hinter der Sache gestanden, Don Ponti?«

Ein Gemisch von Trauer und Ärger zuckte über sein Gesicht. »Es tut nichts mehr zur Sache, Mr. Hammer. Der Tod beseitigt viele Feinde. Und er zerstört viele Talente. Manchmal verliert man jemanden, der einem nahegestanden hat, aber so ist das Leben. Deswegen geht die Welt nicht zu Ende, und es hat auch keinen Zweck, so zu trauern, als ob sie es täte.«

Die Jahre hatten tiefere Spuren in dem Paten hinterlassen, als ich vermutet hätte. Der grenzenlose Haß war verpufft. Er hatte ihn immer unter Kontrolle gehabt und seine Wut in Bahnen gelenkt, die ihm nützten. Früher hätte man aus seinem Verhalten keine Schlüsse ziehen können, sein Gesicht hätte keinerlei Gefühlsregungen gezeigt. Nur seine Augen verrieten, ob man schnell oder grausam, früher oder später sterben würde. Sie verrieten einem auch, wenn man sofort dran glauben mußte. Ein Blick in Richtung seiner Männer, und dein Laden brannte oder deine Familie wurde ausgelöscht. Alles, damit die Leute ihm gehorchten.

Jetzt war sein Blick nur hart und alt. Er war sich seiner Sache nicht mehr sicher.

Ich sagte: »Was wollen Sie von mir, Lorenzo?«

Sein Blick bohrte sich wieder in meine Augen. Er war immer noch hart, aber der Stahl darin war verschwunden.

»Im Moment bringen Sie mir rein gar nichts, Hammer. Wenn Sie wirklich etwas wüßten, dann hätten Sie schon längst gehandelt. Ich glaube, Sie wissen ganz genau, was ich tun werde. Ich werde Sie von Profis beschatten lassen. Wenn Sie irgend etwas rauskriegen, dann wissen die darüber Bescheid.«

»Ihre Männer sind Schwachköpfe, Don Ponti.«

»Ich rede nicht von meinen Männern, Hammer. Ich habe Profis gesagt. Sie wissen selbst, was man mit Geld alles kaufen kann.«

Es gibt Situationen, da ist alles gesagt. Man kann nur noch zusehen, daß man wegkommt, bevor es zu spät ist. Das war so eine Situation. Ich machte meinen Anruf bei Velda. Dann verabschiedete ich mich mit einem stummen Kopfnicken bei Don Lorenzo Ponti und stand auf. Er folgte mir zur Tür, öffnete sie und warf den Männern, die vor dem Haus standen, einen bedeutungsvollen Blick zu. Offenbar kapierten sie, was er ihnen damit sagen wollte, denn sie schauten mir nur zu, wie ich in den Wagen stieg.

Aber einer machte einen Fehler. Ich hörte deutlich, wie die Patrone einer automatischen Pumpgun durchgeladen wurde.

Die Wendeplatte war so groß, daß ein normales Fahrzeug bequem wenden konnte. Ich fuhr langsam darauf zu. Ich war schon fast wieder am Ende des Kreises angelangt und stand mit der Schnauze in Richtung der einspurigen Straße, die zurück in die Zivilisation führte. Da sah ich im Licht der Scheinwerfer, wie sich die Schultern der Männer kaum merklich vorschoben. In diesem Moment wußte ich, daß der Pate seine Meinung geändert hatte. Ich war doch mehr Bedrohung, als er gedacht hatte. Und er war immer noch die tödliche Bestie von früher, das weiße Feuer des Hasses brannte in ihm, und der Hunger nach Macht zerfraß ihn. Mir blühte eine Breitseite mit massiver Feuerkraft direkt in das Fenster und die Tür der Fahrerseite. Hier in meinem Wagen würde ich zu einem ballengroßen Stück

Metall zusammengequetscht werden, bestimmt für eine Schmelzhütte in irgendeinem fremden Land.

Statt dessen trat ich das Gaspedal durch und drehte das Lenkrad, so daß ich direkt in den Mörderhaufen hineinschoß. Patterson flog über die Kühlerhaube, und der Kerl mit dem Gewehr feuerte eine Ladung in den nächtlichen Himmel. Der Knall war fast so laut wie sein Schreckensschrei. Aus dem Augenwinkel sah ich, wie die große Tür hinter dem Paten ins Schloß fiel, ich spürte, wie die Räder über irgend etwas rollten, das fluchte und dann brüllte. Ich riß das Lenkrad herum, kam wieder auf den Asphalt der Auffahrt und fuhr davon.

Zum Glück sah ich das Licht der Scheinwerfer von weitem durch die Bäume. Ich schaltete mein Licht sofort aus und ließ den Wagen zur Seite in die Büsche rollen. Der große Wagen, der hoch zum Haus raste, fuhr direkt an mir vorbei, ohne mich zu entdecken. Kaum war er vorüber, lenkte ich den Wagen wieder auf den Weg und fuhr zurück zum Highway. Eigentlich hätten mir am Straßenrand noch mehr Männer des Paten begegnen müssen, aber offenbar hatte der Fahrer des großen Wagens sie alle eingesammelt.

Die Situation hatte sich vollkommen gewandelt. Die friedlichen Tage waren vorbei, und wir hatten keine Zeit mehr, in der wir in Ruhe unseren nächsten Schritt planen konnten. Was Ponti betraf, war ich kein Fall für eine Beschattung mehr. Ich war ein tollwütiger Hund, den seine Männer jagen und niederschießen würden. Er wollte meinen Kopf, egal wie, egal wo, und je früher, desto besser.

Zehntes Kapitel

Ich schaffte es gerade noch rechtzeitig zum Motel zurück. Velda verstaute schon unser Gepäck in dem Mietwagen, als ich neben ihr anhielt. Ihr Gesicht, in dem sich tiefe Sorgenfalten abgezeichneten, hellte sich schlagartig auf. Vor lauter Freude ließ sie die Tasche fallen und warf mir die Arme um den Hals, noch bevor ich ganz aus dem Wagen gestiegen war.

Es war nicht einfach, sie wieder loszuwerden. »Was ist los, Süße? Ist bei dir alles in Ordnung?«

»Ach, Mike, sicher, ich bin okay. Aber du hast nicht mehr wie abgemacht angerufen, und ich habe die State Trooper alarmiert. Sie sind jetzt sicher schon oben bei Pontis Haus!« Sie sah an meinem Blick, daß etwas nicht stimmte, und spürte, wie ich sie fester am Arm packte. »Was ist passiert?«

Ich erzählte ihr alles.

»Hast du jemanden umgebracht?«

»Ich bin so schnell weggefahren, daß ich das nicht mehr mitgekriegt hab'. Aber eines sage ich dir: Ich wollte so viele der Kerle wie möglich drankriegen. Sie hätten mich sonst einfach abgeknallt. Hast du Pat angerufen?«

»Ja. Er wollte die Trooper am Telefon überzeugen, daß sie hier hochkommen. Der Einsatz läuft unter Ausschluß der Öffentlichkeit. Er bringt Homer Watson als Verstärkung mit.« Sie brach ab, schaute mich von der Seite an und fügte hinzu: »Nützt das irgend etwas?«

»Vielleicht. Wir sind hier außerhalb von Pats Zuständigkeitsbereich, aber Homer kann seinen Regierungseinfluß geltend machen.«

»Und was machen wir jetzt?«

»Wir hauen hier ab. Wir brauchen einen Unterschlupf,

der sicherer ist. Ich will auch nicht, daß Homer uns fi
Morgen bringen wir deinen Wagen zurück und nehmen nur noch meinen. Es fahren noch mindestens eine halbe Million solcher Fords auf den Straßen herum. Wir werden nicht auffallen.«

»Fahr den Wagen einfach mal durch eine Waschanlage, dann erkennt ihn niemand mehr«, meinte sie.

Wir checkten bei einem verschlafenen Kerl aus, der Nachtdienst hatte und sich gleich wieder aufs Ohr legte. Nach einer halben Stunde fanden wir ein schmuddeliges, kleines Motel, bei dem das Schild mit *Zimmer frei* noch erleuchtet war. Ein anderer verschlafener Kerl stand von seiner Liege auf, trug mich ein, nahm mir das Geld für das Zimmer im voraus ab und gab mir den Schlüssel. Als ich aus dem Büro ging, sah ich, wie er das *Zimmer frei*-Schild ausknipste, obwohl außer uns nur drei Wagen vor den Motelzimmern parkten.

Ich fuhr rückwärts vor unseren Eingang, für den Fall, daß wir schnell wegmußten. Wir nahmen nur das Nötigste für die Nacht aus dem Auto, zogen die Vorhänge zu und machten nur im Badezimmer das Licht an. Ich schloß die Badezimmertür halb, und nur wenig von dem sanften Schein drang ins Schlafzimmer. In den dreißig Minuten, in denen wir von Motel zu Motel gefahren waren, hatte ich dafür gesorgt, daß uns mit ziemlicher Sicherheit niemand gefolgt war. Es war fast kein Verkehr auf der Straße, und ich war erst an dem Motel vorbeigefahren und hatte dann gewendet. Falls uns doch jemand beschattete, hätten wir ihn sehen müssen, als wir uns aus der anderen Richtung dem Motel näherten. Fünf Minuten lang hatte ich im Dunkeln und mit ausgeschalteten Scheinwerfern vor der Rezeption gewartet und die Straße beobachtet. Ich war erst hineingegangen, als ich mir sicher war, daß die Luft rein war.

Wir machten uns fertig zum Schlafen und legten uns dann vollständig bekleidet in die schmalen Betten. Nur die Schuhe hatten wir ausgezogen. Falls etwas passierte und wir schnell weg mußten, waren wir bereit.

Velda sagte leise: »Ich komme mir vor wie ein Feuerwehrmann, der auf den nächsten Alarm wartet.«

»Sei still«, erwiderte ich.

»Krieg' ich heute keinen Gutenachtkuß?«

Ich unterdrückte ein Lachen und kroch aus dem Bett. In dem schwachen Lichtschein sah ich, daß ihre Augen glitzerten. »Nur ein ganz normaler Kuß, Mädchen. Nichts Ausgefallenes, hörst du?«

»Redest du mit mir oder mit dir selbst?« neckte sie.

Ich küßte sie. Es war alles andere als ein ganz normaler Gutenachtkuß. Fast wäre daraus noch etwas Leidenschaftlicheres geworden, aber ich drückte sie von mir weg und ging zurück in mein eigenes Bett. Ich hörte noch, wie sie in der Dunkelheit leise vor sich hinlachte.

Die Nachricht vom Blutbad auf dem Landsitz von Don Lorenzo Ponti kam in den Spätnachrichten des Lokalsenders von Albany. Vier Gangster aus New York waren schwerverletzt ins örtliche Krankenhaus eingeliefert worden. Ihr Zustand war nicht lebensbedrohlich, aber sehr ernst.

Die Leiche des Oberhaupts der New Yorker Mafia-Familie lag im Haus auf dem Boden. Er war von drei Kugeln in den Hinterkopf getroffen worden, eine typische Form der Hinrichtung innerhalb des organisierten Verbrechens. Ungewöhnlich war nur, daß eine Kugel zuviel abgefeuert worden war. Das Kaliber der Patronen wurde nicht erwähnt, aber die allgemeine Beschreibung der tödlichen Verletzungen legte nahe, daß es keine 22er aus einem Sturmgewehr gewesen sein konnten.

Auf der anderen Seite des Zimmers lag die Leiche von Leonard Patterson. Eines seiner Beine war gebrochen, und er hatte schwere Verletzungen am Oberkörper, aber gestorben war er durch einen Schuß aus der 38er Automatik, die noch in der Hand des toten Paten steckte. Als die Polizei am Tatort eintraf, waren sonst keine Personen auf dem Anwesen. Die Verletzten konnten erst befragt werden, wenn die Ärzte es erlaubten, wahrscheinlich in ein paar Tagen.

Zu guter Letzt war das Faß doch übergelaufen.

Sie zeigten eine Rekonstruktion der Ereignisse. Nach Ansicht des Reporters war es zum Streit zwischen Patterson und Ponti gekommen. Der Pate hatte Patterson erschossen, bevor dieser seine eigene Waffe aus dem Gürtel ziehen konnte. Der Mörder des Paten war noch nicht identifiziert, aber um das Gebäude gab es frische Autospuren, die Hinweise geben konnten. Die Polizei hatte Gipsabgüsse davon anfertigen lassen. Eine unbekannte Frau hatte die State Trooper angerufen und sie über die Situation informiert. Nach ihrem Eintreffen hatten sich auch andere Polizeibehörden am Tatort eingefunden und die Untersuchungen fortgeführt.

Velda fragte: »Was glaubst du, wieviel Zeit wir haben, bis sie auf uns kommen?«

»Wenn die Spurensicherung das Zimmer untersucht, werden sie dort meine Fingerabdrücke finden«, sagte ich. »Und ich habe ganz sicher ein paar brauchbare Reifenspuren auf dem weichen Untergrund hinterlassen. Damit stehe ich ganz oben auf der Liste der Verdächtigen. Keine Ahnung, was diese Kerle aussagen werden, die ich über den Haufen gefahren habe. Kann sein, sie reden, aber vielleicht auch nicht.«

»Es sieht nicht gut aus, was?« Ich schaute zu ihr hinüber. Nicht mal ihre Stimme klang besorgt.

»Der Punkt ist, daß ich weder Ponti noch Patterson ausgelöscht habe. Der logische Verdächtige hat in dem Wagen gesessen, der nach oben gerast ist, als ich davongefahren bin.«

»Hast du irgendwelche Vermutungen?«

Ich stand auf und schaltete auf einen anderen Sender um. Seit den Prohibitionszeiten hatte es in der Gegend kein solches Verbrechen mehr gegeben, und jeder Sender berichtete darüber. Auf ein paar wurden sogar lokale Größen aus der Unterwelt verantwortlich gemacht und die Bevölkerung wurde aufgefordert, nach fremden Gesichtern Ausschau zu halten und es sofort zu melden, wenn ihr etwas Sonderbares auffiel.

»Das ist nichts Lokales«, sagte ich ärgerlich. »Sie haben es hier mit einer verdammt reichen Organisation zu tun, die sich jeden kaufen kann, den sie will.«

»Nur sind sie gerade nicht mehr so reich, oder, Mike?«

»Du hast recht«, stimmte ich zu. »Geld regiert die Welt, also landen wir wieder bei den neunundachtzig Milliarden Mäusen. Weißt du … etliche Länder könnten mit einer Finanzspritze in dieser Höhe einen echten Krieg führen.«

»Und deshalb haben wir ein Problem, nicht?«

»Was für eins?«

»Wie wir jetzt weitermachen.«

Der Fernseher war zu laut, und ich schaltete ihn aus. Ich fuhr mir mit der Hand übers Gesicht, aber schlauer war ich danach nicht.

»Möchtest du das Ganze mal aus einer anderen Perspektive betrachten?« fragte mich Velda.

»Das wäre verdammt nicht schlecht.«

»Dann laß uns heiraten. Dann könnte ich wenigstens nicht mehr gegen dich aussagen.«

»Ich hab' mir nichts zuschulden kommen lassen, weswegen du gegen mich aussagen müßtest, Mädchen.«

»Wir haben zusammen in einem Motelzimmer übernachtet.«

»Aber es ist nichts passiert.«

»Das würden dir die Geschworenen nie glauben«, sagte sie.

»Das ist egal«, meinte ich. »Wir sind immer noch im Staat New York. Hier ist das nicht verboten.«

Sie warf mir wieder diesen nachdenklichen Blick zu, und ich fuhr ihr durchs Haar und ließ meine Finger über die seidigen Strähnen gleiten. Ich konnte die Farbe von Veldas Haar fast mit geschlossenen Augen spüren. Langsam fuhr ich mit den Fingerspitzen ihren Nacken hinunter und massierte sie zärtlich. Sie schloß die Augen und ließ den Kopf nach hinten fallen. Wenn sie eine Katze wäre, dann hätte sie geschnurrt. Dann spürte ich wieder die Farbe von Veldas Haar, obwohl man Farbe gar nicht spüren kann. Farbe kann man nur sehen. Aber ich spürte sie.

Ich sagte: »Komm schon, wir wollen keine Zeit verlieren.«

Es war nicht viel Verkehr am Morgen, und wir reihten uns in den Strom von Angestellten ein, die zum New York Thruway fuhren. Kaum waren wir auf der Stadtautobahn, gingen wir in der Flut von Lastwagen und normalen Pendlern unter, die Richtung Süden unterwegs waren.

Ich ordnete mich bei der Abfahrt ins Zentrum von Albany rechts ein und fuhr zu einem Gebäude in der Stadtmitte, in dem ich schon einmal gewesen war. Es gab sogar noch Parkplätze, und ich manövrierte den Wagen in einen und machte den Motor aus. Velda hatte schon seit einer halben Stunde kein Wort gesagt und stumm an den Straßenrändern nach Polizeiwagen Ausschau gehalten. Jetzt blickte sie zu dem Gebäude hoch, vor dem ich geparkt hatte, und als ich ausstieg, trat sie ebenfalls auf den Gehsteig. Auf ihrem Gesicht lag ein seltsam angespannter Ausdruck.

Ohne ein Wort legte ich die Hand unter ihren Arm und führte sie zu den mächtigen, offiziell aussehenden Türen, in die gut angezogene Menschen mit entschlossener Miene hineingingen. Als wir davorstanden, kamen zwei Bullen in Uniform heraus. Sie schauten uns kaum an und gingen weiter. Jemand, der gerade ein Standesamt betritt, wirkt einfach nicht verdächtig.

Velda kam die Sache am komischsten vor. Sie wußte nicht, was wir hier wollten, bis wir vor der richtigen Tür standen, hinter der Trauscheine ausgegeben wurden. Dann drückte sie meinen Arm so fest, daß ich nur froh war, daß sie die Hände nicht gerade um meinen Hals hatte. Wir waren die einzigen im Zimmer und wurden über den notwendigen Bluttest aufgeklärt. Wir bekamen die Adresse des nächsten Labors, das solche Untersuchungen durchführte, nahmen noch eine Broschüre mit, die auf dem Tisch lag und in der Ernst und Pflichten einer guten Ehe beschrieben wurden, bedankten uns bei der Angestellten und kündigten an, daß wir bald wiederkommen würden.

Was Velda betraf, waren wir so gut wie verheiratet. Normalerweise müßten wir erst ein paar Tage auf das Ergebnis des Bluttests warten, aber irgendwie würde sie es hinkriegen und den Vorgang so weit wie möglich beschleunigen. Eine Stunde später hatten wir das Blutabnahme-Ritual hinter uns, dann unterhielt sie sich noch eine Viertelstunde mit jemandem im Zimmer des Arztes. Als sie herauskam, strahlte sie über ihr wunderschönes Gesicht und sah so zufrieden aus wie ein Kind, das gerade mit Erfolg die Keksdose geplündert hat.

»Die Testergebnisse sind um halb fünf fertig«, verkündete sie. Man hätte meinen können, sie hätte gerade ganz allein die Super Bowl gewonnen. »Das Standesamt schließt um fünf. Gehen wir jetzt Mittag essen?«

Mein persönliches Zeitempfinden richtete sich nicht mehr nach der Uhr. Ein leises Brennen in dem Loch an meiner Seite meldete mir, daß ich wieder vergessen hatte, meine Tabletten zu nehmen. Ich schluckte sie zusammen mit einem Bissen von einer gefüllten Blätterteigtasche, während Velda einen großen Teller Schinken und Rührei verputzte. Ein paarmal schaute sie mich nervös an. Sie wußte gleich, was los war, und fragte, ob mit mir alles in Ordnung sei.

»Nur das Übliche«, erklärte ich ihr. »Ralph Morgan hat versucht, es mir klarzumachen, aber ich vergesse es ständig. Es fällt mir einfach nicht leicht, immer ruhig zu bleiben. Jedenfalls nicht bei dieser Sache. Aber ich sterbe noch nicht, also nur die Ruhe, Süße.«

Als wir mit dem Essen fertig waren, schenkte uns die Kellnerin Kaffee nach. Wir lehnten uns zurück, grinsten uns komisch an und überlegten, wie es wohl sein würde, wenn wir verheiratet waren. Zum Teufel, wir waren die meiste Zeit zusammen und hatten schon oft in schwierigen Situationen gesteckt, wo das Leben des einen vom anderen abhing. Was konnte schon so anders an einer Ehe sein?

Sie brach den Blickkontakt ab und wühlte in ihrer Handtasche. Dann zog sie einen weißen Umschlag heraus. »Die hab' ich dir noch gar nicht gezeigt. Bei dem Motel war ein Photogeschäft, der Eilaufträge in einer Stunde entwickelt. Ich habe die Filme dort abgegeben.«

Sie reichte mir die Photos von der Höhle auf dem Grundstück von Bandscheiben-Harris. Sie waren scharf und nicht unterbelichtet, aber man sah den Aufnahmen an, daß ein Amateur sie gemacht hatte. Ich schaute sie durch. Mir fiel wieder auf, daß in dem großen Raum ohne Probleme Tausende von Whiskeyflaschen gelagert werden konnten. Auf dem Boden hatten sich Eindrücke von den Paletten abgezeichnet und die Furchen von den Rädern der

Laster, die den Schnaps zu den Kunden in der großen Stadt geliefert hatten.

Ich schaute mir gerade ein Photo an, auf dem die Stelle zu sehen war, wo die Wand eingestürzt war, da meinte Velda: »Siehst du irgendwo Hinweise auf Fledermäuse?«

»Keine Fledermäuse«, wiederholte ich. Ich nahm noch einen Schluck Kaffee und merkte, daß sich meine Stirn runzelte.

»Was überlegst du, Mike?«

»Du hast doch eine Visitenkarte von dem Vermessungsbüro McClain & Leeds mitgenommen, oder?«

»Ja.« Sie suchte wieder in ihrer Handtasche und brachte die Visitenkarte zum Vorschein.

Ich prägte mir die Adresse sein und gab sie ihr zurück. »Los, Süße. Wir haben was zu tun.«

Was für eine wunderbare Ehefrau sie abgeben würde. Sie stellte keine einzige Frage. Ich zahlte, und wir gingen zum Wagen. Dreißig Minuten später hielt ich vor dem Vermessungsbüro, stellte den Wagen ab und ging hinein. Johnny Leeds begrüßte uns mit großem Hallo und Händeschütteln und warf Velda wieder einen dieser Blick zu, an die ich mich wohl gewöhnen mußte.

»Und, haben Sie sich das Grundstück des alten Harris angesehen?« fragte er.

Ich grinste ihn an und nickte. »Ja. Es ist ein wunderschönes Fleckchen Erde.«

»Das ist ein Witz, oder?«

»Keineswegs, Johnny.«

»Aber ich habe Ihnen gesagt, daß es dort wirtschaftlich schlecht aussieht.« Er schaute mich einen Moment lang an, dann kapierte er. »Sie wollen dort ganz im Ernst eine Familie aufziehen, stimmt's?«

»Fürs erste denken wir eher an ein Wochenendhaus. Die alten Gebäude, die jetzt auf dem Grundstück stehen, kann man ziemlich leicht abreißen. Landschaftlich ist das Gelände und die Aussicht einfach unschlagbar. Und wenn es zum Schlimmsten kommt, kann ich immer noch Champignons in der Höhle dort oben ziehen.«

»Klar können Sie das«, antwortete er mehr im Spaß. »Was ist das Problem mit dem Grundstück?«

»Es gibt kein Problem. Ich brauche nur ein paar Informationen. Da wohnt noch dieser Verwalter, und ich würde gerne wissen, wie lange er schon dort lebt und wer vor ihm dort gearbeitet hat. Und ich muß den Besitzer ausfindig machen und in Erfahrung bringen, ob er das Land überhaupt verkaufen will. Könnten Sie das für mich herauskriegen?«

»Nichts leichter als das. Wenn Sie das Grundstück wirklich kaufen wollen, kann ich Ihnen dann ein Maklerbüro vorschlagen?«

»Natürlich. Aber sehen Sie zu, daß Sie eine gute Provision für sich herausschlagen.«

»Natürlich«, erwiderte er und zwinkerte mir zu. »Haben Sie übrigens von den Morden oben auf dem Ponti-Anwesen gehört? Das ist nicht allzuweit von Harris' Grundstück entfernt.«

»Ich hab' es heute morgen in den Nachrichten gehört. Aber den Kerlen wird wohl niemand eine Träne nachweinen. Weiß man schon, wer dafür verantwortlich ist?«

»Wenn die Polizei was weiß, dann rücken sie nicht raus damit. Sie haben eine Großfahndung nach dem Täter eingeleitet.«

»Na, wenigstens wissen wir, daß der alte Harris sicher unter der Erde liegt«, sagte ich. »Wann soll ich mich wieder bei Ihnen melden?«

»Später am Nachmittag, wenn es Ihnen recht ist?«

»Das paßt wunderbar. Bis dann. Wenn mir was dazwischenkommt, rufe ich Sie an.«

»Noch eine Sache. Der Makler wird sicher wissen wollen, wie die Finanzierung ...«

»Ich zahle bar auf die Kralle, Johnny. Keine Banken, keine Kredite.«

»So soll's sein«, sagte er und winkte uns zum Abschied zu, als wir zum Wagen gingen.

Als ich vom Randstein losfuhr, sagte Velda vor sich hin: »Keine Banken, keine Kredite ...«

»Hast du was dagegen?«

»Du redest wie ein verdammter Millionär, der das Land wirklich kaufen will.«

»Es hört sich klasse an.«

»Woher nimmst du das Geld?«

»Ach, das finde ich schon irgendwo.«

»So, wie man Hoffas Leiche gefunden hat?«

»So ungefähr.«

Für einen kurzen Moment herrschte Schweigen, dann sagte sie: »Darf ich bei solchen Entscheidungen auch ein Wörtchen mitreden?«

»Nein.«

»Wenn wir verheiratet sind ...«

»Du bist noch nicht verheiratet, Süße.«

Ihre Stimme klang leise und niedergeschlagen. »Ach so«, sagte sie nur.

Ich beruhigte sie sofort. »Ich meine nicht, daß es keine gute Idee ist, Mädchen. Ich habe nur gesagt, daß wir *noch* nicht verheiratet sind.«

Sie grinste mich zufrieden an, und ich fühlte mich gleich wieder viel besser.

Ich schaltete das Radio an und stellte den Lokalsender von Albany ein. Der Mord an Ponti war immer noch die Hauptmeldung. Sie hatten noch keine Hinweise über ein unidentifiziertes Fahrzeug, das ein paar der Gangster zusammengefahren hatte. Von den Verletzten war noch keiner verhört worden, und am Tatort waren weder Glasscherben noch sonstige Teile gefunden worden, anhand derer man den Fahrzeugtyp hätte feststellen können. Die Farbspuren deuteten darauf hin, daß der Wagen schwarz war. Im Labor würden sie später damit sicher den Hersteller und wahrscheinlich auch Modell und Baujahr meines Wagens herauskriegen. Mir konnte das egal sein. Es waren eine Million solcher schwarzer Fords produziert worden.

Zwanzig Minuten später sah ich die Stadtautobahn vor mir, ordnete mich auf die linke Spur ein und fuhr die Auffahrt Richtung Norden hoch. Velda wandte ruckartig den Kopf und fragte überrascht: »Wohin fahren wir, Mike?«

»Noch einmal zu Harris' Grundstück.«

»Mike ... dort wimmelt es doch jetzt von Bullen!«

»Warum? Da ist niemand umgebracht worden. Und wir haben keine Spuren hinterlassen, die zu dem Land führen.«

»Sie haben vielleicht Straßensperren in der ganzen Gegend aufgebaut.«

»Aber nicht auf der Autobahn, Süße. Und falls die Straßen wirklich gesperrt waren, dann sind die jetzt schon lange wieder offen. Straßensperren machen nur eine Zeitlang Sinn. Wenn sie den Mörder bis jetzt noch nicht geschnappt haben, dann fassen sie ihn auch nicht in einer Straßensperre.«

Ich tankte gleich nach der Abfahrt von der Autobahn. Velda ging kurz zur Toilette. Als sie weg war, griff ich unter den Sitz und holte meine 45er hervor, die immer noch in das lederne Schulterholster gewickelt war. Ich zog das Jakkett aus, legte das Holster um, zog es an und band es an meinem Gürtel fest. Dann lud ich eine Patrone, spannte den Hahn und zog den Schlitten zurück. Ich zog das Jakkett an und fühlte mich wieder wie ein ganzer Mensch. Ich war zu lange ohne die Waffe unterwegs gewesen. Seit vielen Jahren war sie meine treue Gefährtin, und als ich sie jetzt begrüßte, war es, als würde ich einem alten Freund die Hand schütteln.

Nach fünf Minuten kam Velda zurück. Sie hielt das Gesicht von der Kasse abgewandt, weil sie später nicht wiedererkannt werden wollte. Ich hatte mich aus demselben Grund ähnlich verhalten, als ich das Benzin zahlte.

Ich hielt nach der Landstraße Ausschau, die auch sofort auftauchte. Ich bog ab und fuhr zu der Kreuzung, die wir schon kannten, von wo aus der Weg zur alten Farm von Bandscheiben-Harris führte. Doch gleich nach der Abbiegung drosselte ich das Tempo.

Velda fragte: »Was ist los?«

»Erinnerst du dich, wie Slateman uns gesagt hat, er hätte den Wagen schon aus ein paar Kilometer Entfernung gesehen?«

»Ja, und?«

»Harris hat wahrscheinlich genau zu diesem Zweck eine Sichtschneise durch die Bäume gefällt.«

»Und warum interessiert dich das? Harris ist schon lange tot.«

»Ich mag solche Tricks nicht, Süße.«

»Sollen wir zu Fuß weiter?«

»Nein ... aber du schaust rechts zum Fenster hinaus, und wenn du irgendeins der Gebäude dort oben sehen kannst, dann sagst du's mir. Ich behalte die andere Seite im Blick.«

Wir waren kaum zweihundert Meter weitergefahren, da hob sie ihre Hand und sagte: »Halt!« Ich trat sofort auf die Bremsen, ließ den Motor laufen, stieg aus dem Wagen und stellte mich vor die Schnauze. Velda hatte es gerade noch rechtzeitig entdeckt. Schnurgerade führte dort ein Weg durch die Bäume den Berg hoch. Die Schneise war von Buschwerk zugewachsen, aber die Sicht zur Straße hin war vollkommen frei. Von oben konnte man jede Bewegung auf der Straße unten erkennen. Vom fahrenden Auto aus würde einem der freie Streifen niemals auffallen. Oben würde der Fahrer in einen hübschen Hinterhalt geraten, wenn er nicht vorher ein Signal ausgemacht hatte. Aber das war alles schon so lange her. Die Signale wurden sicher nicht mehr verwendet, doch die Natur hatte den Sichtstreifen in den Bäumen noch nicht wieder geschlossen.

Ich fuhr ganz langsam an der Schneise vorbei. Die schnelle Bewegung erregte die Aufmerksamkeit. Bei meinem Tempo würde niemand den Wagen bemerken. Wir kamen an dem Wrack des alten Mack-Trucks mit Kettenantrieb vorbei und folgten sehr vorsichtig den ausgefahrenen Spurrillen. Schließlich erreichten wir die Grundstücksgrenze.

Ich hielt wieder an, und Velda sagte: »Was stimmt jetzt nicht?«

»Spürst du nichts?« fragte ich sie.

»Gib mir einen Tip.«

»Slateman.«

»Er hat nicht bemerkt, daß wir kommen.«

»Er hat einen Holzofen in der Küche stehen. Aber da ist kein Rauch.«

»Er kocht gerade nichts.«

»Hör mal, er wird nicht für jede Mahlzeit das Feuer neu anmachen.«

»Raucht ein Feuer noch, wenn es heruntergebrannt ist?«

Ich schüttelte den Kopf. »Nicht unbedingt. Aber die Hitze von dem Kamin würde die Luft darüber flimmern lassen.«

Leise sagte Velda: »Mike, Leute aus New York haben eigentlich keine Ahnung von solchen Dingen.«

»Leute aus New York, die in der Army waren und sich an Landsitze anschleichen mußten, die vom Feind besetzt waren, schon.«

Wir blieben fünf Minuten lang stehen, dann legte ich den Gang wieder ein und drückte das Gaspedal. Nichts geschah. Wir fuhren vor die Tür von Slatemans Haus und hielten an. Immer noch geschah nichts. Da war nur der Wind, der durch die Bäume pfiff. Weit entfernt im Westen war Donnergrollen zu hören.

Ich stieg aus und wies Velda an, sich direkt hinter mir zu halten. Es war nicht gerade eine tolle Methode, um sich einem Ort zu nähern, an dem man sich nicht sicher fühlte. Aber ich vermutete allmählich, daß mein unheimliches Gefühl mit den Erinnerungen an das, was hier geschehen war, zu tun hatte, mit den Geschäften, die hier früher abgewickelt wurden. Offenbar steckte etwas in dem alten Holz und den unbehauenen Steinen, das Warnungen ausstrahlte.

Die Tür war verriegelt, das Feuer war aus, das Haus war leer. Nirgends stand schmutziges Geschirr herum, der Mülleimer war geleert, und alles schien an seinem Platz zu stehen. Da war nur dieses beklemmende Gefühl von *Verlassenheit*, das nicht hierher gehörte.

Velda spürte es auch. Schließlich sagte sie: »Irgendwann muß er ja auch mal in die Stadt gehen, Mike. Da kann er den Ofen nicht anlassen und wird sicher vorher alles aufräumen.«

»Es ist ein langer Weg, Kleines.«

»Er wird wissen, wie man am einfachsten in die Stadt kommt. Er war kein menschenscheuer Einsiedler.«

Ich nickte. »Du hast sicher recht, aber etwas Vorsicht kann nicht schaden. Komm, gehen wir und schauen uns die Höhle noch mal an.«

»Wonach suchen wir denn?«

»Du hältst mich für verrückt, wenn ich dir das sage.«

Slateman hatte seine riesige Taschenlampe auf dem Tisch liegenlassen. Ich nahm sie und gab Velda die aus dem Wagen. Sie wog das Gewicht in der Hand, als ob sie die Lampe als Schlagwaffe einsetzen wollte. Als sie befriedigt war, gingen wir raus und über das Feld.

Dieses Mal fanden wir den Eingang ohne Schwierigkeiten. Velda zögerte einen Moment, dann sagte ich: »Du weißt doch, hier gibt's keine Fledermäuse.«

Sie holte tief Luft und betrat hinter mir die Höhle. Wir leuchteten den hohen Raum vor uns ab und versuchten, so gut es ging, jeden Winkel mit dem Lichtstrahl zu erfassen. Offenbar hatte sich seit unserem letzten Besuch nichts verändert. Wir gingen an der Wand entlang, stiegen über den Schrott, der auf dem Boden lag, schoben Dinge aus dem Weg, die leise, blechern tönende Geräusche machten. Immer wieder stießen wir auf Scherben von zerbrochenen Whiskeyflaschen. Scheinbar hatten manche Arbeiter für bessere Arbeitsbedingungen gesorgt, die Ware vorgekostet, ein paar Flaschen geleert und dann auf den Boden geworfen.

Als wir die Wand zu drei Vierteln abgeschritten hatten, kamen wir zu der Stelle, die ich mir noch einmal ansehen wollte. Mich interessierten die Brocken, die vor vielen Jahren von der Decke gestürzt und aus dem Weg an die Wand geschoben worden waren. Ich leuchtete mit der Taschenlampe zur Decke hoch und entdeckte ein paar Stellen, wo die Steine sich losgelöst haben könnten. Dann richtete ich das Licht auf den eckigen Geröllhaufen links von mir. Alles war mit einer dicken Schicht aus Schmutz und Staub überzogen. Ich ging in die Knie, nahm eine Handvoll davon und ließ es durch die Finger rieseln.

Komisch, dachte ich. Dieser Staub fühlte sich gar nicht staubig an. Er war eher grobkörnig, wie feiner Sand.

Velda leuchtete mir direkt in die Augen.

Sie merkte sofort, daß sie mich blendete, und richtete den Strahl auf den Boden. Dann sagte sie: »Wonach suchst du hier, Mike?«

Ich wollte ihr gerade antworten, als eine andere Stimme mir zuvorkam. »Ja, Mike, verrat ihr doch mal, wonach du hier suchst.«

Ganz leise war ein metallisches Klicken zu hören. Jemand hatte eine Waffe entsichert.

Ich hörte, wie Velda vor Schreck nach Luft schnappte.

Die Stimme in der Dunkelheit hinter uns gehörte nicht Slateman. Sie klang jung und hart, eine Stimme, hinter der der Tod lauerte. Ihr Besitzer würde beim geringsten Anlaß Amok laufen und alles töten, was ihm in den Weg kam.

Ich sagte: »Wird auch Zeit, daß du endlich hier auftauchst, Ugo.«

Mein Tonfall stoppte ihn für einen Moment. Ugo Ponti schaltete nicht besonders schnell.

»Woher weißt du das, Hammer?«

»Du hast die Zahlen doch auch, oder?«

»Klar hab ich die. Ich bin ja nicht blöd. Der Junge hat mich drauf gebracht.«

Es gab etwas, das ich von ihm wissen mußte. »Hast du den kleinen Scheißer umgelegt, Ugo?«

»Ich hätte ihn abgeknallt, genau wie seinen Alten, aber die Geschichte hat mich nur hundert Mäuse gekostet, und dafür waren dann die Bullen nicht hinter mir her.«

»Aber jetzt sind sie trotzdem hinter dir her, was, Ugo?«

»Warum denn das?«

»Weil dein Vater tot ist, darum. Du hat doch deinen eigenen Vater umgelegt, oder?«

In seiner Stimme war keine Spur von Reue zu hören. Im Gegenteil, er schien fast stolz auf seine Tat zu sein. »Mein Alter hat die Nerven verloren. Die ganzen alten Itaker wollten doch bloß, das alles so bleibt, wie es war. Aber so funktioniert das nicht. Die Arschlöcher haben sich alles gekrallt, was eigentlich uns zugestanden hat. Dafür haben sie gekriegt, was sie verdient haben.«

Ich bekam einen Krampf im Bein, aber er durfte nicht aufhören zu reden. »Und jetzt stehst du in einer großen, leeren Höhle, Ugo.«

»Ja, aber dafür hab' ich dich und deine Schnalle hier, und du weißt, wo das Zeug ist.«

»Du kapierst wohl gar nichts, was? Wie kommst du darauf, daß ich an die Kohle rankomme?«

»Hör auf mit dem Scheiß, Hammer. Dein Kumpel Dooley hat es dir gesagt. Das war keine große Leistung. Er hat dir gesagt, wo es ist, und jetzt bist du hier und willst es dir holen.«

Veldas Taschenlampe war immer noch auf den Boden gerichtet. Wir standen beide im Lichtschein der Taschenlampen, während Ugo in der Dunkelheit nicht zu erkennen war. Er konnte jede unserer Bewegungen genau sehen. Allein an dem Klicken, das ich gehört hatte, konnte ich nicht erkennen, ob er einen Revolver oder ein Gewehr hatte, aber wenn es ein Gewehr war, dann konnte er uns beide mit der ersten Runde niederschießen.

Ohne zu fragen, richtete ich mich langsam auf. Die angeknipste Taschenlampe ließ ich auf dem Boden liegen. Ich überlegte angestrengt, wie ich aus der vertrackten Situation herauskommen könnte.

Ugo sagte: »Das ist gut so, Mike. Hübsch langsam. Und jetzt verrat uns doch endlich, wonach du hier suchst.«

Ich konnte nur hoffen, daß Velda meinen Plan kapierte. Alles mußte gleichzeitig passieren, und es mußte klappen, sonst waren wir beide tot. Ich konnte ihr nicht das geringste Zeichen geben, sie war nur auf ihr Reaktionsvermögen angewiesen und auf dieses seltsame Bewußtsein, das unter Partnern entstehen kann, die schon so lange zusammen sind, daß sie in totaler Übereinstimmung handeln.

Ich sagte: »Ich suche gar nichts mehr, Ugo. Ich habe es schon gefunden.«

Und ich kickte die Taschenlampe auf dem Boden weg, und im selben Moment machte Velda ihre aus, und wir warfen uns zusammen zur Erde, als Ugo vier Runden in unsere Richtung abfeuerte. Er wußte sofort, daß er uns nicht getroffen hatte. Aber inzwischen hatte ich schon die 45er in der Faust und entsichert und zielte auf die Stelle, wo ich zuletzt das Mündungsfeuer gesehen hatte. Das ohrenbetäubende Donnern der alten Colt Automatik hallte durch die Höhle. Die Kugel traf auf etwas, das mit lautem Getöse auf den Boden krachte. Getroffen hatte ich aber niemanden. Ich leuchtete mit der Taschenlampe und sah Ugo Ponti, den neuen Paten, den Erben von Lorenzos Thron und Reich, wie er im Dreck hektisch nach dem ramponierten Gewehr suchte, das meine Kugel in ein wertloses Stück Metallschrott verwandelt hatte. Dann sah er die defekte Waffe, stieß einen wilden Schrei aus und hielt das Gewehr wie ein Schutzschild vor sich. Ich feuerte die 45er noch einmal ab. Die Kugel knallte gegen das metallene Verschlußstück des Gewehrs, das nach oben in sein Kinn schnellte. Vor Schmerz traten ihm die Augen heraus und er atmete schwer. Dann ging er zu Boden.

Ich trat zu dem Mistkerl und hielt ihm den Strahl der Taschenlampe ins Gesicht. Aus dem Riß an seinem Kinn schoß das Blut, und sein Körper zuckte ein paarmal unkontrolliert, dann wurde ihm die Situation voll bewußt. Er ahnte nicht, was ihn erwartete, aber er blickte mich voller Haß an, und seine Pupillen liefen über von einem gewalttätigen Gift, das er nicht zurückhalten konnte. Schließlich schaute er auf die Waffe in meiner Hand. Ich legte sie an, und sein irrer Wunsch, mich irgendwie zu töten, war so stark, daß er die Zähne entblößte, obwohl er genau wußte, daß das lange Rohr der 45er das letzte war, was er sehen würde.

Dann gingen plötzlich große Scheinwerfer an. Eins nach

dem anderen erhellte die Höhle, als neun Männer hereinkamen. Es waren vier Bullen in Uniform und noch mal vier in Zivil. Der neunte war von oben bis unten verdreckt und sah verdammt wütend aus. Ich sagte: »Hallo, Homer.«

Er antwortete mir nicht, sondern sagte: »Was zum Teufel machen Sie hier?«

»Ich hab' Ihnen einen Mörder gefangen, mein Freund.« Ich stieß Ugo mit der Fußspitze an. »Er ist noch nicht tot. Er hat ein paar innere Verletzungen abgekriegt, und wenn Sie ihn nicht ins Krankenhaus bringen, dann gibt er sicher den Löffel ab. Aber er wird sich genau daran erinnern, was hier passiert ist, und er wird Ihnen alles erzählen. Er hat Dooley auf dem Gewissen und seinen eigenen Vater.«

»Ich nehme an, Sie können das alles auch beweisen«, meinte Homer mit einem sarkastischen Ton in der Stimme.

Velda übergab ihm das Sony-Aufnahmegerät. »Ich habe auf Band aufgenommen, wie er es zugegeben hat, Homer. Sie werden noch irgendwo seine 357er auftreiben, dann können Sie ihn wegen aller Anklagepunkte vor Gericht bringen.«

Homer nahm das Gerät, drückte einen Knopf und hörte es sich dann an. Dann spulte er das Band zurück und spielte alles noch einmal von Anfang an ab. Das ganze Gespräch und der Schußwechsel zwischen Ugo und mir waren darauf, und ich grinste wie ein Depp, weil Velda meinen Plan ganz genau kapiert hatte. Sie erklärte Watson: »Er konnte nicht sehen, wie ich den Finger bewegte. Ich habe einfach die Aufnahmetaste gedrückt und alles aufgenommen. Ich habe mir gedacht, wenn er uns schon umbringt, dann gibt es wenigstens einen Beweis dafür, wie sehr wir uns bemüht haben.«

»Mit mir haben Sie dafür kein Glück«, sagte ich zu Homer.

»Meinen Sie?«

»Das meine ich. Ich habe einen Waffenschein, der im Staat New York gültig ist, und einen Mörder unschädlich gemacht, der noch nicht mal tot ist. Was wollen Sie also von mir?«

»Wo ist das Geld, Hammer?«

»Sehen Sie hier irgendwelches Geld?«

»Es ist hier irgendwo versteckt, sonst wären wir nicht alle da«, sagte er.

»Gut, dann lassen Sie doch Ihre Experten herbringen und die Höhle durchsuchen. Wenn Sie was finden, gehört es alles Ihnen und Onkel Sam. Und wenn Sie schon am Suchen sind, dann halten Sie doch auch nach einem kleinen, sympathischen alten Mann Ausschau, der hier wohnt. Ich habe das Gefühl, daß Ugo ihn auch auf dem Gewissen hat. In diesem Berg gibt es viele Löcher, in denen man eine Leiche verschwinden lassen kann, aber mit Hilfe von ein paar Hunden oder Einheimischen finden Sie sicher heraus, wo Ugo Slateman hingeschafft hat.«

Es fing wieder an. Ich war furchtbar angespannt, und mein Körper kriegte den gesamten Druck an einer Stelle ab. Es fühlte sich an, als ob ein Tier in mir ein Loch nagen würde, und ein unterschwelliger Schmerz breitete sich wie ein großes Spinnennetz von der Wunde aus. Ich ging zu Velda und legte ihr die Hand auf die Schulter. Sie merkte sofort, daß es nicht nur eine vertraute Geste war. Ohne den Halt wäre ich zusammengebrochen. Ich hielt noch immer die 45er, und sie nahm sie mir aus der Hand und steckte sie in das Holster unter meinem Jackett.

Homer beobachtete mich und wußte nicht, was er sagen sollte. Ich meinte: »Brauchen Sie mich noch, Mr. Watson?«

»Wo gehen Sie hin?«

»Machen Sie sich keine Sorgen, ich melde mich bei Ihnen«, sagte ich. Ich ließ den Arm auf Veldas Schultern, und sie faßte mich um die Hüfte, wobei sie das Loch in meiner Seite nicht berührte. Die uniformierten Bullen und die Zivis in ihren Anzügen konnten sich keinen Reim darauf machen, was hier vor sich ging. Aber Homer hielt uns nicht auf, und sie ließen uns ebenfalls vorbei und beleuchteten den Weg, damit wir sahen, wohin wir traten.

Velda sagte: »Ist alles in Ordnung mit dir?«

Ich schüttelte den Kopf.

Am Wagen öffnete sie die Beifahrertür und wartete, bis ich drin war, dann setzte sie sich hinter das Lenkrad. Mit einem Blick fragte sie mich, wohin sie fahren sollte, und ich sagte: »Zuerst die … Bluttestergebnisse. Dann … zum Standesamt. Wir können es gerade noch schaffen … wenn du auf die … Tube drückst.«

Sie machte einen Zwischenstop. Ich wollte es ihr ausreden, aber sie hielt an einer Texaco-Tankstelle, schnappte sich eine Packung Cracker und gab sie mir, als sie zum Wagen zurückkam. Ich brachte die Tabletten runter, aber es war schon zu spät. Die Schmerzen wurden mit rasanter Geschwindigkeit immer heftiger und ließen erst wieder nach, als wir gerade nach Albany hineinfuhren.

Die Klinik lag direkt auf unserem Weg, und wir holten die Testergebnisse. Keiner von uns hatte irgendwelche Geschlechtskrankheiten. Wir schafften es auch noch zum Standesamt und kamen ein paar Minuten, bevor die Angestellte Feierabend hatte. Uns wurde der Trauschein überreicht, wir zahlten die Gebühr und waren wieder draußen.

Ich hatte Velda schon seit Ewigkeiten nicht mehr so glücklich gesehen.

Mich strengte jeder Atemzug an, und ich hatte einen sauren Geschmack im Mund. Velda schaute dauernd aus dem Augenwinkel zu mir herüber, dann legte sie die Handfläche auf meine Stirn. Sie sagte: »Verdammt, du hast Fieber.«

Ich machte die Augen zu und merkte nur noch, daß der

Wagen anhielt. Dann rollten wir wieder, schließlich wurde die Beifahrertür geöffnet, und ich kriegte mit, wie Velda mich halb stützte, halb in ein klimatisiertes Zimmer trug und auf eine weiche Matratze legte. Ich spürte, wie ihre Hände mich berührten, aber ich hätte nicht sagen können, was sie machten. Mein Bewußtsein war in einer verrückten Traumwelt, in der es mir gut gefiel, weil dort keine Schmerzen waren.

Da waren Stimmen. Da waren ständig Stimmen. Es waren Stimmen, die ich kannte, und andere, die hart und laut und fast bedrohlich klangen. Aber Veldas Stimme war immer da, und sie bestimmte, was geschah, und nach einer Weile verschwanden die anderen Stimmen.

Ich erwachte und war hungrig. Ich versuchte, mich an etwas zu erinnern, aber Schmerzen sind eine Erfahrung, die man sich nicht so einfach vergegenwärtigen kann. Meine Seite fühlte sich wund an, und wenn ich zu tief einatmete, tat sie wieder weh. Ich bewegte den Arm, und Velda war sofort da und ergriff meine Hand. Dann schob Ralph Morgan ihre Hand weg und fühlte meinen Puls. Nach einer halben Minute nickte er zufrieden. Ich war noch am Leben.

Er fragte mich: »Wie fühlt sich unser Held?«

»Beschissen. Aber ich habe Hunger. Welcher Tag ist heute?«

»Freitag.«

»Und das Datum?«

Er sagte es mir. Kein Wunder, daß ich ein Loch im Magen hatte. Ich war vier Tage lang bewußtlos gewesen. »Womit habt ihr mich denn gefüttert?« fragte ich.

»Das willst du wirklich nicht wissen, aber es wurde dir intravenös verabreicht. Jetzt beweg dich nicht soviel, und wir sehen zu, daß du was Festes in den Magen kriegst. Nicht zuviel, oder du spuckst es wieder aus.«

»Schönes Gesprächsthema«, sagte ich angeekelt. »Nett, daß du davon anfängst, bevor ich esse.«

Morgan brummte etwas und schaute sich meine Seite an. Der Verband sah frisch aus, und ich war froh, daß er jetzt nicht daran herummachte. Velda war aus dem Zimmer gegangen, sobald klar war, daß ich wieder bei Bewußtsein war, und kümmerte sich um mein Frühstück. Jetzt stellte sie das Tablett neben mir ab, und ich schaute mir mein Mahl an. Da war ein weichgekochtes Ei in einer Tasse, daneben eine Schüssel mit warmer Milch, in der ein Stück Toast mit Butter und reichlich Zucker mit simpler Grazie herumschwamm.

Es gibt Situationen, da bringt es einfach nichts, sich zu sträuben. Ich ließ zu, daß Velda mir fast das ganze Ei mit dem Löffel zu essen gab, aß die Hälfte des Toasts und schluckte ein paar Löffel von der warmen Milch. Dann drehte ich den Kopf weg. Mehr brachte ich nicht hinunter. Ich hatte die Augen geschlossen und schlief wieder ein. Tabletten brauchte ich jetzt nicht. Der gute Doktor hatte mir das Schmerzmittel in den Arm gespritzt.

Ich zählte nicht, wie oft ich aufwachte und gefüttert wurde. Jedesmal war ich ein bißchen stärker und ein bißchen hungriger. Manchmal drangen Stimmen sehr deutlich durch den Nebel, aber mein Gehirn weigerte sich, sie zu erkennen. Ich kriegte es mit, als mir der Verband abgenommen wurde, jemand mich wusch und anzog, und ich spürte Veldas Hände, die mich rasierten. Sie hatte mir gerade die Haare geschnitten, als ich die Augen ganz aufriß und mir klar wurde, daß ich wieder einmal aus der dunklen Gasse herausgekommen war.

Ralph Morgan wartete auf mich mit einem breiten Grinsen. Aus Gewohnheit fühlte er noch einmal meinen Puls und fragte: »Wie geht es dir?«

»Für einen Sprint bin ich noch nicht zu haben«, sagte ich. »Was ist mit mir passiert?«

»Streß, schlimmer Streß. Du hast weitergemacht, als wärst du fünfundzwanzig, Mike. Aber die Zeiten sind vorbei. Du hast brutale Verletzungen erlitten, und trotzdem hast du nicht auf mich gehört. Du kannst auch wie ein Baumstamm umkippen, wenn du nicht direkt an derselben Stelle noch mal eine abkriegst. Enormer Streß kann das gleiche bewirken.« Er schüttelte den Kopf über mich, als sei ich ein kleines Kind. »Und mitten in dem ganzen Chaos versuchst du auch noch zu heiraten.«

»Versuchst?« Veldas Stimme klang müde.

»Das Wort an sich beinhaltet schon ein Scheitern«, erklärte Morgan ihr. »Wenn man nur *versucht*, über ein Hindernis zu springen, dann heißt das, man hat es nicht geschafft. Entweder man springt oder nicht. Der Versuch allein zählt nicht.«

Ich sagte: »Das ist ein ziemlich stressiger Vortrag, Doc.« Dabei warf ich Velda einen Blick zu und zwinkerte.

Sie zwinkerte zurück.

Ich blieb noch einen Tag im Bett, dann durfte ich aufstehen. Eine halbe Stunde lang zitterte ich wie ein neugeborenes Kalb, aber nach einer Dusche konnte ich mich selbständig anziehen und im Zimmer herumlaufen. Man mußte mir nicht ausdrücklich sagen, daß ich jetzt Geduld mit mir haben mußte. Velda und Morgan wollten sich erst sicher sein, daß es mir wieder gut ging, bevor sie mir die Neuigkeiten mitteilten. Ich ließ mir eine zweite Tasse heißen Kaffee bringen, trank sie langsam aus und fragte dann: »Okay, wie geht es jetzt weiter?«

Im Gerichtsgebäude gab es ein Besprechungszimmer mit Platz für zwanzig Leute. Der Raum war brechend voll. Man hatte mir alle die FBI-Agenten vorgestellt, aber ich vergaß ihre Namen sofort wieder. Wichtig waren nur Homer Watson und der einflußreiche Regierungspolitiker, der neben ihm am Kopfende des Tisches saß.

Lange Einleitungen waren hier unnötig. Niemand las mir meine Rechte vor, aber das hatte ich auch nicht erwartet. Es war kein Verhör im üblichen Sinne. Der Name des großen Mackers war Austin Banger. Er war schon zweimal Senator für seinen Heimatstaat gewesen. Die Zeitungen nannten ihn den Wachhund der amerikanischen Wirtschaft. Er hatte so viel Einfluß, daß er die Kernpunkte von irgendwelchen halblebigen Regierungsprogrammen abschmettern konnte, und er hatte schon zwei mächtige Firmenbosse wegen Hinterziehung von öffentlichen Geldern in den Knast wandern lassen. Ihn konnte überhaupt niemand leiden. Die Guten verachteten ihn; die Bösen haßten ihn.

Und jetzt deutete er mit der Hand genau auf meinen Kopf.

»Mr. Hammer, wissen Sie, warum Sie hier sind?«

Ich wußte alles über Streß. Ich sagte: »Verraten Sie es mir, Mr. Banger.«

Er spürte den seltsamen Ton in meiner Stimme und nahm die Herausforderung an. Er bewegte sich auf dem Stuhl hin und her, und alle seine Instinkte als Kommissionsvorsitzender regten sich. Er legte die Hände flach auf den Tisch, und das Glitzern in seinen Augen wirkte fast künstlich. »Wissen Sie eigentlich, daß es ein leichtes für uns ist, Sie für zwanzig Jahre ins Gefängnis zu stecken?«

Ich sagte nur ein Wort, und sein Gesicht lief rot an.

Er beugte sich nach vorn, und obwohl ich mehr als drei Meter von ihm entfernt saß, kam es mir so vor, als wäre sein Gesicht direkt vor mir. »Treiben Sie keine Spielchen mit mir, Mr. Hammer.«

»Dann sagen Sie, was Sie zu sagen haben. Ich habe keine Zeit für Konversation.«

Homer rettete die Situation. Der Geldschnüffler wußte besser, um was es hier ging. »Mike ... wir hatten etliche Expertenteams in der Höhle auf Harris' Grundstück. Sie ist leer.«

»Das hätte ich euch auch sagen können.«

»Ugo Ponti hat uns von den Hinweisen erzählt, die Ihr Freund Dooley hinterlassen hat.«

»Es waren keine echten Hinweise, Homer.«

»Was soll das heißen?«

»Dooley hat euch an der Nase herumgeführt.«

»Aber Sie waren sein Freund, Mr. Hammer. Hat er Sie auch an der Nase herumgeführt?«

»Nein ... ich war nur ein Mittel, mit dem er sicherstellen wollte, daß ihr ihm auch wirklich auf den Leim geht. Dooley hat euch richtig teuflisch um den Finger gewickelt und euch auf eine sinnlose Fährte angesetzt. Er war ein Niemand, dem nicht gefiel, wie die Welt mit ihm umgesprungen war. Also hat er beschlossen, es der Welt mit einem grandiosen Witz zurückzuzahlen.«

»Diese Milliarden von Dollars sind kein Witz!« Er brüllte, als hätte ich das Geld in der Tasche.

»Denken Sie doch mal nach. Glauben Sie wirklich, man könnte der Mafia so ein Vermögen entführen?«

»Wenn Lorenzo Ponti nicht erschossen worden wäre ...«

»Aber er ist tot, Homer«, erinnerte ich ihn. »Alle Familien sind sehr aktiv im Geschäft. Ihre Hauptquartiere sind immer noch in Läden überall in den Städten. Sie kontrollieren immer noch die Unterwelt und machen Geschäfte mit den Drogenkartellen auf der ganzen Welt. Sie werden weiterhin Geld ansammeln, und auch wenn die Steuerbehörden immer wieder mal darauf Zugriff kriegen, wird doch der Hauptteil schwarz und unversteuert in die seltsamsten Kanäle wandern, ganz nach Gutdünken der Familien.«

»Auf welcher Seite stehen Sie eigentlich, Hammer?« unterbrach mich Austin Banger.

»Stellen Sie sich doch nicht so an. Ich bin nur einer allein. Was würde es bringen, wenn ich mich auf eine Seite schlage?«

Sie saßen alle stumm wie Marionetten da. Ich war überhaupt nicht eingeschüchtert. Teufel, ich stand nicht einmal unter Streß. Sie hatten es versucht, aber es hatte nicht funktioniert. Ich erhob mich aus dem Stuhl, und als kleine Gemeinheit zum Abschied öffnete ich meinen Mantel und zog die Hose hoch, so daß sie einen kurzen Blick auf das leere Holster werfen konnten. Das echte Eisen war draußen im Wagen, aber ich hatte meinen Punkt deutlich gemacht. Nicht, daß es irgend etwas änderte. Das hier war der Staat New York, nicht Washington, D. C. Die Geldschnüffler sahen alle dumm aus der Wäsche. Wahrscheinlich war es das kürzeste Treffen, dem sie je beigewohnt hatten.

Elftes Kapitel

Die Hunde hatten Slateman entdeckt. Sein Körper war in den alten, mit Steinen eingefaßten Brunnen nicht weit vom Haus entfernt geworfen worden. Der Täter hatte die verwitterte Holzabdeckung wieder über die Öffnung gelegt und lose Erde und Steine darauf gehäuft. Slateman hatte einen riesigen Bluterguß am Kopf, und seine Haare waren blutgetränkt. Er hing über einem alten Ölfaß, das auch dort unten herumschwamm.

Wenn man davon ausging, daß niemand nach einer Leiche suchte, dann war es ein ganz gutes Versteck. Allerdings nicht, wenn Suchhunde ins Spiel kamen. Und es war natürlich von Vorteil, wenn die Leiche wirklich tot war.

Aber Slateman war nicht tot. Der Knüppel, den Ugo Ponti ihm über den Kopf gezogen hatte, tötete ihn fast, aber nicht ganz. Er hatte einen Schädelbruch erlitten, aber seine Prognose war gut. Er würde sein Leben ganz normal zu Ende leben.

Es war nicht mehr nötig, eine Firma mit dem Abriß der alten Gebäude auf Harris' Grundstück zu beauftragen. Die Regierung war mit geballter Macht am Werk gewesen. Sie hatten nach irgendeinem Hinweis auf diese Milliarden von Dollars gesucht und dabei alles nach Strich und Faden zerlegt. Man hatte alle stehenden Gebäude bis auf das Fundament geschleift, jeden Felsbrocken ausgegraben und untersucht und den gesamten Grund und Boden mit Metallsuchgeräten genauestens abgesucht. Die ganze Aktion brachte einen Müllberg aus verrosteten Dosen und alte Mack-Ketten zum Vorschein und einen hübschen Haufen von allem möglichen Schrott.

Die Suche hatte ein Vermögen gekostet.

Und das Vermögen, nach dem sie suchten, hatten sie dadurch nicht gefunden.

Aber sie hatten es bei Gott versucht, und was für ein schönes Wort: *versuchen*. Im Klartext bedeutete es, daß sie gescheitert waren.

Velda und mir wurde es erlaubt, Slateman im Krankenhaus von Albany einen Besuch abzustatten. Er sah ganz winzig und erbärmlich aus, wie er da im Krankenbett lag. Um seinen Kopf war ein Verband gewickelt, und sein Kinn war auf der einen Seite stark angeschwollen. Aber er lächelte, als er uns sah, und empfing uns mit einem leisen, krächzenden Hallo.

Ich sagte: »Der Arzt hat mir gesagt, daß Sie bald wieder

auf den Beinen sein werden. Sie hatten wirklich Glück, wissen Sie.«

»Mann, ich bin hart im Nehmen«, murmelte er.

»Wie hat er Sie denn erwischt?« fragte Velda.

»Der Kerl hat sich einfach an mich rangeschlichen. Ich wollte gerade zur Straße runter und von dort in die Stadt trampen.« Er holte tief Luft, dann redete er weiter. »Und, bumm, ist er plötzlich aufgetaucht. Hat nicht mal hallo gesagt. Er hat mir einfach eins über die Rübe geschlagen, und dann weiß ich nichts mehr.«

»Haben Sie ihn wiedererkannt, Slateman?«

Er bewegte den Kopf auf und ab. »Die Bullen ... die hatten ein Photo. Das war er, hundertprozentig. Wißt ihr mehr über den Kerl?«

»Ja, ein bißchen.«

»Was ist aus ihm geworden?«

»Im Moment liegt er auf der Krankenstation im Gefängnis hier in Albany. Die Polizei läßt ihn keine Sekunde aus den Augen.« Ich grinste Slateman fröhlich an. »Wegen ihm brauchen Sie sich keine Sorgen mehr zu machen. Er wird in ein paar Fällen wegen vorsätzlichen Mordes angeklagt. Der kommt so schnell nicht mehr raus.«

»Gut«, keuchte Slateman.

»Haben Sie schon irgendwelche Pläne?« fragte ich ihn.

»Sie meinen, wenn ich entlassen werde und kein Krankengeld mehr kriege?«

Ich nickte.

»Keine Ahnung«, sagte er. »Ich hab' im Fernsehen gesehen, daß sie mein Haus und alles abgerissen haben.«

»Wenn jemand da oben ein neues Haus bauen würde, hätten Sie dann Lust, da zu wohnen und es zu verwalten?«

»Na, wer sollte so was schon machen?«

»Warten wir erst mal ab, bis Sie wieder gesund sind, alter Junge. Dann reden wir darüber, in Ordnung?«

»Klar.«

Wir verabschiedeten uns mit einem Händeschütteln und gingen. Den ganzen Weg bis zum Aufzug spürte ich, wie er mir nachstarrte.

Als wir nach unten fuhren, sagte Velda: »Kriegst du schon Herzflattern, Mike?«

»Wir haben die Bluttestergebnisse, wir haben den Trauschein, jetzt brauchen wir noch jemanden, der uns richtig verheiratet.«

Sie schaute mich einen Moment schweigend an, dann drückte sie meinen Arm. »Du läßt mich doch nicht vor dem Traualtar sitzen, oder?«

»Ich überleg' mir's noch, also fang nicht dauernd davon an.«

»Mike ...«

»Ist noch nicht so lange her, da hast du gesagt, ich soll erst diese Sache zu Ende bringen. Erinnerst du dich?«

Sie reagierte nicht sauer, weil ich ihr den Fall ins Gedächtnis rief. Im Gegenteil, sie verwandelte sich schlagartig in meine Geschäftspartnerin und kapierte, daß der Job Vorrang hatte und daß sie mich davon nicht abbringen konnte.

Ganz langsam bewegten sich ihre Mundwinkel nach oben. Es war kein aufgesetztes Lächeln. Damit sagte sie mir, daß sie mich verstand und mich bei allen meinen Entscheidungen unterstützte. »In Ordnung, Boß«, sagte sie.

Man kann so etwas nicht einfach nur stehenlassen. Ich schaute in ihr wunderschönes Gesicht und fragte mich, warum Hollywood sie nicht schon vor Jahren entdeckt hatte. Sie trug ein klassisches Kostüm, aber die Art, wie es sich wölbte und sich um die klar erkennbaren Konturen ihres Körpers legte, verriet eindeutig, was sich darunter befand. Mir wurde klar, warum unsere Auftraggeber, die Managertypen in den Restaurants und die Schulkids auf der Straße mich immer mit diesen seltsamen Blicken bedachten.

Ich sagte: »Komm mit, Kleines, ich will dir was Süßes kaufen.«

Ich parkte um die Ecke von dem Laden, wo ich hinwollte, und Velda blieb im Wagen sitzen. Der Geschäftsführer empfing mich mit einem Lächeln, das er nur für Männer bereithielt, die dabei waren, sich in den heiligen Stand der Ehe zu begeben. Woher er wußte, mit welchen Absichten die Kunden seinen Laden betraten, war mir ein Rätsel.

Ich sagte: »Ich hätte gerne einen zweikarätigen Diamanten, Vierkantschliff, in Gold gefaßt. Ich möchte nur Spitzenqualität, und wenn Sie ihn mir zeigen, dann reichen Sie mir bitte gleich Ihre Lupe, damit ich mir den Stein selbst ansehen kann. Ich zahle mit Scheck und habe alle möglichen Karten dabei, um mich auszuweisen. Kommen wir so ins Geschäft?«

Er hörte nicht auf zu lächeln, nickte bloß und trat hinter den Verkaufstresen. Ich konnte die Auslage sehen, aber er nahm nichts aus dem Schaukasten. Was er mir zeigte, hatte auf einem kleinen, speziell verschlossenen Regal gelegen, das ich von meiner Position aus nicht erkennen konnte. Er öffnete das kleine Etui, und darin lag ein Verlobungsring auf schwarzem Samt. Er reichte mir die Lupe und schaute zu, wie ich die Qualität des Edelsteins überprüfte. Schließlich legte ich den Ring zurück und sagte: »Sehr schön.«

»Er ist nicht billig«, erwiderte er.

»Ungefähr fünfzehntausend, würde ich sagen.«

»Da haben Sie fast recht. Der Verkaufspreis ist eigentlich fünfhundert Dollar höher angesetzt, aber unter diesen Umständen wäre ich bereit, ihn Ihnen für fünfzehntausend zu überlassen.«

Hat man sich erst einmal zum Kauf eines Diamanten entschieden, dann sollte man die Sache auch voll auskosten. Wenn ich diesen Scheck ausfüllte, dann blieben mir noch ungefähr zweitausend auf dem Geschäftskonto, aber die Rechnungen waren alle bezahlt, und ich hatte noch eine ganze Woche Zeit, in der ich mich um meine finanzielle Zukunft kümmern konnte.

Ich kramte den Führerschein hervor und überreichte ihn samt Scheck dem Juwelier. Er vergewisserte sich, daß mein Aussehen zu dem Photo auf dem Plastikausweis paßte, notierte sich die Ausweisnummer und überreichte mir das Etui, das seine Angestellte hübsch verpackt hatte.

Ich schob die Karten wieder in meine Brieftasche, da sah er unter dem durchsichtigen Plastik meine New Yorker Privatermittler-Lizenz und warf mir einen prüfenden Blick zu. »Sind Sie wirklich der Michael Hammer ... der den Mafiosi oben beim alten Harris dingfest gemacht hat?«

»Ja, aber ich kann nichts dafür«, sagte ich.

»Sie waren gerade im Fernsehen, kurz bevor Sie in den Laden gekommen sind.«

»Das kann nicht sein. Da waren keine Kameras.«

»Ich meine nicht dort oben. Die Polizei sucht nach Ihnen.«

»Warum das denn?«

»Es muß etwas passiert sein. Sie haben nicht gesagt, was, aber Sie sollen sich sofort auf der nächsten Polizeiwache melden und sich mit einem Herrn verbinden lassen, einem ... Mr. Holmes?«

»Mr. Watson.«

»Ja, genau. Sie können gerne von meinem Telephon aus anrufen.«

Ich mußte mir die Nummer nicht aus dem Telephonbuch heraussuchen. Gedruckte Schildchen mit den Nummern von Polizei und Feuerwehr klebten auf dem Apparat, und ich wählte die oberste Nummer. Ich fragte nach Homer Watson und nannte meinen Namen. Dann mußte ich warten, bis mein Anruf über Funk zu ihm in den Wagen durchgestellt wurde. Er fragte mich, wo ich war, und befahl mir, dort in meinem Auto auf ihn zu warten.

Velda sah mich, als ich um die Ecke kam, und sprang aus dem Wagen. Sie sprudelte gleich los: »Im Radio kam eine Durchsage für dich, du sollst …«

»Ich weiß. Sie haben es auch im Fernsehen ausgestrahlt. Diese Stadt hat ein unglaubliches Kommunikationssystem.«

»Was ist denn los?«

»Keine Ahnung, aber Homer ist auf dem Weg hierher. Steig wieder in den Wagen.«

Als wir beide saßen, sagte sie: »Und wo warst du so lange?«

»Ich hab' dir was Süßes gekauft, Kleines.« Ich nahm das Etui aus der Jackentasche und gab es ihr. Sie zögerte einen Moment, weil Süßigkeiten normalerweise ganz anders eingepackt sind. Aber an der Größe, der Form und dem Gewicht des Päckchens konnte jeder Mensch erkennen, was es war, und wie eine Raubkatze riß sie die aufwendige Verpackung mit den Nägeln auf und nahm das Etui aus dem Geschenkpapier. Sie starrte es ein paar Sekunden lang an und warf mir einen warnenden Blick zu, daß das besser kein Witz war. Dann öffnete sie das Etui.

Ihr Kuß war anders als sonst. Es war eine ganz neue Erfahrung, ein einzigartiges Gefühl von Haut und Körper und ein wilder Vorgeschmack auf eine vollkommene Leidenschaft, die sie so lange zurückgehalten hatte und die jetzt mit Macht aus ihr herausbrach. Ihr Mund war weich und feucht, und ich konnte mich kaum von der hungrigen Köstlichkeit ihrer Lippen lösen. Ich tat es dann doch und streifte ihr den Ring über den Finger. Er saß ein bißchen locker, aber Velda machte das überhaupt nichts. Sie schaute mich zärtlich an, und ihre dunkelbraunen Augen füllten sich mit Tränen. In solchen Situationen müssen Frauen immer weinen.

Homer Watson hielt vor uns und riß uns aus dem magischen Augenblick zurück ins *Jetzt*. Er sprang aus seinem Wagen und setzte sich auf meinen Rücksitz. »Es wäre besser gewesen, wenn Sie mir gesagt hätten, wo Sie sich aufhalten. Wir haben überall nach Ihnen gesucht.«

»Teufel, ich stehe nicht unter Arrest.«

»Es gibt schlimmere Dinge, Hammer. Jemand will Sie umbringen.«

»Das ist nun wirklich nichts Neues.«

»Diesmal sollten Sie es ernst nehmen.«

Seine Stimme klang sonderbar, und er behielt ständig die Straße im Auge. Schließlich war er sicher, daß von dort keine Gefahr drohte, und sagte: »Ugo Ponti ist abgehauen. Er ist heute nacht ausgebrochen, und wir haben keine Ahnung, wo er steckt.«

»Das gibt's nicht, Homer. Er stand unter polizeilicher Bewachung. Wie konnte das passieren?«

»Es war eine Art Militäreinsatz. Wir wissen nicht genau, wie viele beteiligt waren, aber offenbar haben acht Männer die Krankenstation gestürmt, die Wachleute überwältigt, die Telephonverbindung gekappt, das Pflegepersonal in einem Raum eingeschlossen und dann Ugo herausgeholt. Die Lederriemen, mit denen er ans Bett gefesselt war, haben sie mit Teppichmessern zerschnitten, ihm Klamotten über den Schlafanzug gezogen, und weg waren sie.«

»Ugo hat keine Kontakte außerhalb von New York, die so etwas durchziehen könnten«, stellte ich fest. »Ich bin mir nicht mal ganz sicher, ob er das in seinem eigenen Revier hinkriegen würde.«

»Da gebe ich Ihnen recht. Diese Aktion hat ganz bestimmt nicht Ugo in die Wege geleitet.«

»Gut, aber wer –«

»Der lange Arm der Mafia, mein Freund. Lorenzo Ponti war der Pate in diesem Gebiet, und der örtliche Kapo war seinem früheren Chef noch einen Gefallen schuldig und hat den Ausbruch organisiert.«

»Sind Sie sicher?«

»Hundertprozentig. Ein Pfleger hat zwei von den Gangstern erkannt. Er hat es uns gesagt, aber er wird sie auf keinen Fall offiziell identifizieren. Und die Bullen haben auf der Straße Andeutungen gehört, die die Geschichte bestätigen. Also, die Schuld ist abbezahlt. Sie haben also hier oben nichts mehr von der Mafia zu befürchten. Es geht um Ugo ... er ist total durchgeknallt. Er will Sie unbedingt kriegen, und nach den Drohungen, die er bei der Festnahme gemacht hat, will er Sie über den Haufen schießen.«

»Was wollen Sie, Homer?«

»Ich will, daß Sie am Leben bleiben, bis wir das Geld haben.«

»Mit anderen Worten, Sie denken immer noch, daß ich weiß, wo es ist?«

Er gab mir keine Antwort, aber das mußte er auch nicht.

Ich meinte: »Homer, woran würde man erkennen, ob ich die ganzen Milliarden eingesackt habe?«

»Das sollten Sie mir sagen, Hammer«, sagte er.

Ich bewegte langsam den Kopf auf und ab. »Ich würde erst mal wie ein *reicher* Mann auftreten, oder nicht?«

Sein Blick verriet, daß er mir zustimmte.

»Den Ford gegen einen BMW oder Mercedes eintauschen, in ein Apartment an der Fifth Avenue ziehen«, sagte ich und genoß die Vorstellung. »Ich würde mir gleich bei ein paar Agenturen meine Leibwächter anheuern.«

Velda lachte leise, und Homer warf ihr einen beunruhigten Blick zu. Sie sagte: »Du könntest deine Turnschuhe und all die anderen Dinger mit den Kreppsohlen wegwerfen und dir eine kleinkalibrigere Waffe besorgen.«

Jetzt mußte ich laut loslachen. »Wissen Sie, Homer, die Mafia hat es nicht auf mich abgesehen. Sie wollen ihr Geld, und solange die Möglichkeit besteht, daß ich ihnen sagen *könnte*, wo es ist, bin ich sicher. Und solange das gute alte Finanzministerium der Vereinigten Staaten oder das Finanzamt oder sonst irgendwelche Witzbolde von der Regierung denken, daß ich den Schlüssel zu dem Geld habe, werde ich bewacht wie Fort Knox.«

»Da bleibt immer noch Ugo Ponti, der es auf Sie abgesehen hat. So wie ich ihn einschätze, gibt er erst auf, wenn er Sie erwischt hat. Oder Velda hier.«

Ich spürte plötzlich wieder diesen drückenden Schmerz. Er legte sich um meinen Oberkörper, rutschte dann zur Seite und schob sich ganz langsam wie eine urzeitliche Pfeilspitze aus Feuerstein in eine vereiterte Wunde. Der Schmerz war so stark, daß ich fast keine Luft mehr bekam.

Velda sah, wie ich das Gesicht verzog, und merkte gleich, was los war.

Homer runzelte die Stirn und sagte: »Was haben Sie vor?«

Ich wußte genau, was ich zu tun hatte. Ich hatte es die ganze Zeit hinausgezögert, aber jetzt wußte ich es. Ich sagte: »Ich fahre zurück in die Stadt, Mr. Watson. Hier gibt es nichts mehr für mich zu tun.«

»Wenn Sie wollen, können wir Ihnen ein paar Zivilstreifen geben, die zum Schutz vor und hinter Ihnen herfahren.«

Velda wartete nicht auf meine Antwort. »Das wäre gut, Mr. Watson.« Er schaute mich an, und ich nickte.

»Ich rufe Captain Chambers an. Unsere Leute werden Sie zurück bis zur Stadtgrenze von New York begleiten, und seine Männer können die Strecke zu Ihrem Apartment übernehmen. Ist das okay für Sie?«

»Sicher.« Ich atmete ein paarmal langsam ein und aus, bis der Schmerz ein wenig nachließ. »Diese gute Kooperation zwischen so unterschiedlichen Behörden, ist das nicht ein bißchen ungewöhnlich?«

»Vielleicht, aber es ist notwendig. Es vereinfacht die Buchführung. Und der Preis ist es wert.«

»Quatsch«, sagte ich mürrisch. »Der Preis ist doch alles, was für Sie zählt.«

Auf dem Rückweg saß Velda am Steuer. Wie alle anderen fuhr sie ein bißchen über der erlaubten Höchstgeschwindigkeit. Verschiedene Zivilfahrzeuge führten abwechselnd unsere Kolonne an, und zweimal mischten sich ein Lastwagen und ein Pick-up mit einem Camping-Aufsatz unter uns, als Ablenkung für den Fall, daß wir verfolgt wurden. Alle Fahrzeuge hielten über Funk miteinander Kontakt, und als Pats Männer zu uns stießen, fühlte ich mich besser. Unsere alten Begleiter verschwanden einfach im Verkehr, und wir erreichten mein Apartmentgebäude ohne Zwischenfälle. Bill Raabe hatte Dienst. Er sah uns und kapierte gleich, daß etwas nicht stimmte. Er stellte keine Fragen. Oben in der Wohnung rief Velda Ralph Morgan an und bat ihn, so schnell wie möglich zu kommen.

Meine Wohnungstür war feuerfest, mit Stahlplatten verstärkt und mit Spezialschlössern gesichert. Ich wollte nicht, daß ein bewaffneter Wachmann davorstand, aber Pat bestand darauf, und wir einigten uns schließlich auf einen Zivilbullen unten im Foyer, der Bill Raabe Gesellschaft leisten konnte. Streifenwagen würden routinemäßig das Gebäude kontrollieren und ab und zu hereinschauen, ob alles in Ordnung war.

Velda gehörte nicht zur hysterischen Sorte Frau. Sie verhielt sich so geschäftsmäßig wie möglich, durchforstete meinen Waffenschrank und verteilte drei Automatik-Colts mit vollen Magazinen an unauffälligen, aber strategisch günstigen Stellen in der Wohnung. Ich ließ ihr den Spaß, legte mich in ein warmes, beruhigendes Schaumbad und wusch die Schmerzen mit dem Schweiß und Schmutz von mir ab. Dann stieg ich aus der Wanne, trocknete mich ab und war gerade beim Anziehen, als der gute Doktor eintraf.

Sein Gesichtsausdruck ließ keinen Zweifel, wie verärgert er war. Er sprach nur das Nötigste, bis er mich ganz durchgecheckt, alle meine Werte auf Papier hatte, mir einen neuen Verband angelegt und außerhalb meiner Sichtweite eine kurze Unterhaltung mit Velda geführt hatte. Als er zurückkam, sagte er: »Du wirst es überleben. Wie lange noch, hängt ganz von dir ab. Dein Allgemeinzustand ist gut, aber er könnte viel besser sein. Die Wunde kann jeden Moment aufbrechen. Wenn du so weitermachst, dauert es nicht mehr lange. Ich werde dir jetzt keine langen Vorträge halten, Mike. Es hat eh keinen Zweck. Du hast mich gerettet, und dafür danke ich dir, aber dir selbst gibst du nicht mal genug Zeit, um wieder gesund zu werden. Du bist nicht zufällig auf einem Todestrip oder so was?«

»Nicht, daß ich wüßte.«

»Warum gehst du nicht einfach in Rente?«

»Ich krieg' keine Rente, Kumpel. Ich bin selbständig. Ich kann nicht so einfach aufhören.«

Der Doktor schaute zu Velda hinüber, die nur resigniert mit den Schultern zuckte.

»Wann ist diese Sache endlich zu Ende?« fragte er mich.

»Wenn es vorbei ist«, erwiderte ich.

Die nächsten drei Tage verbrachte ich wie in einem samtenen Traum. Ich aß, ich schlief, ich schaute, was auf dem

Wetterkanal kam, und nickte zwischen zwei Filmen wieder ein. Velda bewegte sich leise in meinem Apartment, sorgte dafür, daß alles sauber blieb und nahm die Telephonanrufe entgegen. In regelmäßigen Abständen schluckte ich die Medikamente, die sie mir verabreichte, und allmählich bekam ich den Verdacht, daß der Doktor mir heimlich etwas verschrieben hatte, was mich ruhigstellte. Es kam nie Besuch und war immer still, und am Morgen des vierten Tages öffnete ich mit einem Schlag die Augen und war voll da. Ich spürte keine Nachwirkungen von den Tabletten, keine Schmerzen an meiner Seite, und als ich den Verband berührte, fühlte es sich empfindlich an, aber es tat nicht weh. Ich war hellwach und putzmunter, und ich fühlte mich großartig.

Velda hatte mich beobachtet und gewartet. Ich aß nicht mehr im Bett. Ich saß auf einem Stuhl, und sie hatte das Frühstück vor mir auf einem kleinen Tisch angerichtet. Ich kriegte alle Vitamine und genügend Kalorien, aber sie servierte mir keine riesigen Portionen mehr. Ich hatte nicht mehr soviel Appetit wie früher, und die kleinen Portionen, die sie auftischte, waren genau richtig.

Sie trug meinen Ring am Finger, und ich bekam das Gefühl, daß ich als verheirateter Mann nichts in meinem Leben vermissen würde.

Mein Mädchen konnte Gedanken lesen. Sie bewegte absichtlich den Diamanten vor meiner Nase hin und her und lächelte dabei. Dann sagte sie, ich solle mich rasieren und fertigmachen. Pat hatte angerufen und wollte in einer Stunde kommen und mit mir reden.

Es war etwas passiert.

»Es ist nur ein Gerücht«, meinte Pat. »Es kommt direkt von der Straße, und uns liegt keine offizielle Bestätigung vor, aber ich vertraue dem Informanten.«

»Gute Neuigkeiten?«

»Für dich schon. Die Mafia aus Albany, die Ugo aus dem Gefängniskrankenhaus geholt hat, hat erfahren, daß er seinen Vater umgenietet hat. Der Kapo der Bande dort war eng mit dem alten Lorenzo befreundet, deshalb hat er ihm auch posthum noch so einen großen Gefallen getan. Als er gehört hat, daß Ugo beim Mord an seinem Vater selbst am Drücker war, ist er explodiert. Auf Ugos Kopf ist eine unvorstellbar hohe Summe ausgesetzt. Die paar Alten, die ihre Organisationen noch unter Kontrolle haben, sind mit von der Partie. Keine Chance, daß Ugo da noch irgendwie davonkommt.«

»Haben sie ihn schon gefunden?«

»Bis jetzt ist noch nichts aufgetaucht, und seine Leiche wird ganz bestimmt nicht in irgendeiner Betonwand in Jersey verschwinden. Sie wollen an Ugo ein Exempel statuieren.«

»Da ist er ihnen voraus, Pat. Er ist immer noch frei.«

»Die Familien haben das Netz um New York enger gezogen. Ihnen ist es lieber, er ist tot, als daß er das ganze Geld kontrolliert.«

»Welches Geld, Pat?« fragte ich leichthin.

»Laß den Scheiß, Mike.« Er stand auf und ging im Zimmer auf und ab. »Seine Chancen stehen schlecht. Wenn die Polizei ihn schnappt, kommt er in den Knast. Dort wird er nicht mal die Zeit überleben, bis er auf dem elektrischen Stuhl landet. Ihn jetzt zu finden, ist schon nicht einfach. Aber ihn im Gefängnis für den Prozeß am Leben zu halten, wird das eigentliche Problem.«

»Was habt ihr für Fahndungsmaßnahmen eingeleitet?«

Pat starrte finster aus dem Fenster. »Wir bewachen alle möglichen Fluchtwege. Die örtliche Polizei und das FBI suchen noch in der Gegend von Albany nach ihm, aber er hatte alle Zeit der Welt, um von dort abzuhauen. Gerüchteweise heißt es, daß der Kapo von Albany ihn mit zehn Riesen und einem unauffälligen Wagen mit legalen Nummernschildern versorgt hat. Er ist also mobil.«

»Hast du seine Autonummer?«

»Nein. Das war ein Tip von einer anderen verläßlichen Quelle. Wir warten darauf, daß der Kapo so sauer wird, daß er diese Informationen durchsickern läßt. Dann können wir eine Großfahndung nach ihm einleiten.«

»So funktioniert das nicht bei der Mafia.«

»Vielleicht lassen sie sich dieses Mal darauf ein.« Er drehte sich langsam um und schaute zu, wie ich meine zweite Tasse Kaffee trank. »Mike, sie wissen alle, wer du bist. Es heißt, sie hätten sogar Historiker zum Nachforschen eingestellt, weil Dooley, du und ich in den Gerüchten eine Rolle spielen, die in Mafiakreisen unter der Hand zirkulieren. Ich mußte schon zweimal bei meinen Vorgesetzten antanzen. Sie wollen von mir eine Erklärung für die ganze Sache. Aber was soll ich denen sagen? Wenn wir es mit normalen Geschäftsleuten zu tun hätten, wäre es anders, aber die Einnahmen, die das organisierte Verbrechen macht, entziehen sich unserem Zugriff wie eine Fata Morgana. Einmal ist Geld da, und dann wieder nicht. Es wird nichts investiert, aber die Geschäfte laufen. Niemand will irgend etwas gehört haben, aber alle wissen, daß diese Milliarden in Kisten verpackt irgendwo lagern und der Verrückte da draußen den Familien noch mehr Schwierigkeiten einbrockt.«

Ich sagte: »Komm endlich zur Sache, Pat.«

Er angelte sich mit dem Fuß einen Stuhl und setzte sich. »Ich will nur, daß du mir die Wahrheit sagst, Mike. Keine aus der Luft gegriffenen Vermutungen. Genau, wie Jack Webb immer gesagt hat: ›Nur die harten Fakten.‹«

»Gut, ich sag' es dir, Pat.«

»Ist wirklich irgendwo soviel Geld versteckt?«

»Dooley hat Andeutungen in diese Richtung gemacht.«

»Das ist keine Antwort, Mike.«

»Mehr hat er mir nicht gesagt.«

Pat holte tief Luft, starrte einen Moment an die Decke und sagte dann: »Weißt du, wo es ist?«

»Nein.«

Pat war ein Bulle, und er ging mir kein bißchen auf den Leim. »Glaubst du, du weißt, wo es ist?«

»Darüber denke ich die ganze Zeit nach, Kumpel.«

»Und zu welchen Schlußfolgerungen bist du gekommen?«

»Ich bin noch nicht soweit. Zumindest wissen wir eins genau: Niemand hat das Geld bis jetzt gefunden. Ich nehme an, ihr habt alle Lagerhäuser im Staat alarmiert und euch von den Jagdclubs alle Höhlen in den Adirondack Mountains beschreiben lassen, die als Lager in Frage kommen.«

»Das sind nur ein paar der Dinge, die wir unternehmen. Das FBI gibt Unsummen aus, um dieses Lager zu finden. Wenn Ugo ihnen dabei auch ins Netz geht, dann ist das purer Zufall.« Er trommelte mit den Fingern auf der Stuhllehne. »Sag mal, Mike, hättest du Dooley so einen Plan jemals zugetraut?«

»Erinnerst du dich noch, wie er diese Patrouille in den Hinterhalt gelockt hat? Er hat ihnen weisgemacht, daß eine ganze Kompanie hinter ihm steht.«

»Wir waren jung damals. Und es war Krieg.«

»Das ist nichts anderes, Pat, und es ist noch nicht vorbei.«

Pat nickte weise und sagte: »Ich kann nicht raus aus der Stadt, Mike, aber du. Du hast dir in deinem Schädel wieder irgend etwas zusammengereimt. Du hast etwas vor, und gerade arbeitest du dafür einen Plan aus. Lieg' ich richtig?«

»Ziemlich nah dran.«

»Spiel' ich in deinem Plan eine Rolle, oder nicht?«

»Möchtest du dabeisein?«

»Nein, eigentlich nicht, aber ich hab' ja keine Wahl, also sag mir, was los ist.«

Ich beugte mich vor und schaute ihm in die Augen. Ich würde ihn nicht im unklaren lassen und dadurch seine Karriere gefährden. Das wußte er. Wir waren wieder auf feindlichem Gebiet, konfrontiert mit einem bewaffneten Feind, der über mehr Truppen als wir verfügte und spurlos im zivilisierten Dschungel der Großstadt verschwinden konnte.

Ich sagte: »Bleib in der Nähe des Telephons, Pat. Ich ruf' dich rechtzeitig an.«

New York war wieder grau geworden. Eisiger Wind wehte vom Hudson River und wirbelte den Staub von den Gehsteigen auf. Er blies einem den Straßenstaub ins Gesicht, so daß man wirklich den Geschmack der Stadt auf der Zunge hatte. Sie schmeckte widerlich und unbekömmlich. Sie hatte nichts von dem frischen Duft, der zwischen den sanften Abhängen der Berge hing. Dort konnte man die Bäume riechen und das saftige Grün. Die Fensterscheiben vibrierten nicht von dem Straßenlärm, und die Abgase hielten sich nur über der Autobahn und verschmutzten nicht die Landluft. Saurer Regen verfärbte die Kiefern auf den Berggipfeln, aber das war ein Makel, der seinen Ursprung in den industrialisierten Städten hatte, weit weg von den heiteren Laubwäldern des wahren Staates New York, dem Teil, den man heute North Country nennt.

Es war kein Problem, bei der Fahrt raus aus New York alle etwaigen Verfolger abzuhängen. Um auf Nummer Sicher zu gehen, vollführte ich doppelt so viele kleine Tricks, und als wir auf den New York Thruway fuhren, waren wir das einzige Fahrzeug weit und breit. Bei der

Autobahngaststätte an der Ausfahrt nach Middletown fuhren wir auf den Parkplatz, blieben im Wagen sitzen und verschafften uns einen Überblick über den Verkehr. Außer uns hielten nur zwei Wagen, in denen jeweils eine große Familie saß. Der eine hatte Nummernschilder aus Pennsylvania, der andere aus Ontario.

Bis jetzt war alles glatt verlaufen. Wir schlossen den Wagen ab, nachdem wir unsere beiden neuen Handys auf dem Rücksitz mit einem alten Armeeanorak zugedeckt hatten. Funkgeräte waren aus der Mode gekommen. Heute hatten es die Autoknacker auf Mobiltelephone abgesehen. Wir gingen hinein und setzten uns an einen Tisch, von dem aus wir den Verkehr auf der Route 87 gut im Auge hatten.

Über einer Schale Joghurt mit Obst fragte mich Velda: »Wann verrätst du mir, was wir vorhaben?«

»Wir holen jetzt das Geld, Mädchen.«

»Und was machen wir dann damit?«

»Nichts. Wir holen es nur.«

»Weißt du, wo ist es ist?«

Ich grinste sie an. »Ich glaube schon.« Sie kniff die Augen zusammen und wartete, daß ich es ihr sagte. Ich schüttelte den Kopf. »Du willst das wirklich nicht wissen, Süße.«

»Warum nicht?«

»Zu viele Fledermäuse.«

Ihr Mund zuckte, und sie wies mich scharf zurecht: »Hör auf damit, Mike.« Dann verdüsterte sich ihr Blick für einen Moment. »Du willst *wirklich* noch mal in Harris' Höhle!«

»Für Dooley war das kein Witz mit diesen Zahlen, Kleines. Er hat genau gewußt, was er macht.«

»Die Höhle war voll von Experten, und sie haben allesamt nichts gefunden!«

»Das waren nicht die richtigen Experten«, sagte ich.

»Sie dachten, es ginge nur darum, alles ganz gründlich zu durchsuchen.«

»Was hätten sie sonst tun sollen?«

»Mit Breiten- und Längengraden bezeichnet man eine bestimmte Stelle. Auf hoher See kannst du mit einem ganz gewöhnlichen Loran auf einen halben Meter genau die exakte Position bestimmen. Du gibst mir ein paar Zahlen, und ich bringe dich zum richtigen Punkt ... vorausgesetzt, ich kann die Ausrüstung richtig bedienen.«

»Aber du hast ihnen doch die Zahlen aus Dooleys Boot *gegeben.*«

»Ich habe ihnen aber nicht auf die Nase gebunden, was Dooley mir gesagt hat. Er meinte, er hätte die Hinweise vertauscht, so daß die Pfeile in die falsche Richtung zeigen. Diese Zahlen kreuzen sich in der Mitte der großen Höhle. Dort war überhaupt nichts. Die Stelle war auch nicht direkt in der Mitte der Höhle, sondern eher am hinteren Ende.«

»Woher weißt du das? Du hast ja nicht mal eine Ausrüstung dabeigehabt.«

»Ein FBI-Mann hat so eine Bemerkung gemacht. Und der hatte die richtige Ausrüstung dabei. Er war überzeugt, daß die ganze Geschichte eine Sackgasse war, die sich ein Verrückter ausgedacht hat, der eine Stinkwut auf die Regierung hatte.«

»Aber du, du glaubst das nicht, oder, Mike?«

»Ich glaube Dooley, Kleines.«

»Dann laß uns losfahren.«

Wir mußten noch an zwei Stellen in Albany anhalten, dann fuhr ich zu einem Geschäft außerhalb der Stadt, das landwirtschaftliche Geräte und Maschinen verkaufte. Ich erklärte dem Geschäftsführer, ich wolle einen kleinen Bagger samt Spitzhacke und Schaufel mieten, weil ich auf einem

Grundstück, das ich gerade erstanden hätte, ein paar Grabungen durchzuführen hätte. Die Sache sei ziemlich einfach, und ich würde es selbst machen, wenn er mir zeigte, wie man den Bagger bediente. Es war nicht viel schwieriger als ein paar der Geräte, mit denen ich bei der Army umgegangen war, und nach einer kurzen Einweisung unterzeichnete ich die Papiere. Er befestigte einen Haken an der Anhängerkupplung hinten an meinem Wagen, lud den Bagger auf einen Anhänger und zog den Haken über das Gelenk an dem Anhänger. Zum Abschied winkte er uns nach.

Velda warf mir einen von diesen Wer-bist-du-überhaupt-Blicken zu. Sie sagte: »Mike, ich fasse das nicht. Wo hast du gelernt, mit solchen Maschinen umzugehen?«

»Ich wußte auch nicht, daß du dich so mit Krankenpflege auskennst«, meinte ich.

»Wir waren früher schon zusammen im Einsatz.«

»Aber das hier ist anders. Und wir waren damals jünger.«

»Sind wir heute dafür klüger?« fragte sie.

»Wenn nicht, dann stecken wir in Schwierigkeiten.«

Der Weg zu Harris' Grundstück war inzwischen ganz einfach zu finden. Die vielen Fahrzeuge, die vor kurzem hier hochgefahren waren, hatten das Unkraut, das fast den ganzen Weg überwuchert hatte, niedergemäht und dadurch die ursprüngliche Breite der Durchfahrt freigelegt. Ich setzte zu einer weiten Kurve an, bog auf den Weg ab und schaltete den Gang herunter. Durch den vielen Verkehr war der Weg weniger holprig, und wir konnten den Bagger ohne Probleme transportieren. Ich fuhr so langsam wie möglich an der Sichtschneise in den Bäumen vorbei, wir kamen zu dem rostigen Mack-Truck und erreichten schließlich die ebene Fläche.

Der Müll, den ein paar hundert offizielle Besucher hinterlassen hatten, war nicht zu übersehen. Überall lagen leere Zigarettenschachteln herum, und mit den Getränkedosen und den Fast-Food-Tüten sah es aus, als hätten hier Camper ein wüstes Picknick veranstaltet.

Ich fuhr vor bis zu dem halbversteckten Höhleneingang, dann ließ ich die Laderampe des Anhängers herunter, startete den Bagger und fuhr damit los. Ich machte die Scheinwerfer an und rollte in die Höhle, während Velda den Wagen irgendwo unter den Bäumen parkte und dann wieder zu mir in den riesigen leeren Dom kam. Es war ein ideales Lager für einen Whiskeyschmuggler.

Sie sprang zu mir auf den Fahrersitz und hielt sich an meinem Hals fest, als ich über den sandigen Boden fuhr. Es waren hier zu viele Füße herumgetrampelt, und die Luft war voll von dem Staub, den sie aufgewirbelt hatten. Ich hatte geahnt, daß das passieren könnte, und Atemschutzmasken mitgebracht, die wir uns über den Kopf streiften. Damit kriegten wir ein bißchen besser Luft.

Ich fing da an, wo die Längengrade sich mit den Breitengraden überschnitten, ungefähr fünfzehn Meter von der hinteren Wand entfernt. Der Geröllhaufen, über den uns Slateman erzählt hatte, ein Stück der Decke sei heruntergekommen, lag direkt vor uns. Er sah ganz so aus, als sei er an die Wand geschoben worden, damit die Laster Platz zum Wenden hatten.

Aber Slateman täuschte sich. Die Felsbrocken stammten nicht von der Decke. Die Stelle an der Decke, wo es so aussah, als sei dort etwas abgebrochen, war viel zu klein für den Haufen hier unten. Ich drückte auf den Kontrollknopf und senkte die Schaufel. Velda sprang ab und schaute mir vom Boden aus zu. Der Steinhaufen sah aus, als könne man ihn nicht von der Stelle bewegen. Ich begann, mich in das Geröll hineinzugraben.

Es war nur am Anfang schwierig, vor allem, weil ich noch nicht richtig mit der Schaufel umgehen konnte. Als ich mich eingefunden hatte, ging es schneller. Nach dreißig Minuten hatte ich die Hälfte des Haufens zur Seite geschafft, und die Schaufel grub sich durch losen Kies. Ich wußte, daß ich fast durch war. Ich bewegte die Schaufel nach oben, ließ den Motor an und stieg vom Bagger. Dann machte ich im Licht der hellen Scheinwerfer mit der Spitzhacke weiter.

Velda sagte: »Du bist durch, Mike. Da hinten ist nichts mehr.«

»Doch, da hinten ist ganz bestimmt noch was«, sagte ich zwischen zwei schweren Atemzügen. Ich benutzte die Schippe und schaufelte die Erde weg, bis die Öffnung so groß war, daß wir beide ohne anzustoßen hindurchlaufen konnten.

Jetzt konnte man sie hören. Sie beschwerten sich über die Störung mit seltsam klingenden, leisen Lauten und einem Geräusch wie Flügelschlagen. Velda schaute mich mit großen Augen an und trat unwillkürlich von dem Loch in der Wand zurück.

»Es sind Fledermäuse, Kleines. Millionen von Fledermäusen. Sie stecken hier unten fest und bewachen neunundachtzig Milliarden Dollar.«

»Wie kommen sie nach draußen?« Ihre Stimme zitterte.

»Es muß irgendwo eine Öffnung geben. Wahrscheinlich ist sie gut versteckt, und man kann sie nur sehen, wenn die Fledermäuse abends ihre Höhle verlassen. Aber wir wissen, daß es diese Öffnung gibt, und *wir* wissen auch, wie wir hier wieder hineinfinden.« Ich nahm sie am Arm und zog sie leicht zu mir her. Sie rührte sich nicht vom Fleck. Ich zog ein bißchen stärker, und sie machte widerwillig einen Schritt nach vorn.

»Mike ...«

»Was?«

»Sie verheddern sich wirklich nicht in langen Haaren, oder?«

»Das weißt du doch genau«, ermahnte ich sie. »Fledermäuse haben das beste Radarsystem der Welt. Sie werden dich nicht einmal berühren.«

Velda nickte. Sie glaubte mir. Sie wußte selbst, daß ich recht hatte, aber sie ging immer noch zögerlich.

Im grellen Licht der Scheinwerfer des Baggers sah die Öffnung aus wie der Eingang zu einem antiken Grab. In der Luft lag der Geruch von altem Papier, und wir kamen uns winzig vor im Vergleich zu den beeindruckenden Ausmaßen des riesigen Sarges, der sechs Kisten hoch und fünfzehn Meter breit in die Höhe ragte und sich weit in die Tiefe des Loches erstreckte, wo er in der Dunkelheit kaum noch zu erkennen war.

Ich zog ein Taschenmesser heraus, ging zur nächstbesten Kiste und brach sie an der Seite auf. Endlich konnte man die grünen Päckchen sehen. Ich zog ein Dutzend Bündel mit verpackten Hundertern heraus, zählte eine bestimmte Summe ab und steckte den Rest wieder in die Kisten zurück.

Velda hatte alles genau beobachtet und sagte: »Wofür ist das?«

»Büroausgaben. Das war ein Auftrag, erinnerst du dich? Gut, ich hole uns unsere Bezahlung.«

»Wieviel?«

»So viel, daß es für deinen Ring, unser Honorar und für die Steuern für Onkel Sam reicht.«

»Unter was willst du das verbuchen?«

»Als Bareinnahmen. Ohne weitere Erklärungen. Der Auftraggeber wollte anonym bleiben. Wir hatten schon viele solcher Aufträge.«

»Willst du nicht nachschauen, was in den anderen Kisten ist?«

»Nein. Wir wissen doch, was hier ist. Neunundachtzig Milliarden Dollar abzüglich unserer Bezahlung. Irgendwo da drin steckt noch ein Haufen Gold und Anlagepapiere ... alles Dinge, die viel wert sind. Aber willst du genau wissen, wieviel es ist? Wir werden es nie ausgeben können, aber nur wir kennen das Versteck, und das werden wir nie verraten. Ein paar Leute werden natürlich wissen, daß wir es gefunden haben. Aber sie können uns nichts anhaben, weil sie sonst sofort mit dem Gesetz in Konflikt kommen. Und sie werden glauben, daß wir es genau darauf anlegen.«

Ihr Mund verzog sich zu einem Grinsen. Es war wie in dem alten Lied »I've Got Plenty of Nothing«.

Ich sagte: »Da gibt es nichts zu lachen, Kleines. Weißt du, was uns das wirklich bringt?«

»Nein, was denn?«

»Kreditwürdigkeit ohne Limit. Wir könnten nach Vegas und uns in den Casinos vergnügen, und sie würden uns jeden Kredit geben, den wir wollen.«

»Können wir nicht zu Hause bleiben und einfach so weiterarbeiten wie bisher?«

Jetzt mußte ich lachen. »Doch, natürlich, Kleines. Ich hab' nur Spaß gemacht.«

Den Eingang wieder zu verschließen, war nicht so einfach, wie ihn aufzubaggern. Dooley hatte es ziemlich gut gemacht, aber er hatte auch mehr Zeit dafür gehabt. Ich hatte keine Ahnung, wer jetzt noch hier hereinkommen und entdecken könnte, wo ich gegraben hatte. Ich schaute mir die Öffnung genau an und bemerkte einen länglich geformten Stein, der das Loch, das ich gegraben hatte, wie eine Art Türsturz stützte. Wenn ich ihn zum Einsturz bringen konnte, dann war da noch genug loses Geröll, mit dem ich den Haufen wieder in seinen vorherigen Zustand bringen konnte.

Velda kam heraus und stellte sich neben mich. Bei dem Gedanken an die Fledermäuse blieb sie wohl lieber in meiner Nähe. »Was gibt es?«

»Ich brauche einen Sprengmeister«, sagte ich. »Er könnte das Problem hier lösen.«

Ihr Gehirn lief auf Hochtouren. »Mike ... unter dem Fahrersitz im Wagen ...«

Ich brüllte: »Verdammt!« und stürzte durch die Höhle zum Ausgang. Ich sah mich um, rannte zu den Bäumen, wo sie den Ford geparkt hatte, und riß die Tür auf. Es dauerte eine Minute, dann hielt ich das Bündel mit der Bombe in der Hand, die Konfetti aus uns hätte machen sollen. Als ich zurück zum Bagger kam, stand Velda mit dem Rücken am Kühler zwischen den Scheinwerfern.

Ich verlängerte die Zündschnur mit zehn Metern Draht von einer Rolle, die ich im Werkzeugkasten des Baggers entdeckt hatte. Ich legte das kleine, längliche Bündel mit der gewaltigen Zerstörungskraft in die Öffnung, wir stellten uns zum Schutz hinter den Motor des Baggers, dann zerriß uns der Knall fast das Trommelfell.

Aber es hatte funktioniert. Die Öffnung war wieder verschlossen. Ich brauchte eine Stunde, bis ich das Geröll wieder aufgehäuft hatte und so oft über die Stelle gefahren war, bis der aufgewühlte Boden wieder festgedrückt war. Als ich zum Schluß alles mit den Scheinwerfern beleuchtete, sah die Ecke ziemlich so aus wie vorher.

Es dauerte noch eine Stunde, bis ich den Bagger ordentlich im Anhänger verstaut hatte, dann machten wir uns auf den Rückweg den Berg hinunter.

Und dann kam der Regen mit dem eisigen Atem und beschlug mir die Windschutzscheibe. Ich schaltete die Scheibenwischer ein und machte das Licht an. Es wurde sehr schnell dunkel, und ich konnte immer weniger erkennen. Ich trat auf die Bremse, aber der Weg war so ausgefahren, daß er durch den Regen ganz rutschig wurde. Der Anhänger hatte keine Bremsvorrichtung und drohte, mit seinem tödlichen Gewicht in uns hineinzurutschen.

Ich lenkte den Wagen nach rechts und fuhr in einen Waldweg weg von dem steilen Abhang. Dort hielt ich an. Velda warf mir einen besorgten Blick zu und sagte: »Was machen wir jetzt?«

Ich öffnete die Tür und glitt aus dem Wagen. »Wir lassen die Maschine hier stehen. Ich schaffe es auf keinen Fall mit diesem Ding im Rücken bis zur Straße hinunter. Wir holen es später ab.«

»Soll ich dir helfen?«

»Nein. Bleib einfach sitzen.«

Es war ziemlich einfach, den Anhänger von der Kupplung zu lösen. Die Fahrt den Berg hinunter war dagegen eine ganz andere Geschichte. Der Wind war stärker geworden und wirbelte abgerissene Blätter durch die Luft, die auf der Windschutzscheibe klebten und die Sichtverhältnisse noch verschlechterten. Der Boden nahm überhaupt kein Wasser auf, und es floß in den ausgefahrenen Spurrillen den Berg hinab. Der Wagen schwamm mehr, als daß er fuhr.

Velda saß schweigend neben mir und atmete schwer.

Ich trat zweimal auf die Bremse, und die Reifen blokkierten, aber der Wagen verlor kein Tempo. Zum Glück fuhren wir über eine steinige Stelle, wo die Reifen kurz Bodenhaftung bekamen, und wir wurden langsamer. Ich legte einen niedrigen Gang ein, damit die Bremswirkung des Motors die Reifen unterstützte. Trotzdem spürte ich, wie der Wagen immer schneller wurde. Wenn ich die Kontrolle verlor, dann fuhr ich mit der Schubkraft von ein paar Tonnen direkt hinein in die dunkle Gasse.

Und da war sie wieder, die dunkle Gasse. Bis jetzt war ich dort immer allein gewesen. Dieses Mal fuhr Velda mit mir hinein.

Plötzlich gab es ein harsches, knirschendes Geräusch, und Äste schlugen gegen die Scheiben, der Wagen machte einen Satz und wurde dann langsamer. Der Wind hatte einen Busch ausgerissen, der sich zwischen den Reifen verfangen hatte, und das Hindernis bremste unsere Fahrt.

»Wie weit sind wir noch von der Straße entfernt, Mike?«

»Vielleicht noch knapp einen Kilometer.«

»Sollen wir besser zu Fuß gehen?«

»Wir versuchen es noch ein bißchen, so weit wir eben kommen. Wenigstens sind wir hier im Trockenen. Und wenn ein Baum umfällt, dann haben wir ein Dach über dem Kopf.« Ich drückte leicht das Gaspedal, und wir rollten vor und zurück über den verwehten Busch. Für einen Moment sah es so aus, als würden wir es nicht schaffen, doch dann kamen wir frei und schossen nach vorne. Solange ich im ersten Gang fuhr, konnten wir uns in den Spurrillen halten, aber sobald ich schneller wurde, rutschten mir die Hinterreifen rechts und links weg. Eine Weile lang sah es so aus, als ob wir sicher gegen den Stamm einer Kiefer knallen würden, aber dann wurde der Straßenbelag immer fester, die Reifen fanden Halt, und ich konnte den Wagen ohne Probleme lenken.

Wir hörten beide das Dröhnen eines Lastwagens und wußten, daß wir in der Nähe der asphaltierten Landstraße waren. Als hätte jemand eine zusammengedrückte Feder losgelassen, fiel die Anspannung schlagartig von uns ab. Dann war die Straße deutlich zu sehen. Bevor ich auf den Asphalt bog, sah mich Velda an, und ich sagte: »Und du wolltest schon zu Fuß gehen.«

»Tu nicht so, als ob alles so einfach wäre«, schalt sie mich.

Ich grinste sie an und wartete, bis ein Paar Scheinwerfer an uns vorbeigefahren war. Der Regen wurde heftiger und prasselte mit entschlossener Bösartigkeit senkrecht herunter. Auf der Straße leuchtete etwas in weiter Ferne, und ich wartete, bis sich das Licht als Scheinwerfer entpuppte. Erst als die roten Rücklichter an uns vorbei waren, bog ich auf die Landstraße ein.

Auf der Gegenfahrbahn kamen uns zwei Autos entgegen. Dahinter folgte ein Laster, der Baumstämme transportierte. Wir wurden von einem Lieferwagen überholt, dem gleich ein Kabriolett mit hochgezogenem Verdeck folgte. Velda wollte wissen, warum auf einer abgelegenen Landstraße soviel Verkehr war, und ich konnte mir höchstens vorstellen, daß auf der Hauptstraße wegen eines Staus kein Durchkommen war. Ich machte das Radio an, stellte einen lokalen Sender ein, aber nirgends wurde ein Unfall gemeldet. Ich kriegte eine Wetterstation rein, die ankündigte, daß eine ungewöhnliche Wetterlage schwere Regenfälle und starke Winde mit sich brachte und das Autofahren gefährlich war.

Klasse.

Ich verlangsamte das Tempo und schaute mit zusammengekniffenen Augen aus dem Fenster. Obwohl die Scheibenwischer auf höchster Stufe liefen, war die Straße dunkel und verschwommen. Die Lichter von drei Fahrzeugen kamen immer näher, bis ich die Parade anführte. Mein Nachfolger hupte, damit ich schneller fuhr, aber ich schüttelte nur den Kopf über so viel Dummheit und blieb bei meinem Tempo. Der Fahrer war zu ungeduldig und überholte mich, wobei nach beiden Seiten meterhoch Wasser spritzte. Als er wieder vor mir einscheren wollte, verlor er fast die Kontrolle über das Fahrzeug. Dann fuhr er davon, bis er in der Dunkelheit nicht mehr zu sehen war. Den beiden Wagen war sein Beispiel Warnung genug, und sie blieben da, wo sie waren.

Vor uns war am Himmel der sanfte Schein der Lichter einer kleinen Stadt zu sehen. Ein Schild am Straßenrand kündigte ein Motel an, und ich bog an der Kreuzung ab, fuhr zu dem kleinen Viereck von eng zusammenstehenden, altmodischen Häuschen und hielt vor der Rezeption an.

An alter Mann saß vor einem Fernseher und schaute überrascht hoch, als ich zur Tür hereinkam. Ich sagte: »Haben Sie noch Zimmer frei?«

Er reagierte, als hätte ich einen Witz gemacht. »Ich habe nur Zimmer frei, Mister. Die Sommersaison ist vorbei, und bis der erste Schnee fällt, kommt hier kaum jemand vorbei.«

»Warum haben Sie das Motel dann geöffnet?«

»Diese Frage würden Sie gar nicht stellen, wenn Sie meine Frau kennen würden. Wenigstens habe ich hier meinen eigenen Fernseher. Wollen Sie eine Hütte mieten?«

»Ich fahr' keinen Schritt mehr bei dem Wetter.«

»Nehmen Sie Nummer vier. Da tropft es nicht durchs Dach, und es ist direkt neben dem Warmwasserboiler.« Er schaute durch das Fenster zu meinem Wagen. »Nur Sie und Ihre Frau. Keine Haustiere.«

Ich sagte: »Keine Haustiere.« Es gab keinen Grund, ihm auch zu sagen, daß wir noch nicht verheiratet waren. Ich wollte in der Nähe von Velda sein. Es war schon zu viel passiert, und ich wollte nicht riskieren, daß sie in einen Hinterhalt geriet. Es war unwahrscheinlich, daß Ugo herausgefunden hatte, wo wir im Moment waren, und ich wollte, daß sich das nicht änderte.

Ich nahm den Schlüssel, ging zurück zum Wagen und fuhr bis zur vierten Hütte. Wir nahmen unsere Taschen vom Rücksitz und rannten zur Veranda. Als ich im Innern das Licht anmachte, kam ich mir vor wie einer der ersten Siedler. Wir waren in einer Holzhütte wie vor ein paar hundert Jahren, aber mit den Annehmlichkeiten der modernen Zivilisation, einem Kamin mit Eichenscheiten, die bereit zum Feuermachen lagen, zwei Sesseln davor, und zwei verführerisch einladenden Doppelbetten mit Bettrahmen aus hellem Ahorn.

Velda sagte kein Wort dazu. Sie lächelte zufrieden in sich hinein und gab mir damit zu verstehen, daß es bald soweit war und sie für den Rest der Verlobungszeit das Spiel mitmachte. Wir mußten zusammenbleiben, und sie würde die vertrackte Situation nicht noch verschlimmern und Dinge machen, mit denen eine verlobte Frau einen Mann quälen konnte. Sie ging unter die Dusche, zog sich einen von diesen tollen Hosenanzügen an und schlüpfte ins Bett. Sie war darauf eingestellt, wenn wir schnell wegmußten.

Ich setzte mich in einen der Sessel. Die 45er in dem Schulterholster legte ich auf den Fußschemel, dann nahm ich die drei Zentimeter kürzere Combat Commander und schob sie unter das Kissen neben mir. Zum Schluß kippte ich die Rücklehne nach hinten und legte die Beine hoch.

Ich hatte mit vielem gerechnet, aber nicht damit, daß ich einnickte.

Aber ich war eingeschlafen.

Es gibt Dinge, die man einfach nicht unter Kontrolle hat. Schnarchen. Einnicken. Ich dachte nach, und im nächsten Moment übermannte mich der Schlaf.

Es war nicht das Gefühl von kaltem Metall an meiner Schläfe, von dem ich aufwachte. Es war das Licht der Lampe, die neben dem Sessel stand. Es war matt und schummerig, aber in seinem Schein sah ich Velda im Bett liegen. Ein Band hielt einen Knebel fest in ihren Mund gepreßt, und ihre Hände und Füße waren mit Klebestreifen zusammengeschnürt. An der linken Schläfe hatte sie einen Bluterguß, wo sie jemand im Schlaf bewußtlos geschlagen hatte.

Aber sie war nicht mehr bewußtlos. Ihre Augen waren weit geöffnet. In ihnen blitzte Haß und Angst zugleich. Sie starrte auf die Person, die die Kanone an meinen Kopf drückte.

Ich drehte mich ganz wenig, so daß ich erkennen konnte, wer es war. Dann sagte ich: »Hübscher Trick, Ugo.«

»Kein Trick«, antwortete er. »Ich bin einfach klüger als du.«

Es gibt Momente, da sollte man besser den Mund halten. Ich beobachtete, wie Ugo näher zu mir herantrat. Die Mündung der Waffe preßte er immer noch gegen meinen Schädel. Ich konnte ihn nicht ganz sehen, aber ich kriegte mit, wie er grinste, als er meine Kanone auf dem Fußschemel sah. So, wie ich auf dem Sessel lag, brauchte ich, wenn alles klappte, mindestens drei Sekunden, um auf die Beine und an die Waffe zu kommen. Das waren zwei Sekunden zuviel. In der Zeit konnte er ohne Probleme ein halbes Dutzend Schüsse auf mich abfeuern.

Mir blieb nichts anderes übrig, als ruhig zu sitzen und meine Karten auszuspielen. Was ihn betraf, war ich so gut wie tot, und Velda genauso. Er wußte nicht, daß ich wie er ein kugelsicheres Hemd trug und die 45er Combat Commander an einer Stelle versteckt war, an die ich vielleicht schnell herankommen würde. Er dachte einfach, daß ich ein Idiot war, der die Knarre so weit von sich weg liegen hatte.

Ich mußte ihn zum Reden bringen, etwas sagen, das seine Aufmerksamkeit auf die 45er in dem ledernen Holster richtete, ihn seinen Moment des Triumphes auskosten lassen. Ich sagte: »Du wußtest doch gar nicht, daß wir hierherkommen, Ugo.«

»War auch nicht nötig. Ich war die ganze Zeit hinter euch.«

Ein Ausdruck von Überraschung glitt über mein Gesicht. Ich machte es mit Absicht, aber das wußte er nicht.

»Glaubst du denn, ich wußte nicht, daß du noch mal auf Harris' Grundstück kommst? Mann, dieser Dooley hat sich doch nicht die ganze Mühe gemacht und das Geld der Familien ohne einen Hinweis auf das Versteck weggeschafft. Es ist da oben auf diesem Berg.«

Der Haß in Veldas Augen war einem Ausdruck von Resignation gewichen – tiefste, hoffnungslose Resignation. Zur Abwechslung konnte ich jetzt ihre Gedanken lesen. Wir hatten es fast geschafft. Sie hatte ihren Diamantring, wir hatten schon den Trauschein. Noch ein Tag, und wir wären verheiratet gewesen. Sie wußte nur, daß wir diesen einen Tag nicht hatten. Für einen kurzen Moment kam der Haß zurück, dann versank sie wieder in Verzweiflung.

»Das FBI hatte ganze Expertenteams da oben. Sie haben nichts gefunden«, sagte ich. Ich versuchte, ein Zittern in meine Stimme zu legen.

»Dann haben sie wohl nicht am richtigen Ort gesucht, was?«

»Sie haben alles abgesucht. Schau dich dort doch selbst um.«

»Das ist gar nicht mehr nötig. Du hast das schon für mich erledigt. Du weißt genau, wo Dooley die ganze Kohle versteckt hat. Darum hast du diesen Bagger da hochgeschafft, und du hast das Geld auch gefunden. Und erzähl mir jetzt nicht, daß du nicht schon immer gewußt hast, wo es ist. Diese Zahlen treffen sich genau im Innern der Höhle. Also hat er es genau da vergraben.« Er schwieg einen Moment und grinste. »Das war ziemlich clever, ein Loch in einer Höhle auszuheben.«

Ugo Ponti bewegte sich ein wenig, damit er mich besser sehen konnte. Als er vorging, bewegte ich mich auch, und zwar nur so viel, daß ich mit der Hand an die Knarre an meiner Seite herankam. Er hob die Waffe in seiner Faust, eine kurzläufige 38er. Wenn er mir einen Kopfschuß verpaßte, war ich sofort tot. Wenn er schon auf mich schießen mußte, dann hoffte ich, daß er auf meinen Oberkörper zielte. So wie ich Ugo einschätzte, würde er mich nicht schnell umbringen wollen. Er wollte mich noch ein bißchen leiden lassen, bevor er mich ganz auslöschte. Und er wollte, daß Velda zusehen mußte, wie ich litt, bevor er ihr eine verpaßte.

»Wie bist du eigentlich hier reingekommen, Ugo?«

Die Frage schien ihn zu beleidigen. Uns war beiden klar, daß ich gehört hätte, wie die Tür aufging, wenn er das Schloß aufgebrochen hätte. Teufel, ich hatte sofort beim Aufwachen gespürt, daß es in dem Zimmer kälter war als vorher. Ich wußte genau, wie er hereingekommen war.

Ich ließ ihn trotzdem antworten: »Hammer, ich hab' schon als Kind Fenster mit einem Karbonschleifstein geöffnet. Jetzt mach' ich es mit Klasse. Ich habe echtes Glasschneidewerkzeug, einen Sauger und einen kleinen Hammer benutzt, mit dem ich das Loch aus der Scheibe herausgeschlagen habe. Dann habe ich hineingegriffen und das Fenster geöffnet. Du solltest eigentlich über solche Techniken Bescheid wissen. Du bist doch selbst oft genug durch ein Fenster eingestiegen.«

»Warum, Ugo?« fragte ich ihn. »Das bringt dir gar nichts. Die Söldner, die dich in Albany aus dem Knast geholt haben, sind dir schon auf den Fersen und wollen sich das Kopfgeld verdienen, das auf dich ausgesetzt ist.«

»Wenn ich das Geld habe, dann kauf' ich mir diese Söldner. Aber dich, Hammer … dich bringe ich vorher um. Du wirst nicht schnell sterben. Ich lass' dir Zeit, damit du siehst, wie ich deiner Freundin eine verpasse, und sie wird auch ganz langsam eingehen. Vielleicht könnt ihr euch sogar noch voneinander verabschieden. Wie findest du das?«

Er stand die ganze Zeit vor mir, und ich hatte ihn nicht aus den Augen gelassen. Ich starrte gebannt in sein Gesicht, auf seinen Mund und seine Augen. An seine Waffe verschwendete ich keinen Blick. Dann bewegte ich plötzlich den Kopf, riß die Augen auf, als ich Velda sah, und er wollte sehen, was hinter seinem Rücken vor sich ging, und drehte sich halb um. In der Sekunde, als die Situation sich umdrehte, wurde ihm klar, daß es ein Trick war, und er brüllte vor Wut und feuerte einen Schuß auf mich ab, der mich zurück in den Sessel warf. Aber mein Schuß traf ihn direkt ins Brustbein, und er knallte rückwärts auf den Boden. Die 38er fiel ihm dabei mit einem klirrenden Poltern aus der Hand.

Es war, als hätte mich der brutale Fausthieb eines Riesen umgehauen, und für ein paar Sekunden kriegte ich keine Luft. Ich stellte den Sessel aufrecht und kam halb hoch. Die Kugel hatte mir einen gewaltigen Schlag versetzt, aber sie hatte den Stoff, den die moderne Technologie geschaffen hatte, nicht durchdrungen.

Genausowenig, wie meine 45er Ugo erledigt hatte. Nach und nach wich die Benommenheit aus seinen Augen, und er starrte mich vollkommen fassungslos an. Ich trat zu ihm, hob die Waffe auf und steckte sie in den Gürtel.

Er kriegte allmählich wieder Luft.

Ich grinste und schoß ihm ein bißchen tiefer in den Oberkörper. Seine Augen traten aus den Höhlen, und er zuckte ein paarmal heftig zusammen.

Velda beobachtete die unwirkliche Szenerie und traute offenbar kaum ihren Augen. Ich ging zu ihr und löste das Klebeband von ihren Armen und Füßen. Mit dem Knebel wurde sie auch ohne meine Hilfe fertig.

Ugo spürte noch nichts. Noch eine, vielleicht zwei Minuten, dann würde der harte Aufprall der beiden 45er auf seinen Rippen ihm höllische Schmerzen bereiten, die sich wie ein Feuer durch seinen Oberkörper ziehen würden. Ich sagte: »Die kugelsichere Weste verhindert nur, daß die Kugel ins Fleisch eindringt, Junge. Meine Knarre ist mit Standard-Army-Munition geladen, hübsche, weiche Bleikugeln, die dich nicht töten, aber dir jeden Knochen im Leib brechen können. Nach dem sechsten Schuß wirst du um deinen Tod betteln und dabei genau wissen, warum du ihn verdient hast.«

Ich mußte mich nicht wiederholen. Er wußte, daß ich es ernst meinte. Sein Gesicht war von Angst verzerrt.

»Mike …« Sie sprach sehr leise.

Ich runzelte die Stirn und sah sie an.

»Wenn du ihn tötest, dann können wir nicht heiraten.«

Es vergingen etliche Sekunden, während ich mir alles noch einmal durch den Kopf gehen ließ. Dann schaute ich auf Ugo hinunter und sah, daß er bald wegen der Schmerzen nicht mehr ansprechbar sein würde. Ich erklärte ihm mit ruhiger Stimme: »Es war von vornherein eine abgekartete Sache, Ugo. Das Geld hat es nie gegeben. Es hat überhaupt nie so ein Vermögen existiert. Die großen Bosse in den Familien haben immer alles gleich verjubelt. Ich weiß nicht, warum oder wie, aber sie wollten nicht von ihren eigenen Kindern entmachtet werden. Deswegen haben sie sich diese wilde Geschichte ausgedacht. Dooley hat den Schwindel für sie inszeniert, und ich hab' dabei mitgemacht. Es gibt kein Geld, Ugo. Du wirst nicht deine eigene Mafiafamilie gründen. Aber die Kopfgeldjäger sind immer noch hinter dir her, und die wirst du nicht mehr los.«

Er atmete keuchend, aber er verstand, was ich sagte.

»Ich nehme dich mit in die Stadt. Dort kann ich dich der Polizei übergeben und dafür sorgen, daß es nicht nach außen dringt, wo man dich in Gewahrsam hält. Wenn du deine Trümpfe gut ausspielst, dann steckt man dich vielleicht in eine sichere Zelle, wo du noch achtzig oder neunzig Jahre zum Leben hast. Oder ich kann dich vor einem bestimmten Laden in Manhattan rausschmeißen, und die Clubmitglieder werden dich mit Freuden in ein Faß mit siedendem Öl stecken und dabei zusehen, wie du gekocht wirst.«

Ich holte drei Paar Handschellen aus dem Wagen und

fesselte Ugo Ponti damit. Er paßte genau auf den Boden hinter den Vordersitzen und wimmerte vor sich hin, während er eine Entscheidung traf. Auf halber Strecke nach New York sagte er mir, wohin er wollte. Ich rief Pat auf dem Handy an und arrangierte die Übergabe.

Es ging alles sehr korrekt über die Bühne.

Im Osten wurde es hell, und eine blasse Wärme versuchte, den kalten, nassen Nebel zu durchdringen.

Velda sagte: »Und wohin gehen wir jetzt?«

Ich wußte, daß sie im Wagen vor dem Gerichtsgebäude warten wollte, bis der Standesbeamte auftauchte, vor dem wir uns das Jawort geben konnten. Frauen sind so.

»Entscheide du, Kleines«, sagte ich. Dann drehte ich mich weg und übergab mich. Sie schaute mir ins Gesicht, und ich wußte, daß ich leichenblaß war. Meine Knie zitterten, und die Stelle auf meiner Brust, wo Ugos Kugel mich getroffen hatte, brannte höllisch. Aber die dunkle Gasse tat sich nirgends mehr auf.

»Ich bringe dich heim, Mike. Ich rufe Ralph Morgan an, und dann machst du alles, was er sagt, solange er es für richtig hält.«

Ich wischte mir den Mund ab. »Ich dachte, du willst heiraten.«

»Das kommt schon noch«, erwiderte sie.

»Dann laß uns heimgehen.«

Rotbuch hat – die schönsten Morde